中国专业作家作品典藏文库

中国专业作家作品典藏文库
吴宝三卷

在北大上学的日子

Zai Beida
Shangxue
De Rizi

吴宝三 著

中国文史出版社

情之所系，心之所在，北大，我永远的母校。

袁宝三

2020年4月23日

目　　录

第一辑　未名湖情深

第二辑　勿相忘于江湖

附　良师益友如是说

大森林之子（序）

马振方①

吴宝三，早已是全国知名的诗人、作家，而我更喜欢称他“大森林之子”。

他生长在小兴安岭下，呼兰河畔，父母慈爱，而家境寒苦。大森林的家乡养育了他，也磨炼了他，更培养了他热爱大森林，热爱那里的人民、土地乃至一草一木的深厚情怀。

宝三从中学时代就喜爱文学和写作，特别是诗歌。高中毕业后，他到铁力的木材干馏厂做工，晚上就在二层床上铺和煤油灯下勤奋地写作。终有一天，他的诗歌在《东北林业报》上刊出，成为走上创作之路的起点，对其鼓舞不言而喻。以后连续有诗作刊发，一九七〇年进入北大中文系时，他已是黑龙江伊春林区有名的诗人了。

当时的北大中文系还处在“文革”风雨之中，招收的工农兵学员文化程度参差，课程也远未步入正轨。但对爱好文学的青年而言，来这里学习还是难能而可贵。吴宝三满怀激情地写了一首诗《毛主

① 作者系北京大学中文系教授，茅盾文学奖评委。是吴宝三当年入学时结识的第一位老师。

席送我上大学》，发表在《北京日报》上，多人传诵。四年的大学生活，被这位大森林之子视为机会难得，多般利用，无论听课、讨论、自学、下乡下厂、调查研究，乃至与师长闲谈，他都努力从中汲取知识，开阔视野……待他再次回归老家——小兴安岭下，尽管成了各部门争夺的香饽饽，他自己最热恋的还是大森林和诗歌创作。

林业亦如潮水，有涨期，也有落季，有那么几年，林区很不景气。吴宝三放着宣传部长不当，硬是四处奔波，筹款敛人，克服重重困难，在黑龙江省森工总局领导的支持下，办起他渴望的杂志《大森林文学》，用以鼓舞万千林业工人“治危兴林”，自强不息，并为林区培养了数以百计的作家和文学人才。他自己更是每期撰稿，长期支持这个由他主持、创办的文学期刊，为林区读者尽量提供较高质量的精神食粮。

从北大中文系毕业之后的数十年间，吴宝三在林区和黑龙江省担任过多种职务（如《北方文学》主编），而他总是在大力做好本职工作的同时，创作出数量可观的诗歌或散文。这不只由于他的勤奋，还由于他善于将各种工作与诗文创作结合起来，对以诗文表现人与人生常有新的思考和感悟，作品也因而不断提高与出新。早在六七年前，他出版的诗集、散文集就有二十五六种之多，并多次获奖，得到文艺界好评。他还与别人合作，为多次见到毛主席、周总理的全国闻名的当地林业英雄马永顺创作了广有影响的《马永顺传》，为北大中文系杰出的资深教授严家炎先生撰写了评传——《燕园风雨四十年》。退休以后，宝三还常有新作面世，面对四季常绿的小兴安岭，大森林之子的创作热情也冬夏常青。

吴宝三，大森林之子，不仅是大森林文学的领军人物，也是大森林文学的一面旗帜。

心系未名湖（自序）

吴宝三

燕园，哺育我成长的摇篮；未名湖，我心中的湖。

我爱未名湖，不仅仅因为湖畔举起的袅袅柳烟，湖边的荷花绽放的妩媚笑容，或是临湖轩的翠竹清影迎风起舞，湖光与古塔相映生辉，更因为未名湖是北大的象征，这里集聚着闻名国内外的教授、学者，集聚着为众多弟子传道授业解惑的一代宗师。

一九七〇年仲夏，作为首届工农兵大学生，我荣幸地进入北大中文系读书。北大是我久已向往的大学，未名湖更令我魂牵梦绕。来到北大之后，未名湖就成了我们这些莘莘学子最钟情的地方。

我们中文系的学生宿舍在三十二号楼，离未名湖并不算很近，但也不算很远。我时常有意无意地绕路从未名湖身边走过，她是那么令人流连忘返。

我常常惊叹她的年轻。虽然历经寒暑，饱受风霜，她却依然那样英姿勃发。你看，在她的身边会集了多少年轻的身影和笑容！

我常常迷恋她的美丽。她的翠柳啼莺，她的芳草鲜花，她的波光塔影，她的水汽氤氲，她的微风徐徐，她的一切，无不在我们年青一代的心中留下美好的印记。

我也常常沉醉于她的明净与深沉。在她的身边潜心读书，切磋学术，心灵会得以净化，即使争论得面红耳赤，亦充满坦荡与真诚。

因此我不能不充满深情地说：未名湖，我心中的湖！

如今，五十年过去了，心系未名湖，情系未名湖。校园里的一砖一瓦、一草一木，无时不唤起我对母校的思念。她一回回走进我的梦境，也是在梦中，我——一只北疆的飞雁，常常回到书声琅琅的湖边，栖息在她那温暖的臂弯里。《在北大上学的日子》这本小书，就是这样从梦中流出我的笔端。

这本书的第一辑《未名湖情深》，写了北大中文系的十几位老先生，当然，他们只是教过我的老师中与我有过交往和较为熟悉的。他们在学术研究的前沿阵地上，曾经和正在做出毋庸置疑的贡献，他们的道德文章影响了几代人，时间越久，越能感受到他们学识的伟力与精深。可惜，我在北大学习的年代，时值“文革”中期，正是文化断层。不过在那个特殊的年代，我们在老师那里除了学习知识外，也学到一些在平时难以学到的师长的学仪风范，这也是我们终生受用不尽的财富。拙文十五篇所记的，正是刻印在笔者大脑中的那些岁月之痕。伴随着岁月之痕的，就是那些曾经和我们一起度过那段艰难时日的一代恩师们时显时隐的身影……此书另外的几十篇散文，大都是从近几年发表的作品中选出来的，或许质量参差不齐，但有一定的代表性，权作是向母校呈上的一份答卷。

青春不能重来，未名湖已刻在我生命的年轮中。每当我接到先生们邮来的大著，每当我在电视屏幕上见到先生们演讲的风采，每当我和先生们通一次电话，每当我去学校看望先生们一回，每当我走过母校的未名湖畔，都令我兴奋不已。那种自豪不可言状，那种激动和未名湖的波纹一同漾起而又向远方荡去，我仿佛又回到当年师生无拘无束亲切交谈的那种情境里。啊，未名湖的岁月，你是如此地令我难以忘怀啊！

如果读者朋友，特别是我的校友们，能怀着和我同样的心情读下去，而这本小册子又能勾起你的一点思索和回忆，那将是我最大的满足和最大的快乐。

2020 年 3 月 20 日改于哈尔滨群力寓所

□第一辑

未名湖情深

林庚先生远去的背影

中学时代，对北京大学中文系教授林庚的名字就不陌生。作家出版社编辑出版的《一九五六年诗选》，其中《马路之歌》给我留下极为深刻的印象，对“汽车的喇叭唱着牧歌”的比喻，感到无比新奇。而《诗刊》一九六一年第二期发表的另一首写春天的诗《迎春曲》，我一直能背诵下来：

冬天的树林像野鹿的角
太阳的四周春天又来了
刚化了的河水透着多么蓝
泥土里的气息带微微的潮

要写出的心情比天还要高
六十年代将要有多少浪潮
把历史的蓝图展开瞧一瞧
东风在前线上又吹起号角

进了北大校门，这首诗竟是我和林庚先生第一次对话的媒介。

一九七〇年八月，首届工农兵学员入学不久，林先生给我们上写作课，我早早地坐在阶梯教室的前排。在那样革命的年代，衣着样式单一，穿西服被视为资产阶级，而林先生穿着十分讲究，举手投足，一派地地道道的学者风度。高高的个子，慈眉善目，衣服干净挺括，一尘不染，名副其实的教授形象。

先生一九一〇年生于北京，福建闽侯人。一九二八年毕业于北师大附中，同年考入清华大学物理系，两年后转入中文系，开始诗歌写作，先后出版诗集《夜》《春野与窗》。一九三三年毕业留校，与吴组缃、李长之、季羡林并称为“清华四剑客”。是年，林先生担任中文系主任朱自清的助教，并为闻一多的国文课批改学生作业。一九三四年春去上海专业写诗，同年秋返北平，先后在民国学院、北平女子大学文理学院、北京师范大学任教，又出版诗集《北平放歌》（一九三六）、《冬眠曲及其他》（一九三六）。一九三七年抗战爆发后，去厦门大学任教授，不久随学校迁到闽西长汀，主要从事中国古典文学的研究与教学。一九四七年回北平，任燕京大学中文系教授。一九五二年后任北京大学中文系教授、中国古典文学教研室主任。一九八四年出版诗与诗论合集《问路集》，一九八五年出版《林庚诗选》。

林先生最著名的著作之一，是他写的《中国文学简史》，该书初版于一九五四年。更早，大概是一九四七年，他在厦门大学时曾出版过一本《中国文学史》，朱佩弦（自清）先生作的序，算是这本简史的蓝本。自一九五四年起，历时四十年，林先生的这本书才在北大出版社出版了它的全本。据报载，此书于一九九七年荣获了国家图书奖。作为林先生的弟子，我看到报上的消息，不仅感到光彩，更为老师高兴。此是后话。

林先生普通话讲得相当之好，平时听不出一点福州口音。当讲到诗中有画、画中有诗的唐代大诗人王维的“大漠孤烟直，长河落日圆”时，只见他在黑板上画了个圆，然后又画了一条横线，一条垂直的竖线，对同学们说：“这是多美的几何图形呀，确乎给人以无限遐想的空间!”把诗的意境和几何图形联系在一起，我还是第一次听到，实在很新鲜。再看他写在黑板上的粉笔字板书，峻拔飘逸，令我叹为观止。那天，我最后一个离开课堂，跟在林先生的后面，快到三十二号学生宿舍楼了，我紧赶几步，喊了一声“林先生”。我喃喃地说：“我读过您的诗。”他很惊讶：一是系里三令五申，对“资产阶级教授”的称谓一律应是在姓氏前加“老”字，现在居然有人敢叫先生；二是来自边疆的学员中竟然还有记起他的作品的。待到我一字不差地背下他那首诗，他几次张了张嘴，想说什么，竟没有说出话来。我们就这样开始建立了师生友情。我称他“林先生”，他却按照学校工宣队的统一要求，称比他年纪小三十七岁的我为“老吴”。

中文系工宣队迟师傅是位憨厚可敬的党支部领导，因为林先生，我曾戏弄过他一回，回想起来真有几分自责。一天上政治课，我把林先生的一本诗集带到课堂，这之前有人打过小报告，迟师傅开始瞄上我，想当场抓获，以儆效尤。我装作认真看书的样子，以引起迟师傅注意，见迟师傅向我走来，我唰地一下将书藏进书桌里。迟师傅也不客气，气呼呼地按住我的手，让我把书交出来。我不交，迟师傅亲自动手把书搜去，举着书语重心长地告诫大家，这是资产阶级教授写的，可不能再读这样的书啦！待到看清这是《毛泽东著作选读》甲种本时，迟师傅差点没气歪鼻子。林先生知道此事后，开导我要尊重人，特别要尊重像迟师傅这样念书不多的人。

林先生的家在北大校园内风景秀丽的燕南园。一栋青砖平房，一个十分幽静的小院，院内一簇簇花树，一片片竹林。一九五七年夏天那场“反右”斗争，中文系许多青年才俊被打成“右派分子”，人们迎面见其绕道而行，唯恐躲闪不及。而林先生买了一张崭新的墨绿色乒乓球台，摆放在自家小院里，邀上这些落魄的青年教师，傍晚没事时来这里锻炼身体，陪他打乒乓球。精神上的抚慰，温暖了一颗颗苦涩的心，使他们走出绝望的泥沼。曾教过我们文学理论课的倪其心老师说起此事，感慨不已。林先生生活非常有规律，不受外界影响，不随意改变自己的生活节奏。听一位青年教师讲，就是“文化大革命”期间，林先生每天散步也是必不可少的，有时早晨起来，弹一支钢琴曲，在门前的竹林里唱一支经典民歌。这事我一直没有正面问过林先生，只是问他身体这么好是不是和生活规律有关，他回答我的是，他当过篮球球员。我当时想更正说那叫“队员”，现在想起来禁不住摇头，幸亏未说，险些班门弄斧。

“上大学，管大学，改造大学”，这是当时我们工农兵学员的革命口号。一九七二年，中文系进行社会实践“开门办学”，我们文学专业部分同学来到密云县穆家峪公社前栗园大队。系里的老先生几乎无一例外地全部参加了，分到我们文学专业的有林庚、吴组缃、王瑶、吴小如、严家炎、陈贻焮、马振方等老师。我们住在一位老乡家的西屋，一条大炕住十几个人。白天和社员一起劳动，修“大寨田”，晚上访贫问苦，或开会学习，或讨论创作素材，可谓和贫下中农同吃同住同劳动了。最愉快的莫过于晚饭后那段时光，老师、同学吃完饭，沿着乡间小路一起散步。也许生活太枯燥乏味，不知谁提议，每人必须讲一个笑话。最会讲笑话的莫过于吴小如老先生，他是系里公认的杂家，博闻强记，京味儿十足，且京剧、书法无不精通。记得他讲过一位山西人招待客人的故事。家中有客来，茶盅不够用，主人操着山西话说：“家里来了三个客，有两个小杂种（茶盅），舅舅也不是玩意（外人），你是（使）个大王八（大碗吧）。”当时，众人听罢大笑不止。唯林先生摆手道：“不雅，确乎有对号之嫌。”果然，王瑶先生是山西人，听后大为不悦。

我们的社会调查，目的是给一位因公献身的党支部书记写一部书，凡是主人公生前好友，我们都拟采访之。我和林先生分在一个小组，算一对搭档。最远的采访对象距我们的住地二十多里路。那时交通不便，不通车，我俩只好步行前往。天刚蒙蒙亮，林先生醒来，看看发白的纸窗，自言自语道：“杨柳岸，晓风残月……”接着轻声叫我：“老吴，我们该出发了。”时值隆冬，京郊更是寒风刺骨，我和六十三岁的林先生这一老一少，迎着曙光，行进在古长城蜿蜒的燕山脚下潮白河畔。中午时分，途经密云县城，肚子咕咕响，林先生信口吟了两句诗，“且食勿踟蹰，南风吹作竹”，问我这是谁写的诗。我说大概是苏东坡，先生说不错，我俩便信步进了路旁一家国营饭店。落座后，先生和我商议，他坐在这里占座位，让我去排队开票，说罢把一张面值五元钱的人民币塞进我的手里。这顿饭两菜一汤，花了三元五角六分，我花零头，剩下的两元还给了先生。先生执意不要，我煞有介事地说：“只有这样我才不会当资产阶级教授的俘虏，不然咱俩就按比例摊。”说罢两人相视大笑。原来，这“按比例”有一段小典故。六十年代初，魏建功老先生和同学们去京郊的鱼子山搞社教，天黑山路不好走，想买一盏公用马灯。班长出了个主意，按每人收入的百分之十摊钱，魏先生是一级教授，按比例应交近四十元，而每个同学按比例只交一元多钱，买回马灯后，又将剩余的钱平均分下去，这样一来，每个同学还挣了好几角钱。

系里知道此事后，狠狠地批了班长一顿。每每提及此事，林先生总是习惯用那个口头禅：“这么办确乎不妥，但魏先生确乎应多花一点。”

“文革”期间，林庚先生被裹挟进“梁效（北大、清华）写作组”。一次在未名湖畔的临湖轩开会，一帮人簇拥着江青来了，江青送给林先生一枝花，先生并未喜形于色，只是礼节性地点点头。散会后，林先生若无其事走出房门，而那枝花却留在茶几上。这件事令我辈十分敬佩。多少年之后，我曾赞扬林先生高度的路线觉悟，先生微微笑道：“无关乎什么路线觉悟，我就是看不惯她作威作福那一套。”就是这一点，体现出这位教授诗人高洁的气节。

林先生桃李满天下，文学专业的同学聚在一起，都愿意说起林先生。一九九七年民盟中央换届选举，袁行霈先生当选为民盟中央副主席，一时又成为谈论林先生的话题。袁先生是林先生的得意门生，素有“小林庚”之称，袁先生的一举一动、一颦一笑，举手投足都酷似林先生。当然更重要的是两位先生的人品和学问，何其相似乃尔！由此想到，林先生九十岁那年，中文系给先生祝寿，北大党委主要领导得知林庚先生和季羡林先生是清华同学，当年在文坛的知名度和季先生齐名，欣然前来祝贺。合影照片上，似袁行霈这样重量级人物，只能坐在后排，可见祝寿活动规格之高。

这一年，我回北大参加同学聚会，约上文学专业的几个同学去看林先生。时值阳春三月，微风拂面，当我们走过未名湖，看见一位老者在中文系大门口草坪间的石板小路上放风筝。说来也巧，竟然是林先生。先生见到我们很开心，虽然垂垂老矣，但精神还是那么矍铄，思维还是那么敏捷。我情不自禁背诵起《春居》这首诗：“草长莺飞‘三月天’，拂堤杨柳醉春烟。儿童散学归来早，忙趁东风放纸鸢。”先生听罢呵呵笑了，笑得孩童般纯真。他说：“你把二月天改为三月天并无不可，烟花三月你该下扬州了。”可不可以说，淡泊名利，活得真实自然（我以为，自然才是美），耻于“摧眉折腰事权贵”的教授诗人林庚，颇有一点儿他倍加推崇的大诗人李白的影子。

大学毕业后，我和这位教授诗人通过几次信，亦给他寄去我出版的新作。二〇一〇年，黑龙江省森林工业总局在小兴安岭建立吴宝三文学馆，布展时，将先生写给我的亲笔信展列其醒目位置，我颇为此自豪。每每想起先生，便捧读起向友人借来的迟迟不愿归还的他那部《问路集》，沉浸在美好的回忆之中。

先生对我的影响是深远的。他严于律己，宽以待人，心胸豁达，令他教过的学生们深为敬重；每逢大事有静气，更赢得弟子们的赞誉。耄耋之年，林先生在给我的信中说：“久已手颤，书写极慢……岁月如流，我已远非当年的林先生了，而回忆却是长存的。”想起当

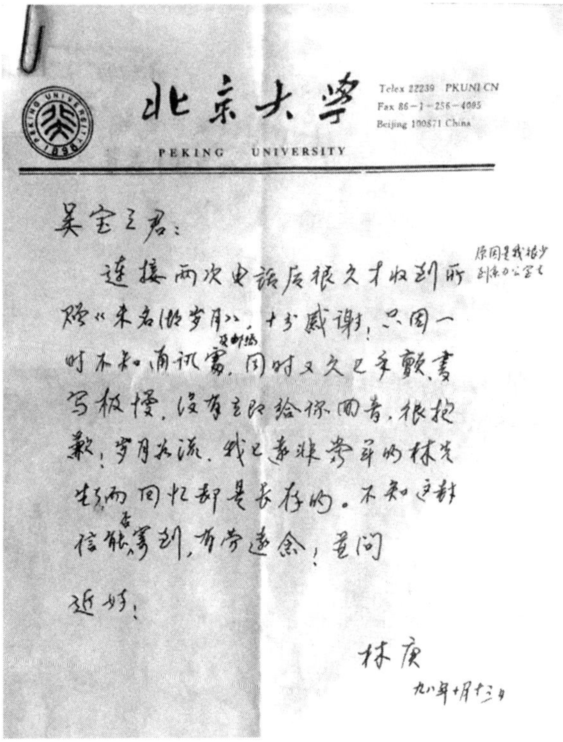
北京大学
PEKING UNIVERSITY
Telex 22239 PKUNI CN
Fax 86-1-256-4095
Beijing 100871 China

吴宝三君：

连接两次电话后很久才收到所赠《未名湖的岁月》，十分感谢！只因一时不知通讯处及邮编，同时又久已手颤，书写极慢，没有立即给你回音，很抱歉！岁月如流，我已远非当年的林先生了，而回忆却是长存的。不知这封信能否寄到，有劳远念，並问

近好！

原因是我很少到系办公室去

林庚

九八年十月十三日

林庚教授致吴宝三的信

年在京郊密云一起度过的那段日子，感慨多多……一个风清月朗的晚上，先生坐着轮椅，由人推着在未名湖畔赏月，翌日安然辞世。走得那么平静，那么浪漫潇洒，享年九十七岁。这篇短文，权作是一个他曾教过的晚辈学生，寄自遥远北方的一份深深的怀念。

林庚先生走了，人们依然可以望见这位教授诗人远去的清晰身影。

（原载《光明日报》2018 年 1 月 12 日）

亦师亦友陈贻焮教授

当我忆起在北大读书的那段生活，一位位老师的音容笑貌频频浮现在眼前，而给我留下印象最深的一位老师，当是陈贻焮先生。

陈贻焮，湖南新宁人，一九二四年十一月十六日生于该县南乡长湖村，“一个日趋衰败的地主家庭”。祖父是前清的秀才，父亲是在上海一个教会学校受的教育，解放前在银行当文牍，解放后当中学教员。他是在祖父身边长大的。一九四六年，陈先生就读于北大先修班。一九五三年毕业留校任教，曾任中文系讲师、教授、博士生导师。一九五〇年开始发表作品，著有专著《唐诗论丛》以及《杜甫评传》上中下三卷，上卷获首届北大科研成果一等奖、首届北京市哲学社会科学和政策研究成果一等奖；还有《王维诗选》（选注、作后记）、《孟浩然诗选》（选注、作后记）、《论诗杂著》等。

陈先生从来不端教授的架子，心性真淳，随和大方，天真快乐，似一个毫不拘谨的大男孩。他时常骑自行车去找谢冕先生，在院子外面高呼谢冕的名字，不进屋里，留下自己新写的诗词与其分享，然后乘兴而归。对晚辈学生，皆在姓氏前加“老”字称谓。他称呼我“老吴”，多年后，称呼毕业留校、时任中文系主任的温儒敏“老温”，不论同事或同学，概莫能外。虽听着不那么习惯，却感到分外亲切。

我在北大读书的那个特殊的年代，师生之间是一种特殊的关系。陈先生身材高大，魁梧强健，似一地道的东北大汉，我入学的那一年，他只有四十多岁，却过早地谢了顶，典型的“教授头型”，同学们以此开玩笑，他也不介意，虽然年龄比我长二十多岁，应是前辈，却时常哥们儿一样称我“老兄”。我对中文系诸先生的称谓，在姓氏前加一个“老”字的，陈先生是唯一的一位。许多青年教师谑称他是“大师兄”，这大概是因为他留校任教较早，职称晋升较晚的缘故。留校近二十年仍为讲师（二三十年未评职称），然而，陈先生却不以为意，全不放在心上，一天到晚埋头读书著述，乐乐呵呵。

一九七一年冬天，中文系文学专业组成一个教育小分队，到京郊密云县乡下采访，欲以一个英雄人物为原型，创作一部长篇小说，陈先生和我皆在其中。到县招待所稍事休息，正欲乘车出大门，一位自称是北京来的干部示意我们站一下。只见此公头发梳得溜光锃亮，手里夹支香烟，不屑一顾地问陈先生：“你们能写小说?”那神情，像文化市场的稽查员对冒充作家的江湖骗子提出质疑。陈先生很客气地问：“同志台甫?”“什么‘台府’，密云县没有这个地方!”说罢，故做沉思状，用手抹了一把牛犊子舔了似的油头。我和陈先生相互对视，不禁哑然失笑。这一时成了师生们一起谈论的笑料。“头发牛犊子舔的”，便成了那个人的代名词。陈先生在笑谈中讲了借代这种修辞方式，然后不厌其烦地举例讲解，并从兜里掏出个笔记本，写了几个句式一一说明。可惜的是，在那个年代，我们这些学员当时都没有太在意，倒嫌先生啰唆，先生亦不介意。过了一些年，同学们聚在一起说起此事，才真正理解了先生的一片苦心。当初学未在意，如今竟后悔不迭。

在英雄人物的家乡——密云县穆家峪公社前栗园大队，师生共住在一铺能容纳十几个人的火炕上。写字，没有桌子，只好在炕上盘腿而坐。陈先生是南方人，且一米九的个头，盘不了腿，就蹲在炕上，伏在膝盖上吃力地写字。这时，不管哪个同学提出问题，他马上放下手中的笔，一遍又一遍地讲解，生怕他听不懂。我辈同学曾浅尝辄止，心中暗暗地嫌先生没完没了地絮叨，没听完就纷纷离开了，而陈先生面无一点愠色，只是摇头独自叹息。我每每道歉，先生总是笑曰："师者，传道授业解惑也。"

记得陈先生给我讲过一则小事。"文革"期间，北大中文系的老师全都下放到江西鲤鱼洲五七干校劳动。一天下小雨，不能下到田里干活，陈先生和中文系另一位先生被分配到牛棚刷墙，因为都是研究唐诗的，说起孟浩然的一首诗《过故人庄》来，两人出现分歧，各持己见，争执不下。三年以后，两人一起回到北大，坐在同一教研室的对面桌。一日，那位先生突如其来地问陈先生一句："孟浩然那首诗你现在想通没有?""我在继续想，还没想通。"陈先生说："尽管我仍不能和那位先生的观点苟同，但做学问就得有这种精神哪!"

陈先生心地十分善良，有同学生活遇到困难，他慷慨以资相助。他真实，真实得亦如孩童。在江西北大分校开门办学，师生同乘一辆大货车，在泥泞的山路行驶，意想不到地出了车祸。这辆货车翻到湖堤下，两位同学不幸遇难，先生似失去了亲人，面对鄱阳湖放声大哭不止。此事报告中央后，周恩来总理亲自批示，将江西分校迁回北京。

陈先生是人所公认的研究唐诗的大家，应是国内研究杜甫诗文记传的当代权威。我求学的年代，古典文学课开课不多，许多精髓，老师都无机会授出，而我亦为失去那么多当面求教的绝好机会而深深惋惜。时光倒退不能，常常在梦中，我又回到北大，回到未名湖，回到燕山脚下，回到潮白河畔的前栗园大队，回到和先生朝夕相处的那些日子……

（原载2018年5月4日《光明日报》）

鲁迅称之为“一撮毛哥哥”的川岛

北大，五四运动的发源地，历史上同许多名人相关，如李大钊、陈独秀、鲁迅等等。因北大的名气，也使一些人出了名，如“文化大革命”期间的聂元梓；再如我们文学专业的同学，因参加“梁效”写作班子，也曾名噪一时。我刚入学的那一年，你随便在校园里转一转，或路上，或未名湖畔，或操场，到处是拄拐杖的，还有骑自行车的，其中说不定就有西语系的朱光潜、东语系的季羡林等名贯中西的大学者置身其间。连我自己都不敢相信，一九七一年六月二十九日的校刊上，我的一首名为《向着太阳唱》的短诗，和哲学系教授冯友兰老先生的一首词《卜算子·咏梅》，竟发在同一个版面上，可见名人拥挤，有时也能和小人物在一块天地里遭遇。然而，使我始料不及的是，中文系那位看收发室的老者，也是一位名人，他就是名字乍听起来有点像日本人的川岛先生。

川岛，真名章廷谦，字矛尘，教授，现代作家，浙江绍兴人，鲁迅的忘年交。著有散文集《月夜》《和鲁迅相处的日子》等。鲁迅先生在送他的一本书的扉页上签名盖章，亲昵地称他为“一撮毛哥哥”。研究鲁迅的人可能听说过这样一则趣闻：当年，川岛作为鲁迅先生身边的文学青年，经常到先生的住处求教，深得先生的喜欢。

一日，川岛动议邀集诸文友在杭州西湖的“天外天”饭庄宴请鲁迅先生，大家尽兴而散。不想过了几日，鲁迅先生效仿之，在西湖的“楼外楼”饭庄答谢以川岛为首的文学青年。此事后来传为佳话。不料“文革”一开始，就有人对川岛罗织罪名，一次又一次进行批判。在北大，传闻所有挨批挨斗的教授之中，川岛先生“认罪态度最恶劣”，“对所揭发的问题拒不认账”，因此，被打成顽固不化的“历史反革命”。为了杀一杀他的所谓威风，还在他上衣的左上方戴上一个用白布做成的“历反”胸签。

三十二楼是中文系学生宿舍楼，学校指令川岛在这里看门、摇铃、接电话。那一年他已经七十有三，但身板极为硬朗，满面红光，只是体胖，走路有些蹒跚。他的业余爱好广泛，最喜烹饪，“文革”前，北京几家大饭店经常邀他去品尝菜肴，鉴定口味。他家有形状各异的大小十几套烹饪器具，个个玲珑，件件堪称工艺精品。川岛先生身体保养得如此之好，恐与他讲究营养、烹饪得法大有关系。

记得是一个星期天，川岛先生到我们住的四层楼喊一个同学接电话。毕竟是七十几岁的老人，只见他又高又胖的身躯在楼梯上摇摇晃晃，我顿时动了恻隐之心，快步跑上去，没有称呼，只是说了一句：“您别上去了，我替您喊一声!”我这个东北人说话快，他似乎未听清，当弄明白我的意思后，略微点了一下头。待我下楼说人不在时，他拿起电话十分有礼貌地告诉了对方，接着对我又微微地点了一下头。这时，屋里只有我们俩人，我鼓足勇气，对他说：“我读过您为杨朔的散文集《雪浪花》写的序言。”他一下子惊呆了，接着老人的脸上现出了孩子般的笑容。其时杨朔已自杀，大概是怕连累我的缘故，他没有多谈这本书和这篇序言，只是问我从哪个省来的，叫什么名字，让我珍惜时间，不要蹉跎岁月。他一再说，读书还是有用的……他的绍兴话太浓重，不少话听不懂，我也可能是太紧张了，怕被别人闯进来看见，不少话又未听得清。使我惊叹的是，川岛先生只顾说下去，像告诉一个初来陌生地方的问路人，不厌其烦，生怕我听不清而走错了路。他尽管被打成“历史反革命”，但从见到他那一天起，我全然感觉不出他同其他老教授有什么异样，平平静静，坦然自若，每天按时上班下班，上下课准时为我们摇铃。身陷困境，忍辱负重，还敢冒天下之大不韪，叮嘱新来的学生珍惜时光，多读书。“春蚕到死丝方尽，蜡炬成灰泪始干。”从川岛先生的身上，可以窥见北大的一代宗师的襟怀。

毕业之后，我曾几次打电话询问川岛先生的情况。近读吴小如师的《书廊信步》一书，知“一九八一年夏天，川岛先生……一病不起”。后来，我听北大出版社江溶先生来电话告诉我，上边已为川岛先生彻底平反，推倒一切不实之词，我不由得长长地嘘了一口气。又一次捧起先生为著名作家杨朔所写的那篇脍炙人口的序言和《中国现代文化名人亲情散文选》的首篇《桥上》，读了起来，自感比第一次读时要亲切百倍。

（原载《天津文学》2018 年第 2 期）

谈吐风趣的马振方教授

北大中文系最年轻的教授当是马振方先生了。看上去，我们相差不了几岁，亦属同龄人。他是一九六二年毕业留校的，因为个子矮，长得又年轻，同我们站在一起，分不清谁是老师谁是学生。

我入学时，他是文学专业的负责人，开专业大会都是由他主持。同马老师第一次直接打交道是在西校门那块稻田地里的一次劳动。劳动的任务是下田拔草，他率先下到水没脚面的稻田地里，像生产队长一样给同学们派活。有一些同学包括部分女同学下不了水，指派我负责，领着干杂活。他风趣地说："你们下不了水的是水上陆战队，穿薄底快靴的快脱了跟我来，咱们兵分两路。"同学们说，马老师真幽默风趣。

马老师给我们讲现代文学课，最推崇的名著是《水浒传》。他给我们讲了一条创作体会："写人物一定要像《水浒传》那样写得活蹦乱跳，写出个性，这就要注意观察身边的人。比如我有一位同事，研究民间文学如醉如痴，在食堂吃饭常走神，把筷子伸到别人的菜盘子里。一次刷雨靴，晾在窗台上丢了，正好邮来一张汇款单，他就去离北大两站地的黄庄邮局取款，顺便买一双新雨靴。谁知上公交车后没钱买票，就找出一张邮票在汽车里叫卖。售票员见他诚实得好笑，说下次再补吧，他却认真地对售票员说，我这是纪念邮票，能卖出去。靴子买回来后，才发现刷过的雨靴没丢，晾在另一侧窗台上了。于是，他取得了加入中文系‘迷糊协会’的资格。”说到这里，马老师对同学们说，“这个人能不能活起来，就看你的本事了。”后来得知，二十世纪五十年代，马老师在老家县城上高中时，就开始创作小说，时有作品在报刊发表，有一篇曾获二等奖，得了六十元奖金，同学们听了无不咋舌。能聆听既有理论又有创作实践的老师讲课，不能不说是一个偏得。

那年冬天，文学专业组成教育革命小分队，去密云县一个生产大队进行社会调查，以这个大队因公牺牲的支部书记刘茂清为典型，写一部书，人物用一条主线贯穿，每篇可独立成章，每人写一篇。同学们和老教授们大多没写过小说，但因为是上边交下来的任务，只好硬着头皮写。第一稿交上来了，大家一起讨论，尽管水平参差不齐，但都写得一塌糊涂，没有一篇成形的。这本书能否写出来，师生们都捏一把汗。新年放假两天，元月三日一上班，班长胡安福把马老师在家写的这部书的第一章《小茂青参军》，拿到班里来相互传看。稿子写得如此之好，同学们无不叫绝。

马先生家住辽宁北镇县农村，当过电影放映员，农活无所不会。他经常提起秋天打场，并告诉我他叔叔就是在场院让胡子（土匪）流弹打死的。未上大学以前，他在《鸭绿江》《萌芽》等杂志发表过多篇小说，和浩然同时起步，并结下了很深的友情，进京后还常在一起切磋作品。《小茂青参军》轰动了，《北京文艺》发表了这篇作品，北京出版社出版了连环画，并决定出版全书。于是，这个硬头任务落到了马老师一个人身上。他把集中上来的稿子一篇一篇地修改，特别是有关“文化大革命”那些篇章，既不能回避，又不能

“犯忌”，改得相当艰苦。大部分篇章重新构思，推倒重来。改的篇章也面目皆非，吴小如先生戏谑地说，有的改得只剩标点了。终于，这部书以《革命春秋》为书名，由北京出版社公开出版发行，作者署名集体创作，并称这是教育革命的成果，师生共同劳动的结晶。其中的甘苦，除了我辈诸生，只有天知道。

在创作这本书的过程中，我和马老师从相识到相知。上大学之前，我毕竟发过一点东西，就常在一起神聊，而且无拘无束。在“一天讲一个笑话”的日子里，马老师和吴小如先生都是讲笑话的高手，可谓齐名。一日马老师讲过两个笑话，说的是“文化大革命”中，北大分成两大派，聂元梓是新北大公社的头头。一次讲话，聂把肖洛霍夫所著的《静静的顿河》，说成赫鲁晓夫写的“顿顿的静河”，把鲁迅先生《阿 Q 正传》中的假洋鬼子说成是《狂人日记》中的人物，把“披荆斩棘”读作“披荆斩辣”，于是井冈山兵团活剥唐诗，编了一首打油诗：“顿顿静河判赫秃，假洋鬼子乃狂徒。披荆斩辣君

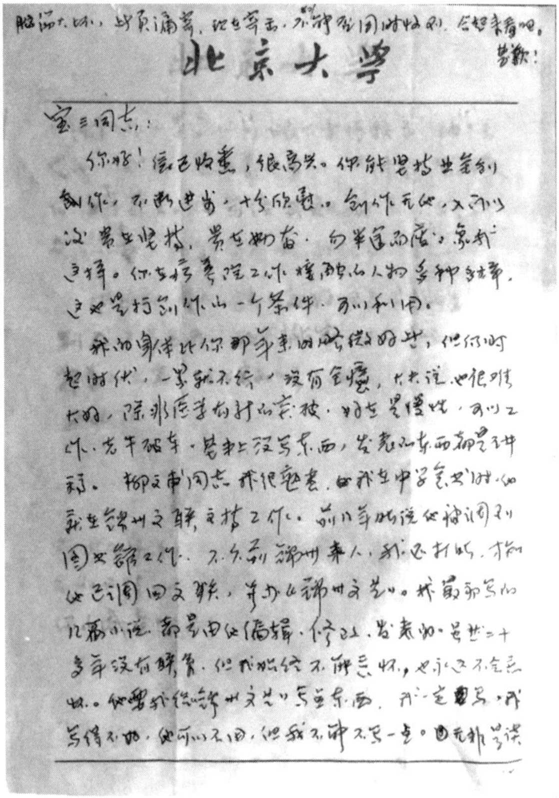
北京大学

宝三同志：

你好！

莫笑，贱妾本来不读书。”大喇叭一广播，气得聂元梓差点背过气去。

另一则笑话是马师母工厂的事。有位工人因公牺牲，厂革委会决定为其开个追悼会以寄哀思。主持追悼会的是个“造反派”，不读书不看报，不学无术，喜欢赶时髦。他在广播里听到“吊唁”这个词，想趁机露一手。开追悼会那天，大礼堂有上千人，他清了清嗓子，一本正经走到麦克风跟前，庄严宣布：现在唁会开始。会场哗然，把“唁”听成“宴”，连死者的父亲都被弄得哭笑不得。

十年前，马老师将他新出版的三十万言的《小说艺术论》寄给我，却迟迟不见有信来。孰料之后连接三封来信，一封有头无尾，第二封有尾无头，再一封只写两行字：“宝三学弟，写给你的这封信前后寄了三次，脑筋大坏，我可以入中文系的‘迷糊协会’了。”实际上，马老师是系里公认的办事最精细的，不过是戏谑自己而已。

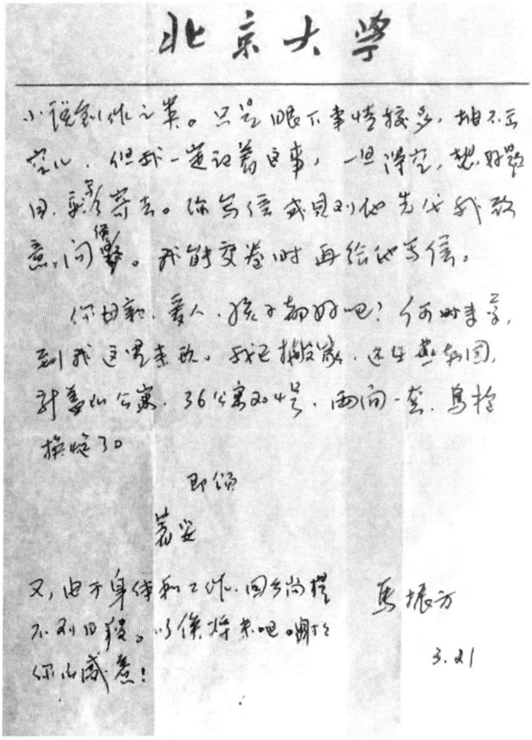
北京大学

小说创作之业。只是眼下事情较多，抽不出空儿。但我一直记着这事，一旦得空，想好题目，就寄去。你写信或见到他先代我致意，问候。我能交卷时再给他写信。

你母亲、爱人、孩子都好吧？何时来京，到我这里来玩。我已搬家，迁出燕南园，到蔚秀园公寓，36公寓204号，西门一楼。[illegible]换地了。

此颂

著安

马振方

3.21

又，由于身体和工作，回乡尚[illegible]不到回信。以后[illegible]吧。谢谢你的盛意！

马振方教授致吴宝三的信

记得马老师家住中关村蓝旗营附近时，身体不适，每天低烧，我曾和同学刘胜旗去看过他。他留我们吃饭，席间不断用公用筷给我夹菜，说了那么多知心话，至今想起倍觉温暖。

当我写这篇短文的时候，耳边传来日本那首怀念歌曲《北国之春》，心中不禁怦然一动，改动其中两句歌词，权作为此文的结尾：

老师酷似大长兄，不知近年可安宁？

（原载《天津文学》2018 年第 2 期）

平易近人的智者费振刚教授

费振刚先生是中文系唯一一位大家可以直呼老费的教授。一是因为同其他老先生相比，他要年轻得多；二是因为他多年做学生工作，谦虚随和，人缘极好，深得同学拥戴。这些年来，我回北大差不多每次都能见到他，前几年，特意到他的府上做了拜访，我们在一起好一顿神聊。

费老师出任中文系系主任之后，我曾打电话询问北大的几个同龄人，费先生官升脾气长没长？几乎众口一词回曰：非但没长，还越发谦和了。时下，升一个官，少一个朋友，费老师在同学之中能有这样的口碑，亦属不易。

记得入学不久，便知道费老师也是东北人，师生关系自然近了一层。费先生是辽宁省辽阳人，一九六〇年北大中文系毕业，历任该校助教、讲师、副教授、教授、系主任。他是《中国大百科全书·中国文学》撰稿人兼编委会委员，秦汉魏晋南北朝分类编写组副主编。一九六一年大学刚毕业，就同他人合作，主编《中国文学史》，并获国家教委优秀教材特别奖。这部著作就是人们通常所说的"红皮文学史"，这位瘦瘦的助教由此而引人注目。

对新生进行入学教育，第一次给我们讲话的系领导就是这位费先生。他的语言表达能力不敢恭维，但是能说清楚，一件事说来说去生怕大家听不懂，所以给我们的印象是，茶壶煮饺子——越着急越倒不出来。

一九七〇年初冬，8341部队军宣队带领全校师生进行军训拉练，我和费先生分在一个排，背着行李，沿怀柔、顺义、密云，奔延庆、八达岭，环北京绕了一大圈。我们吃在一起，住在一起，常常躺在老乡家的土炕上，天南地北，一聊就是大半夜。我喜欢写诗，把自以为得意的拉练诗草念给他听。他听了之后，说了三句话："感受尚深切，诗味不浓郁，表达欠含蓄。"关于诗的问题，我们时有争论，最终，我不得不承认，费先生总是对的。坦率真诚，直抒己见，这不是容易做到的。

我没有把时任中文系党总支书记的费先生当成领导，什么话都敢和他说，不怕他抓辫子，有一种实实在在的安全感。拉练途中，我给他背了一首诗："高粱红，红似火/红到青山下/红到呼兰河/多么壮丽的颜色/像首都的云霞一抹/像非洲挺起的长矛/像丛林游击队熊熊的篝火/为了祖国，为了世界/化作公社的春花秋果/浓染了时代的颜色/高粱红，红似火/信手挥镰砍一棵/挽起长虹向世界/五亿农民的气魄。"——当时正批判"十七年"的文艺作品，我曾向他袒露，所批的作品从理论上是觉得倾向有点问题，但从感情上却批不起来，费先生缄默不语。当说起《高粱红》这首诗也有微词时，费先生不再沉默："不能什么都上纲上线，这么一首诗，最多只能算是自我欣赏吧!"其时正是"反右倾"回潮，草木皆兵，人人自危，一位系领导敢向学生公开说这番话，实属犯忌。

聊起系里的人和事，费先生和同学们没有师生之分，促膝畅谈，其乐融融。他说："中文系有两大难，一是青年教师找对象难，条件不高，简明扼要：政治可靠，读书看报，自带饭票。尽管如此，人家一听是‘臭老九’，还是免谈。二是结了婚生了孩子起名难，怎么起都不满意。我那孩子叫燕梅，在燕园出生的，许多人一听便知其意，这之后起名就难了，不能土又不能洋，不能俗又不能晦涩。后来有人想出个办法，铺开一张报纸，让孩子用笔在报上点，点到哪个字，就用那个字做名。”听了费先生的一席话，我在系里逐一进行对号，还真是起单名的居多，不知其意。由此想到，现在无论大学还是中小学的学生，单字名的实在太多，不知何故，但可以肯定，家长们不会让孩子用笔去点报纸起名，而是另有深意在焉。研究语言文学的学者给孩子起名尚且顺其自然，不去苦思冥想，而众多的家长何必绞尽脑汁，一味起单名？我在哈尔滨市一个小学做过一次调查，六个年组，只有三个班没有重名的。

迎北大百年华诞，我和费先生通过一次电话，问问学校和系里的情况。得知校庆期间，将举办规模宏大、硕学云集的“汉学研究国际会议”，中文系的林庚先生是本次会议顾问之一，袁行霈教授担任会议主席。费先生接着不无感慨地说：“系里的老先生差不多都不在了，杨晦、王力、魏建功、吴组缃、朱德熙、川岛、王瑶、季镇淮……而吴小如、严家炎、陈贻焮、谢冕、孙玉石、马振方等诸先生，年纪最小的也过了花甲之年。”在电话里，我情不自禁地说了一句“但愿人长久”，费先生几乎和我同时吟诵出下一句——“千里共婵娟”。

（原载《天津文学》2018 年第 2 期）

看似寻常却奇崛的朱德熙先生

那年假期，我们一家人去北京探亲访友，我执意还是想回母校看一看，便住进了北大勺园。勺园是外国留学生的住地，学生们放暑假后大都回国了，房间闲置，住在那里宿费便宜，而且既舒适又安静，真是优哉游哉。

那天，勺园正门大厅里来了一个外国访华学者代表团，整天陪我的几个老同学指着一位头发花白的老先生的侧影告诉我："那不是咱们中文系的朱德熙老师吗？现在已经是北大的副校长了。"顺着手势看去，朱先生还是老样子，只是头发更花白了，在阳光下格外耀眼。因他在陪同老外，我迟疑了一下，没有走过去打招呼。在中文系教授当中，我和朱先生没有一起下乡去"滚一身泥巴"，对他的了解自然比其他老师要少些，但毕竟教过我，他的二三事无论如何是难以忘却的。

在县城读高中二年级的时候，我曾在书店买过吕叔湘、朱德熙二位先生所著的《文言虚字》这本书，因家里贫困，这本书花了五角多钱至今还记得。当时，我不知道朱先生是北大的教授，压根儿也没想过会成为他的弟子。

初见朱先生，让我着实吃了一惊。令人难以置信，这样一位国内外知名的语言学家，穿着极为朴素，言谈举止极为随和，给我的第一个印象是，不像大学教授，倒像三年困难时期我上中学时的班主任老师。

朱德熙先生生于一九二〇年十月，江苏苏州人。一九三九年入昆明西南联大物理系，翌年转入中文系学习。毕业后，曾在昆明中法大学中文系任教，一九四六年起又在清华大学中文系任教，一九五二年调入北大中文系任教。朱先生还曾应邀去保加利亚索菲亚大学任教，一九五五年回国。——我知道朱先生的这些经历，并不是他自己介绍的，而是听许多人说及的，后来在一些书刊中得到了证实。

第一次在大教室听朱先生的语言课，他的口语表达能力棒极了，枯燥乏味的语言课讲得妙趣横生。他善意批评大街上的标语牌写得不规范，错字、白字、别字、造字比比皆是，如建设的“建”写成“迠”，国家的“国”写成“口”字右边加个“玉”字，人民的“人”写成“人”字右边加“彡”等等。只见他回身在黑板上写下一个“祭”字，接着说，汉字都是一步步进化而来的，以“祭”字为例，有文字记载，左边这个“月”，古时是块肉，右边这个“又”，是只手，手里拿着肉举起来祭祀神灵或祖先，这就是“祭”字的由来。当讲到纯洁祖国的语言，写文章要准确、鲜明、生动时，举了《谁是最可爱的人》这篇著名文学通讯为例子。朱先生谦和地一笑，首先声明作品很好，没有一点别的意思，因为该文著名，影响又大，这里就“吹毛求疵”了。比如，志愿军要回国了，朝鲜老大娘恋恋不舍，从鸡窝里拿出热乎乎的鸡蛋，塞进战士的手中。这个蛋从鸡窝里“拿出”不准确，应改为“掏出”，说到这里，他做出手掏状。课堂气氛活跃起来，先生台上讲，学生台下问，深入浅出的问题解答，使同学们无不叹服。一堂课下来，大家为难了，连《人民日报》朱先生都挑出不少病句、错字，按这般要求，话没法说了，文章也没法写了。虽这样想，但同学们确有很大长进，而且逐渐培养起对语言课的兴趣。

自然才是美，质朴更动人，这就是朱先生的魅力所在。一日在中文系办公室门前，青年教师费振刚领着七八岁的小女儿燕梅走过来。朱先生一脸稚气，蹲下来和燕梅说话：“你穿的是花衣服，我穿的是蓝衣服，知道为什么吗?”燕梅说：“你是男孩子，我是女孩子。”朱先生笑道：“说错了。因为你是燕园里的一枝梅花，所以爸爸为你起名为燕梅。你穿的花衣服像不像梅花?”完全不像一位大学者同一个孩童的对话，倒像乡下老爷爷在月光下向孙男孙女讲述大灰狼的故事那样娓娓动听。

过后，我曾问过费振刚老师：“燕梅的名字是朱先生说的那样吗?”费老师摘下眼镜，一边擦拭镜片，一边感叹道：“朱先生绝顶聪明，我给燕梅起名的本意，他一听便知，这太浅显了，比这难度大的，也几乎一猜便中。”于是乎，我想到如今大街小巷那些占卜算卦的“小神仙”之类的高手，如能似朱先生推断人名那样准确，也不失为是一门学问，倘若如此，我也甘愿拜他们为师。

后来，听人说，朱先生自一九八九年起，先后应美国华盛顿大学和斯坦福大学的邀请，前去讲学，并进行合作研究。最近，我读到中华书局出版的《朱德熙古文字论集》一书，才知道，先生于一九九二年七月十九日晨六时六分，病逝于美国斯坦福大学医院，享年七十二岁。呜呼！天不假其年，否则朱先生的贡献会更大。《古文字论集》中有师母何孔敬先生写的充满深情的前记，读后不禁令人怆然而涕下。最遗憾的是，该书有七篇文章是先生于七十年代初写的，斯时我们正在他的身边学习。可惜，当时学校未开古文字课，我们也就错过了学习机会，如今想起来追悔莫及！

（原载《天津文学》2018 年第 2 期）

燕园吾师严家炎

一九八四年春，严家炎先生出任北大中文系主任。我当时在辽宁兴城林业疗养院工作，曾去信祝贺，很快接到他的回信。信中说："虽然好久没有联系了，偶或看到你在《人民日报》《人民文学》等报刊发表的诗，总感到非常高兴，给我带来很大的温暖与安慰。就像又回到了往日促膝谈心的那种境界里，那么亲切，那么令人神往。

"你不该向我祝贺，而该为我一哭。搞上这个工作，每天少则五六个多则十几个小时泡进去，有时连星期天也不得安宁，哪里还有什么时间写东西（近年发表的，都是前两年写成的稿子，或是利用节假日赶出来的），实在苦不堪言。如果我做出牺牲，能换来全系面貌大改观，为全系师生创造较好的条件，那也值得。问题是连这一点也做不到。我们的许多设想，常常被碰回来，手脚被捆得紧紧的，简直动弹不得，怎么能打开局面呢！再过半年若还是这样，那就只好要求辞职了！"

信中引用了《庄子·大宗师第六》中的话："泉涸，鱼相与处于陆，相呴以湿，相濡以沫，不如相忘于江湖。"他动情地回顾了我们开门办学，在密云县穆家峪公社前栗园大队朝夕相处结下的情谊，然后无可奈何地说："尽管鲁迅不赞成庄子的话，但到了江湖也有江湖的难处，社会兼职太多，有许多想要做的事做不了，心甚不安。”同时寄来了他新出版的论文集《知春集》，扉页上端写了一行小草：“宝三学弟指正。”他生于一九三三年，长我一旬，我们同属鸡，而他是我的恩师，几十年来，却对我总以学弟相称。手捧这本论文集，我沉思良久，心潮难平。可以说，在燕园，严先生是我最亲密、最知心的师长之一。

文艺界许多人不会忘记，一九六一年，严家炎先生在《文学评论》上发表了多篇评长篇小说《创业史》的文章，并引起一场大论战，后来导致全国公开点名批判所谓的“中间人物论”，邵荃麟、严家炎首当其冲。挥舞大棒的急先锋不是别人，正是其时任上海市委宣传部副部长的姚文元。那一年，严老师只有二十七岁。一九七二年在密云乡下，我俩躺在一铺大炕上闲聊，我问严老师：“你那时认识姚文元吗?”他并没有感到意外，语气极平和地说：“开文代会时，我们见过面。我和他父亲姚蓬子先生更熟悉些，姚父总是称其为竖子……”说罢，淡淡地一笑。粉碎“四人帮”之后，严老师把几篇关于《创业史》的评论文章收入《知春集》中，他在后记中写道：“为了保持历史的原貌，关于《创业史》的几篇评论均未做改动。今天读来，这些文章在某些观点上也许不是没有问题，有些措辞似嫌轻率，现在读起来有几分吃惊。”他只字未提自己和“四人帮”如何斗争，也没有标榜自己是反对“四人帮”的勇士，这种客观的历史的实事求是的精神，多么难能可贵！翌年，他出版了另一本论文集《求实集》，获北京市首届社会科学优秀成果二等奖。一九八八年与唐弢共同主编的《中国现代文学史》获全国第一届优秀教材奖，一九九二年专著《中国现代小说流派史》获全国第二届优秀教材奖。曾荣获“五一劳动者”奖章。

严家炎先生，笔名稼兮、严謇，上海人。十五岁开始发表作品。一九五八年北大中文系副博士研究生提前毕业。历任该校讲师、副教授、教授、博士研究生导师、系主任，曾任中国现代文学研究会会长，第二、三届国务院学位委员会学科评议员，北京市文联副主席。他名如其人，文如其人，无论做学问还是为人处事，一向严谨缜密，严上加严，一丝不苟。这些年来，他给我写过三十几封信，每封信的信封上，省市单位街道门牌号无一省略。邮票一律贴在右上角，无一破例。我清楚地记得这样一件小事：在密云乡下时，一次吃过晚饭，天已尽黑，我俩从食堂摸黑回住地。路上，听到大队部正广播通知开会，严老师说播音员是房东家的何姑娘，我说大概不是，何姑娘的声音要标准些。他坚持说是，我坚持说非，于是我俩打赌，谁输谁买一斤糖请客。我以为不过说说而已，孰料他竟一个人跑到广播室去核对，回来后满头是汗，一边从兜里往出掏糖，一边连说："我之错！"

"文革"期间，系里组织批斗"5·16"分子。我做梦也未料到，严老师竟被打成"5·16"头子，依据是，全国大大小小的作家几乎都认识他，无疑是"5·16"分子的总后台。第一次批斗有百余人，只见他从一辆破旧自行车上缓缓下来，从容不迫地走进会场，摘下口罩放在上衣兜里，平静地坐在批斗席上，不管主持者和革命群众如何狂轰滥炸，他总是那么两句话："我实事求是地讲，我不是。"声音很轻、很慢，口气不像是在分辩，似乎在向学龄前儿童讲清楚一件事。毫无疑问，严老师当然不是什么"5·16"分子。我真不敢相信，军宣队、工宣队怎么会在没有任何证据的情况下误导学生呢?！在这次批斗会上，我一言未发，倒不是不相信军宣队、工宣队，而是直觉告诉我，像这样一介书生（严先生自己也这样说），只知埋头勤奋做学问，怎么会成为组织什么打砸抢的“5·16”分子呢？散会后，我把他穿的旧棉猴大衣递给他，他向我微微点了点头，眼神里颇含谢意，彼此的印象恐怕就是这样留下的。我钦佩他面临这样巨大的压力，心境平和，从容镇定，以至由此我联想到革命者的视死如归。后来严老师当了文学专业的支部委员，还是我的入党培养人。他曾一针见血地指出，我似乎接受过什么反面教训，少了一点年轻人的锋芒。他不会知道，我也同他一样被“造反派”批斗过，有几分棱角似被磨光。在严老师的培养帮助下，我于一九七二年二月在校入了党，党委批准之日易记，那一天美国总统尼克松访华到达北京。

一九八四年，我在《北方文学》发表了一组诗，名为《海滨抒情》，严老师读后立即写了一篇评论文章，刊登在辽宁的一家报纸上。没想到，这篇评论在我所工作的兴城引起强烈反响，县委书记将此文批转给主管领导和部门，主管文化的副县长苗会田连夜给我写了一封充满感情的千言长信，邀我参与为宣传“兴城——第二个北戴河”造势。这之后，名人纷至沓来，郎平任队长的中国女排来兴城集训，乔羽、王酩、凯传、晓光等为兴城而歌，艾青、杨沫、峻青、王扶林等为兴城鼓与呼，范曾、王遐举、魏哲等为兴城挥毫泼墨……著名评论家黄益庸先生在他主编的《北方文学》上，转载了严老师的这篇评论，而我则把此文作为赞颂兴城第一部诗集的序言。

毕业后，我每次去北京都要去看看严老师。他请我吃饭，大都选在北大对面的海淀饭庄。边吃边聊，不知唤起多少对艰难岁月的回忆，其中有欢乐，亦有悲伤。提起那些不堪回首的往事，我们禁不住黯然神伤。

那年盛夏时节，严老师从美国哈佛大学做学术讲演归来，专程来兴城看我。那时我的三个女儿还小，他给孩子们买了玩具，当提起孩子的名字时，严老师还记得，他一本正经道：“我写给你的信说过，吴为、吴非，名字起得很有一点道家的味道。”在兴城，我俩无话不谈，谈得最多的还是在京郊乡下那段日子。因我有胃病，可谓同病相怜，我感谢他给我买苏打饼干，给我邮寄胃药猴头菌片，他说记不得了，只轻描淡写地带过，而提起兴城却兴奋不已。谈明代古城保存如此完好，令他流连忘返；谈乾隆皇帝诗多好的少；谈努尔哈赤攻打宁远（兴城）唯一的一次败北；谈降将祖大寿成了英雄。回京后，他写了一篇散文《祖氏牌坊》，刊发在《人民日报》上。同年秋天，我携妻带女去北大看望严老师，在他家里做客，他亲自下厨，弄了十五六个菜。最让我们夫妻俩难为情的是，两个女儿从海边来，对海鲜并不格外喜欢，可在严老师家里，拌海蜇皮却被一扫而光，严老师看孩子们喜欢吃，又去做了一盘儿。这个菜是否做出了上海菜的风味，现在也不得而知。最让女儿惊叹的是，严老师的家里，满屋子满桌子满地都是书，没有回身之地。严老师的夫人卢晓蓉称先生是“书虫”，或许再贴切不过了。

（原载 2018 年第 5 期《鸭绿江》）

严家炎教授和他的夫人卢晓蓉

北大教授严家炎，其名在学术界、文学界无人不晓。二十世纪六十年代，二十七岁的严家炎在《文学评论》上发表的评长篇小说《创业史》的文章，引发一场震动全国的大论战，导致报纸、电台公开点名批判所谓的“中间人物论”，严家炎首当其冲。“文革”期间，严先生被打成“5·16”分子的后台，欲加之罪名是在“十七年”里，全国大大小小的作家都和他有联系，他因之受到残酷的迫害。粉碎“四人帮”后，知春亭畔，东风吐出第一缕柳烟之时，严先生结集出版了《知春集》，他在后记中写道：“为了保持历史的原貌，关于《创业史》的评论均未做修改。今天读来，这些文章在某些观点上也许不是没有问题，有些措辞似嫌轻率。”他只字未提自己如何和“四人帮”斗争，也没有标榜自己是反对“四人帮”的勇士。八十年代，严先生辞去北大中文系主任职务，潜心治学，著书立说，著述宏富。他与唐弢先生主编的由人民文学出版社出版的《中国现代文学史》三卷本，作为全国高等院校文科必读教材畅销不衰。从一九八三年起，严家炎先生在北大开设“五四”后的小说流派课，发掘出“新感觉派”等小说流派，引起国内和国际学术界的关注。九十年代，他开设了“金庸小说研究”课，对金庸的武侠小说，进行了多方位、多侧面的学理性探讨，出版了《金庸小说论稿》，成为我国第一部从学理上研究金庸小说的专著。

多年前，我同范震威先生为严家炎先生写了一部评传，初稿写就，拟寄给他审阅，可严先生执意要来哈尔滨见面。他说：“你们不要接站，也不要安排住处，我已经联系好，到哈后给你们打电话。”黑龙江大学刘敬圻教授闻讯到宾馆看他，喃喃自语道：“先生从来不给人添任何麻烦。”这就是严先生！

严先生是大学者，又是教过我的师长，年龄长我一旬，多年来，对吾辈却总是以兄相称，这等谦恭，令晚生们着实诚惶诚恐。

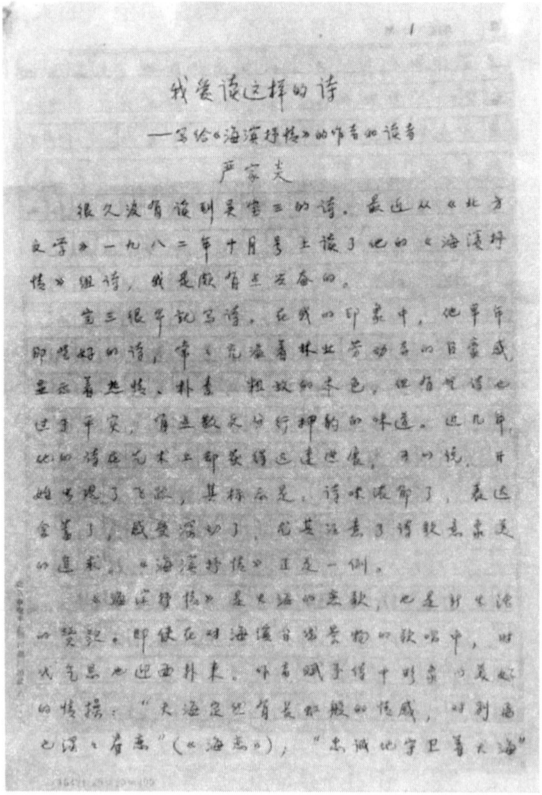

我爱读这样的诗

——写给《海滨抒情》的作者和读者

严家炎

很久没有读到吴宝三的诗。最近从《北方文学》一九八二年十月号上读了他的《海滨抒情》组诗，我是颇有点兴奋的。

宝三很早就写诗。在我的印象中，他早年所写的诗，常常充溢着林区劳动者的自豪感，显示着热情、朴素、粗犷的本色，但有些诗也过于平实，有点散文分行押韵的味道。近几年他的诗在艺术上却获得迅速的进展，可以说，开始出现了飞跃，其标志是，诗味浓郁了，表达含蓄了，感受深切了，也更注意了诗歌意象美的追求。《海滨抒情》正是一例。

《海滨抒情》是大海的赞歌，也是对生活的赞歌。即使在对海滨自然景物的歌唱中，时代气息也迎面扑来。作者赋予浪中形象以美好的情操：“大海总是有着奶般的情感，对别离也深深眷恋”（《海恋》），“忠诚地守卫着大海”

我曾经写过一些关于严先生的文字，却未提及过他的夫人卢晓蓉。

卢晓蓉是我所敬重的一位女性。她的祖父——船王卢作孚，我国著名爱国实业家，他创建了最大的华人航运公司——民生船运公司。抗战期间，卢作孚曾任国民政府交通部次长（第一副部长）。毛泽东主席曾饱含深情地说，我国实业界搞交通运输的卢作孚不能忘记。

卢晓蓉下乡十三载，一九七八年考入华东师大政教系经济专业，曾在大学任教，后“下海”，参与多家企业的创办并担负高层管理工作，现在香港安通国际航运公司任职。她不仅是一位实业家，还是一位以写散文见长的著名作家。近些年来，她的散文和评论文章不断见诸全国各大报刊。她的散文《水咬人》，在西安一次作家会议期间写出初稿，严家炎先生阅后大加赞扬，亲自一笔一画誊写在方格纸上，送至贾平凹先生手中。贾先生对严先生的手书颇感兴趣，爱不释手，决定留下自己收藏，将复印件交自己主编的《美文》发表。

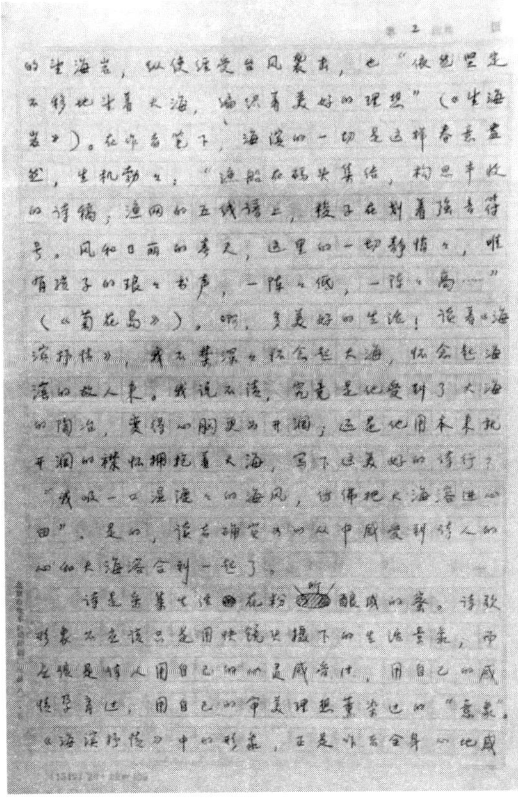
的望海岩，纵使经受台风袭击，也“依然坚定
不移地守着大海，编织着美好的理想”（《望海
岩》）。在作者笔下，海滨的一切是这样春意盎
然，生机勃勃：“渔船在码头集结，构思未收
的诗稿；渔网如五线谱上，梭子在划着流音符
号。风和日丽的春天，这里的一切静悄悄，唯
有孩子的琅琅书声，一阵阵低，一阵阵高……”
（《菊花岛》）。啊，多美好的生活！读着《海
滨抒情》，我不禁深深怀念起大海，怀念起海
滨的故人来。我说不清，究竟是他受到了大海
的陶冶，变得心胸更为开阔；还是他用本来就
开阔的襟怀拥抱着大海，写下这美好的诗行？
“我吸一口湿漉漉的海风，仿佛把大海溶进心
田”。是的，读者确实可以从中感受到诗人的
心和大海溶合到一起了。
诗是采集生活的花粉所酿成的蜜。诗歌
形象不应该只是用快镜头摄下的生活景象，而
应该是诗人用自己的心灵感受过，用自己的感
情孕育过，用自己的审美理想熏染过的“意象”。
《海滨抒情》中的形象，正是作者全身心地感

也是在西安，卢晓蓉写了一篇游记《七巧板·九节菜》，陈忠实先生刊登在他主编的《延河》杂志上。在《中华散文》杂志上发表的《给“书虫”当夫人》，被多家报刊转载。她曾获“冰心文学奖”等多种奖项。在上海出版的散文集《水咬人》，笔墨酣畅，文图并茂，许多史料鲜为人知，引起文学

界和广大读者的极大兴趣。

严先生和卢女士结为秦晋之好的大红媒也是一对夫妇，一位是中国艺术研究院教授刘梦溪先生，另一位是撰写报告文学的当代著名作家陈祖芬女士。陈、卢二位女士是亲密好友，口碑甚好，人缘颇佳，皆温文尔雅，贤淑善良。我见过陈祖芬，对卢晓蓉只是耳闻，直到一九九九年才与其晤面。

是年夏日，我携妻子、女儿去北京看望严先生。近中午，房门轻轻打开，走进来一位面带微笑的中年女子，颇有大家闺秀的气质与风度。严先生介绍道，这是卢晓蓉。我不知道该怎样称呼她才好，称师母或姐或妹似太俗。正犹豫间，卢女士轻轻点一点头，用略带南方口音的普通话说：“吴老师，你好！”我赶忙回礼：“你好，卢老师！”此后，我们就一直这样相互称呼了。我上大学的女儿天性好动，动这儿动那儿，很快和卢老师打得火热。见女儿喜欢小玩具，卢老师就任她挑选，还送她一把很精致的遮阳布伞。大家坐在一起聊了一阵，

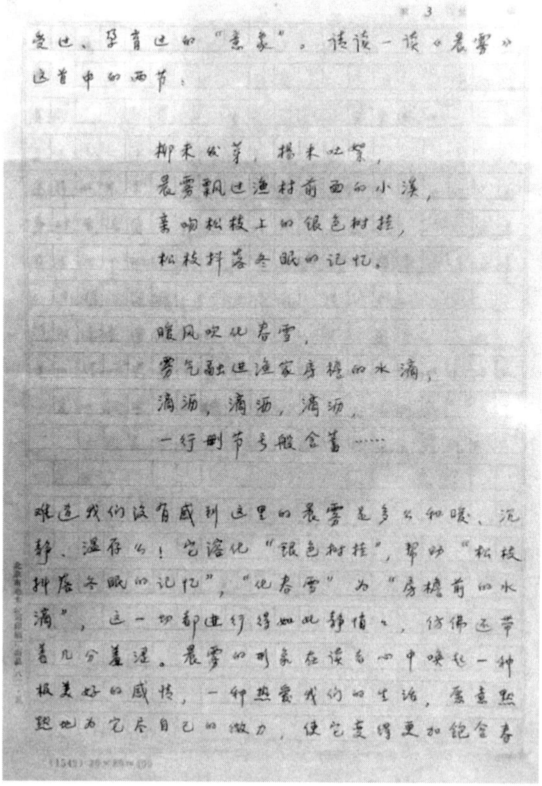
3

受过、孕育过的“意象”。请读一读《晨雾》这首中的两节：

柳木发芽，杨木吐絮，
晨雾飘过渔村前面的小溪，
亲吻松枝上的银色树挂，
松枝抖落冬眠的记忆。

暖风吹化春雪，
雾气融进渔家房檐的水滴，
滴沥，滴沥，滴沥，
一行删节号般含蓄……

难道我们没有感到这里的晨雾是多么和暖、沉静、温存么！它溶化“银色树挂”，帮助“松枝抖落冬眠的记忆”，“化春雪”为“房檐前的水滴”，这一切都进行得如此静悄悄，仿佛还带着几分羞涩。晨雾的形象在读者心中唤起一种极美好的感情，一种热爱我们的生活，愿意默默地为它尽自己的微力，使它变得更加饱含春

卢老师起身道："一会儿咱们去北大校园里吃个饭。"她叮嘱严先生，带我们一家三口打车过去，她骑自行车自去打前站。

当我们坐车来到北大西校门附近的勺园，卢老师乐呵呵地站在餐厅门口迎候，那台旧自行车，同她极为朴素的衣着倒也显得协调，如果不知道她的身份，定以为她是后勤部门的一位工作人员。我的妻子感慨道，在北大校园里，见到诸多国内外闻名的教授，不管骑自行车的还是步行的，脚下穿着布底鞋，手里拎个绸布兜，几乎全是普通夹克衫，无一西装革履。

卢老师是重庆人，却一个四川辣味菜未点，点的全是东北菜和上海菜（她先生是上海人），用心是不言而喻的。两家人在一起聚餐，没有一点儿虚伪的客套，卢老师替代了服务员，不断地给每个人的盘子里布菜，对严先生亦不例外。电话不断响起，卢老师总是抱歉地说声"对不起"，然后拿起手机离席。通话中，她礼貌谦和，平等待人，看不出半点颐指气使的老板派头，让我一下子想到她祖父卢作孚创办的"民生"，感知何为平民意识和人文

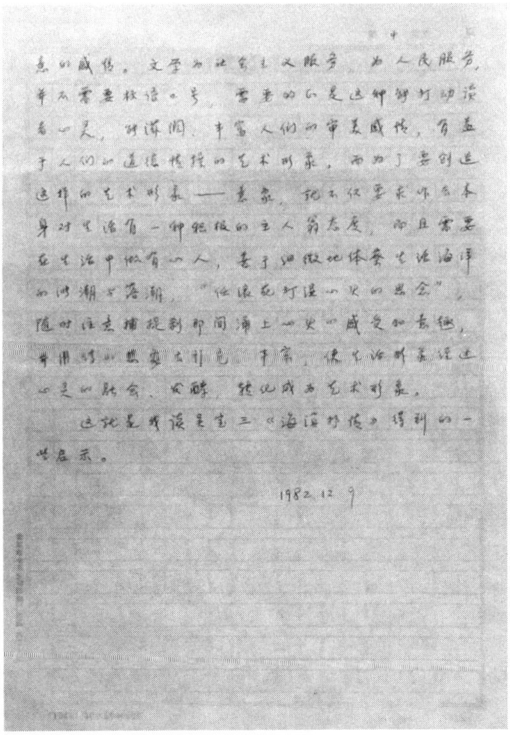
意的感情。文学为社会主义服务，为人民服务，
并不需要标语口号。需要的正是这种能打动读
者心灵，开拓视野，丰富人们的审美感情，有益
于人们的道德情操的艺术形象。而为了要创造
这样的艺术形象——意象，就不仅要求作者本
身对生活有一种积极的主人翁态度，而且需要
在生活中做有心人，善于细微地体察生活海洋
的涨潮与落潮，"让浪花打湿心灵的思念"，
随时注意捕捉刹那间涌上心头的感受和意绪，
并借诗的想象去升华、丰富，使生活形象经过
心灵的融合、发酵，转化成为艺术形象。
这就是我读吴宝三《海洋抒情》得到的一
些启示。
1982.12.9

严家炎教授评吴宝三诗歌创作的手稿

情怀。

严家炎先生是我的老师，卢晓蓉女士亦是我的老师。一位是学者，一位是实业家兼作家，志同道合，相敬如宾，在海内外传为佳话。

（原载《退休生活》2019 年第 1 期）

小说家教授吴组缃

提起吴组缃，学术界、文学界无人不知其名。在我看来，大学教授是做学问的，一般来说不搞文学创作，而吴先生，既致力于学术研究，又写小说、散文，这在名教授之中并不多见。他二十岁时即开始发表作品，著有短篇小说集《西柳集》《饭余集》，长篇小说《山洪》，小说散文集《吴组缃小说散文集》《吴组缃选集》等。二十世纪三十年代，他发表了小说《一千八百担》，被茅盾先生称为“一位前途无量的大作家”。

吴先生是现代史上的名人，笔名吴祖襄，安徽泾县人。一九二九年考入清华大学中文系，一九三五年后，曾任著名爱国将领冯玉祥的国文教师，在重庆时，与曾家岩的周恩来多有往来，两人以兄弟相称。人们都知道，蒋介石统治黑暗，冯玉祥青天白日提着灯笼去蒋府，以示抗议。这件事我曾问过吴先生，先生证实确有其事，叙述详尽，远远超过新闻媒体的传闻。令我惊讶的是，吴先生说得那么平静，一点不加修饰。抗战时期，吴先生曾任重庆中华全国文艺界抗战协会理事。一九四九年后，历任清华大学教授、中国作协书记处书记、《人民文学》编委、北大中文系教授、历届中国作协理事、第四届中国作协顾问。

我第一次知道吴组缃的名字是“文化大革命”初。那时，各种铅印、油印小报雪片似的漫天飞舞。一日，从北京传来一张《百丑图》漫画，上面画了一百个所谓反动学术权威，有周扬、田汉等，其中也有吴组缃。只见他端坐在一个大树杈上，嘴里叼着个大烟斗，手里捧着一本《红楼梦》，一看便知他是被当作红学研究的“反动学术权威”来批判的。不知为什么，漫画中丑化的形象，我非但不觉得丑，反而成了我崇拜的偶像。几年之后，我竟成了吴先生的弟子。

第一次见到吴先生，是在北大的大教室门前，他骑一辆半新不旧的自行车来讲课，停好车，目不斜视，旁若无人，径直走进楼来。他身材魁梧，神情冷峻，一顶普通呢子帽下面，一副深色金丝边眼镜，嘴里叼着一个大烟斗，看不出是一位六十几岁的学者来上课，倒像一位来参加竞选的资深“国会议员”。这堂课上的是小说课，他打开教案，神情冷漠，不苟言笑，一字一板地讲了起来。当讲到小说中的人物描写时，他的脸上多云转晴，顿时开朗，阳光灿烂。我清楚地记得他有这样一段话：“人物动作描写不能落俗，我几十年前写的小说，就有描写姑娘的辫子往后一甩，你现在再甩，还有什么意思？你描写人物发火生气，一进屋就气呼呼地大吵大闹，就不如一进屋，摘下帽子或眼镜往床上一摔再大吵大闹好，当然这是细节描写……”

转过年，系里进行社会实践，我和吴先生在密云相处了一段时间。他喜欢喝茶，而且喝好茶，不像某些人怕被说奢侈而遮遮掩掩，沏好了茶，还让同学们一起喝。他对我说，你不吸烟，应多喝点茶，这于身体有益且能疗病。我的喝茶习惯，怕是听了先生的话，才养成的。吴先生敢讲话，而且讲真话，不怕担责任，因此吃过不少苦头。

最难忘的是听吴先生讲《聊斋志异》，这是他出问题的一课，也是我听他讲的最后一课。那天，他仍和往常一样，站在讲台前，在黑板上写下“蒲松龄”三个大字，然后介绍蒲公生平。说到鬼狐，自然联想到迷信。他说：“太平盛世，迷信之说不多见；社会不太平，封建迷信活动就抬头，像我们国家三年自然灾害时期……”这下闯了大祸，系军宣队在大会上点名批判了吴先生，并组织全系同学对“资产阶级进攻”进行反击。

在这场大批判中，我亦成了“资产阶级教授”的俘虏。因为听了吴先生的课后，我无意间向同学们讲了一则笑话：有个单位召开忆苦思甜大会，请一位著名劳动模范上台忆苦，他忆了几件苦事，领导觉得苦得不够，就启发他往最苦的上说。老劳模问领导：“啥时候的苦都兴说呀？”领导曰：“当然可以。”于是老劳模提高了嗓门动情地说：“要说最苦的就是一九六一年三年困难时期……”这就成了我顽固地站在“资产阶级教授”一边的佐证。现在想起来，真令人啼笑皆非。可当时我压力很大，压得我抬不起头来。前几年回系里聚会，说起当年，有位老师告诉我一件事，令我大吃一惊。这位老师说，你毕业的前一年，吴先生进城办事，在东单公交车站候车，一辆轿车路过那里，停在前方几十米处，一个年轻人下车后，面带微笑，很客气地把他带过去，请他上车。令人意想不到的是，车上坐着周恩来总理。总理在车上称他组缃兄，详细问了北大一些老教授的境况，两人谈了许久，直到车子把先生送到目的地。我问这是真的吗，这位老师说，粉碎“四人帮”后，在一次大会上吴先生亲口讲的。我说，当年如知道此事，我就不会有那么大压力了。

若干年后，我读到北大著名教授季羡林先生的《怀旧集》，知道吴先生和我的另一位恩师林庚先生，以及季先生，还有一位我只闻其名未见其人的李长之先生，曾在青年时代求学于清华大学，四位文学青年当时是清华园的“四剑客”，并一起“偷听”过谢冰心先生和燕京大学教授郑振铎先生的课。那时，他们风华正茂，一起讨论学问。未想到时光如箭，他们都垂垂老矣。李长之先生最早作古，匆匆离去。而我们这些后来的弟子，历经岁月沧桑，也年已半百，想起未名湖虽风光依旧，却人事已非。离开未名湖之后，有几次想起吴先生，内心情感难以言说，只是徒增几分惆怅而已。

离开北大几十年，我一直再未见到吴先生。但是，神情冷峻、叼着烟斗蹙眉思索的先生形象，无时不在眼前浮动。当我在《人民日报》看到新华社播发的先生逝世的消息时，不禁为他在那个年代所遭到的不公正的待遇而愤慨；而看到国家领导人和首都几百位知名人士参加他的追悼会，以及在他身后给予他的高度评价，我又感到莫大的欣慰。

吴先生刚直不阿的品格，应是我和他的弟子们学习的楷模。

（原载《天津文学》2019 年第 4 期，2019 年 9 月 3 日《作家文摘》摘发）

名士派教授王瑶

在北大中文系教授之中，我第一个结识的是王瑶先生。记得刚刚入学不久，我们文学专业的十来个同学与几位老教师，一起去东操场边上的园田地里劳动，划分了几个小组，分配我和一位老先生一起摘豆角。我谁也不熟悉，就主动走过去问了一句："老师，您贵姓?"我这个东北人不习惯用"您"字，这个字说得很蹩脚。只见他把正叼在嘴里的烟斗慢慢拿在手上，冲我微微一笑，操着浓重的山西口音说："都是一个系的，名字叫王瑶。"我吓了一跳，他就是大名鼎鼎的王瑶先生！"久仰您的大名。""什么大名，名声扫地了！"说罢朗朗大笑，笑得很响很亮很生动，旁若无人，极富感染力。我敢说，这之后再未听过任何一个人的笑声可以与之相比。我们就这样开始了师生对话。因不熟，话并不多，中间时有停顿，遗憾的是第一次交谈就不很投机，主要是谈到对一个历史剧的评价，我过分强调为现实服务的问题，王先生直率而明了地表示不赞成。尽管如此，庆幸的是他每次见到我，都点头打招呼，居然还能叫出我的名字。我的心里这才略微平衡一些。先生头发花白而凌乱，两眼炯炯有神，烟斗不离口，茶杯不离手，抽起烟来香烟缭绕，喝起茶来滋滋有声，一口接一口，老师和同学都说，王先生颇有点名士派的气质。这是先生在我脑海里留下的难忘印象。

王瑶先生是山西平遥人，跃马横刀关公关云长的老乡。据说平遥这座古城如今在全国是保存最完好的。王先生一九三四年入清华大学中文系，曾主编《清华周报》。抗战爆发后，随校迁至昆明，毕业后留校任教。一九四六年回北京任清华大学副教授。一九五二年后，历任北大中文系副教授、教授，《文艺报》编委兼鲁迅研究室研究员。一九三四年开始发表作品，专著有《中国新文学史稿》《鲁迅与中国文学》《中国文学论丛》《李白》《中古文学史论集》《〈陶渊明集〉编注》《关于中国古典文学问题》《中国诗歌发展讲话》等，这些著作，在全国颇具影响。特别要提及的是《中国新文学史稿》，作为全国所有大学的教科书，一版再版，一时洛阳纸贵。加之各类论文不断见诸报刊，因此，王先生的稿酬收益相当丰厚，在北大教授中算是比较多的。“文化大革命”中，他主动把自己多年积蓄的九万元稿酬全部上交。大概无此先例，系革委会请示学校，学校请示中央，最后决定暂由学校代为保管，再后来，似乎又退还给本人了。

王先生虽有较丰厚的稿酬，他的生活却又极其简朴。我入学好长一段时间，才知道他平时不在家里吃饭，而是去食堂或饭店随便用一点便餐。下饭店只去一家，即北大对门的海淀食堂，我曾遇见先生在那里就餐，一饭一菜一汤。上了年纪，他的衣服送洗衣店去洗，每次都骑自行车自己送去，自己取回，尽管他患有糖尿病，却从来不给别人添任何麻烦。后来得知这样一件事：“文革”伊始，家里的保姆揭发他反对伟大领袖毛主席，提供的证据是一张毛主席画像，上面隐约可见残缺不全的脚印痕迹，说画像被大风刮到地上，又说这脚印是王先生踩的，王先生有口难辩，只能接受审查。经系革委会调查，保姆向来与先生不睦，她见事情闹大便改了口，加上到底是谁的脚印也无法鉴定辨认，最后不了了之。虽然先生遭到一顿毒打，却没有戴上“现行反革命”的帽子，亦算是不幸中的万幸了。这件事对王瑶先生打击很大，说起此事，他气愤至极，把烟斗磕得山响，忌讳任何人提及此事，这与先生既不在家里用餐也不在家里洗衣服是否有关，我只能猜测，不敢妄说。

我对王瑶先生印象最深的，当是他最关心国家大事，每日必收听中央人民广播电台的报纸摘要和晚上的《新闻联播》节目。每日里必看报，双手摊开报纸，叼着烟斗，这大概是多年来形成的习惯。我们在乡下的那段日子，他把报纸铺在腿上，一边看报一边往烟斗里装烟丝，有时看得聚精会神，划根火柴点烟，眼睛也不离开报纸，那一瞬间真是精彩之至！平时王先生对敏感事物都有独到的见解，对社会现实有颇深的洞察力，但从不轻易发表，这也是他多年以来总结的政治经验。一九五七年声势浩大的“反右”斗争，大鸣大放大辩论，许多人提了意见。王先生一言不发。有人动员他讲讲，他毫不隐讳地直言：“我有意见，但我现在不讲，以后有机会会慢慢讲。”到底有什么意见，直到最后也没有讲出来，当然也就幸免被打成“右派”。但是，在私下闲谈中，他也直言不讳说心里话，且诙谐幽默。

走出北大校园，无论如何走不出如烟往事。当我忆起这位学识渊博，叼着烟斗四平八稳、慢慢悠悠的王瑶先生时，几分敬意便油然而生。直率、真实、睿智这六个字不知能否勾勒出先生的一二。我和他在豆角地里的那次小小争论，随着时间的推移，经过一段冷静反思，很快，我为自己总结了四个字：不自量力。

（原载《天津文学》2019 年第 4 期）

杂家教授吴小如

吴小如先生是当代学林和文坛上一位杂家学者。

他五十年代出版的《中国小说讲话及其他》和《读人所常见的书日札》，当时因我们年轻读不懂，与之失之交臂。为撰此文，曾到黑龙江省图书馆去查阅，以作者姓氏编目的书名还在，欲借，被告知曰下架了，使人不胜唏嘘。

七十年代初，我进北京大学中文系就读，成为先生的授业弟子，在先生身边学习生活了四年，对先生的敬业、博学和乐观、豁达，甚为感佩。而今毕业四十余年，仍将先生的师业精髓奉为圭臬，顷不敢忘。

在学界或文坛上，吴小如先生是一位公认的杂家，对此他自己也不讳言。被称为“杂家”，其中或也含有一点微词的味道，先生对此也不回避。在《古典小说漫稿》后记中，先生说：“近来颇听到关于我的一些议论，比如说我并无一技之长，只是个‘杂家’。这些意见我都乐于承受。我认为，在今日学术领域中，‘专家’固不可少，‘杂家’似乎也还需要。只是从‘十家九流’的传统看，我为学界所做的贡献比起《吕览》《淮南》，却未免相形见绌，望尘莫及。”对于人云中的潜意微词，吴先生只能谦而自嘲了。

七十年代，北大开门办学，一次学习中央文件，文件其中引用了一句唐诗："刘项原来不读书。"关于此诗的全豹及出处，同学们一时争论不休，莫衷一是。大家只好去找吴先生求教。吴先生当即不假思索，立刻将那位浙江籍的唐代诗人章碣题名为《焚书坑》的诗诵出：

竹帛烟销帝业虚，
关河空锁祖龙居。
坑灰未冷山东乱，
刘项原来不读书。

后来，我们返校查书，此诗果然一字不差，对此同学们无不叹服，杂家果然博闻强记。我一直不明白，在季镇淮先生任中文系主任期间，吴先生竟调到历史系任教，到底为什么，至今不敢妄加揣测。

多少年前，读到著名作家邵燕祥先生的一篇文章，他说他入文学之门，多得力于吴小如先生。随后，又读到吴先生读该文后的答文。在答文中，吴先生真诚地说，他对邵燕祥文中表述的弟子之恭，并不敢受。他说，邵氏之能有今天，都是他才气和勤奋努力的结果。邵文为真言，吴文也是真言，其师生之谊，令人艳羡。邵燕祥先生是文坛上的多面手，是不是得了吴先生的一点熏染呢？

由此，又想到吴先生策励推毂晚生后学的一件小事。

我的同学中文系文学专业于洪江，八十年代曾为参加在镇江召开的《三国演义》全国第三次学术讨论会写了一篇《试论〈三国演义〉中的陆逊形象》的论文，并把文章寄给老师吴小如先生。吴先生读后，将该文推荐给一个学术刊物，那里的编辑因为另一刊物已表示采用，便未接受。而按另一刊物的要求却希望作者把这篇一万八千字的文章删成七千字，几经磋商，最后说定由编辑部代为删成万把字，也就是砍掉近一半。先生函告作者于洪江说，让他们删吧，只要能发表就行。不料编辑部最后又通知说计划改变，那篇文章不准备刊用了。这就是一位文学青年的命运。可与此同时，却有好几家出版社来向吴先生约稿，先生凭借自身的优势，将未出道的中青年学者写的若干文章合为一秩，交出版社出版。这就是北京大学出版社出版的《小说论稿合集》一书的由来。这部合集收入吴小如先生的文章十二篇，收入陈曦钟先生（一九六二年北大中文系毕业，其时为北大中文系副教授）的文章十篇，以及于洪江先生的文章三篇。该书出版于一九八九年，在当时学术著作很难出版的情况下，吴先生如此提携策励晚生学人，当是十分难得的了。

在吴小如先生早年所写的评论文章中，也可不时地窥见这位杂家博学者行进的足迹。青年时代的吴小如先生，曾对北大著名教授废名（冯文炳）先生出版的多部作品写过一篇综评，时年二十四岁。此文写好后，曾呈给著名作家、教授沈从文先生斧正。沈先生改后，又把改本交给学生吴小如看，在征得同意后，将该文推荐给天津《益世报》，在其文学副刊上发表，颇引人注目。

吴先生的这篇《读废名的文章》，对废名先生的八部作品，进行了相当深入的研究分析，其中亦不乏尖刻的批评。用吴先生现在的话说："如果今天再让我写这类文字，我一定不会这样坦白直率地指手画脚来批评老师了。而师长们当时读了像我这样年轻人的文章，不但不以为忤，还勖勉有加，允许其问业，这种恢宏气度是我亲自感受的。"在吴先生的文章中，对废名先生的作品抑扬均有，所见多鞭辟入里。吴小如先生青年时代遇到像废名先生那样宽豁的老师，实在是幸甚了。这事距今已六十多年，而那时诤言如金，诤友弥贵，如果能有几位诚心的诤友在侧，那么对双方或许都是幸甚的。只是，今天学界和文坛上的这种风气已经少见了。

吴先生青年时代的博学博览，积淀成深厚的学养，毋庸置疑，这是一笔得自师承家传的宝贵财富。吴先生之父为著名书法家、诗人吴玉如先生，故其书法乃得其家学真传。在北京大学，他的书法无人能匹敌。“文革”期间，北大革委会有一封“致敬信”，全文五千余字，就是由吴小如先生一气呵成用楷书写就的，可见其书法功业之深，千言蝇头小楷，竟无写错一个字，非他人所能企及。

四十年代初，吴小如先生肄业于天津工商学院，后经同学介绍，结识了著名学者林宰平先生，并从林宰平先生处学过章草。通过吴小如先生，林宰平先生和吴玉如先生也有了交往，并有酬答诗传世。后来，吴小如先生进入北大中文系学习，恰逢宰平先生之哲嗣林庚先生又是小如先生之师。吴先生从北大毕业不久，后辗转又来到北大，碰巧又和林庚先生成了同事，这样吴、林两家两代学人的学授渊源和交谊，不仅是文坛上的一段佳话，也是学术薪火相传的一段学缘。

在吴小如先生林林总总的著作中，最值得提及的，当是他的《读〈王瑶先生纪念集〉》一文。王瑶先生仙逝后，王夫人杜琇女士曾赠给吴小如先生纪念集一册。该书收入了回忆王瑶先生的文章、挽联、挽诗、唁电等近百篇，但其中都没有吴先生写的文字。吴小如先生读了这本纪念集后，其怒可知。他说“这一次却不想沉默了”，因为在“文革”的十年中，“真正同昭深（王瑶先生字）先生‘相濡以沫’的恐怕除了我很少再有别人。在那最初的几年里，我们真称得起同生死共患难。有的文章对那一时期昭深先生吃的苦头讳莫如深，或下笔极有分寸，如蜻蜓点水，‘适可而止’”。吴先生所发的火，并不是无名之火。因为如此“遗漏”吴先生回忆文字的纪念集，并非首次。在此之前，即在编发沈从文先生纪念集时，也发生过。这样地对待学界要人、著名教授、杂家吴小如先生，恐怕有失公允。

吴小如先生的博与杂，更体现在他对京剧艺术有精深而独到的研究。

早在六十年代初，吴先生就曾写过《说谭派》和《说言派》两篇论文。但后来，因和当时的某位戏曲界权威的看法有歧见，到写第三篇《说余派》时，则“遂尔搁笔”。这一搁就是二十年，到七十年代末，才开始“重操旧觚”。吴先生一九八六年在中华书局出版了《京剧老生流派综说》一书，这是一部专门研究京剧老生流派与剧目剧情的著作。该书收入正论十篇，附论七八篇，分别论述了京剧老生流派的发展、演流及变异。吴先生在此书中提出，研究京剧，最基本的是从演员和剧目下手。他认为，不研究京剧演出

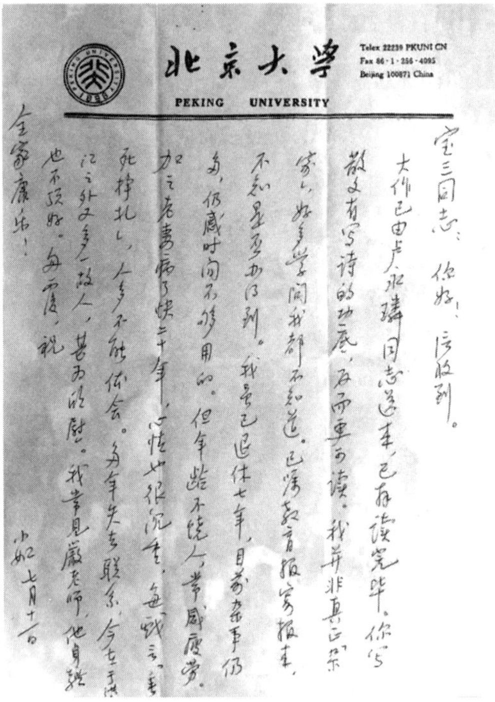
北京大学
PEKING UNIVERSITY
Telex 22239 PKUNI CN
Fax 86·1·256·4095
Beijing 100871 China

宝三同志：你好！信收到。
大作已由卢永璘同志送来，已拜读完毕。你写
散文有写诗的功底，反而更可读。我并非真正杂
家，好多学问我都不知道。已请教育报寄报来，
不知是否如期收到。我虽已退休七年，目前杂事仍
多，仍感时间不够用的。但年龄不饶人，常感疲劳。
加之老妻病了快二十年，心情也很沉重，每钱三毛
死撑扎扎，人多不能体会。多年失去联系，今在辛洪
汇之外又多一故人，甚为欣慰。我常见严老师，他身体
也不很好。匆复，祝
全家康乐！
小如 七月十日

吴小如教授致吴宝三的信

史，所谓京剧史的研究和史料整理，就成为一句空话。而一部戏曲演出史，又主要体现在演员和剧目两个方面。所以，吴先生在研究京剧流派时，必是先谈演员，而后涉及剧目。

当然，吴先生对于京剧的见解，是学人的见解，自有他学人或杂家的理论之蕴。在北大中文系，教授学人中至少有两位懂京剧的高手，那就是古文字学家朱德熙先生和杂家吴小如先生，而且他俩还是能够合作写文章的同道好友，都是京昆业余爱好者，且有不少共同的艺术语言。我清楚地记得，朱德熙先生有一次在课堂上给我们讲课，顺便提到京剧，他说了一句戏班子里常说的老话“千斤念白四两唱”，课后竟被上纲上线，遭到无辜的批判。在那个年月，朱德熙先生敢于在讲台上讲真话，每每提及，吴先生总是佩服不已。

吴小如先生还有一部关于京剧与戏曲方面的散论随笔集《台下人语》，这部书可以说是他杂家的代表作。该书从如何欣赏京剧讲起，这对我们这样的戏曲外行来说，不啻是一盘速成的文化快餐。先生收藏了大量京剧老唱片，有几张几近绝版。

走近吴先生，就走近了当代的学林大师。吴先生的著作博杂弥深，涉猎亦广，尤其他在传统文化和古典文学方面的底蕴，特别引人注目。作为杂家，在当代学林中自有他自己的地位。先生逝世时，国务院三任总理朱镕基、温家宝、李克强皆送了花圈，对其景仰不言而喻。

（原载《天津文学》2019 年第 4 期）

一代宗师王力先生

我出生在松花江畔一个小镇的贫民家庭。贫困，却乐观向上。少年不知愁滋味，我没有一丝忧愁，我隐隐约约地感觉到，面前有一面高墙，张望外面世界的目光被挡得严严实实。从小学读到初中毕业，我分不清大学里什么是文科，什么是理工科，不知道何谓院系。到六十年代，我到一个县城里读高中，常常去县图书馆和新华书店读报看书，始知北京大学教授、中国现代语言学奠基人之一的王力先生。

王力，广西博西人，出身书香门第，一九二六年考入清华大学国学研究院，翌年赴法国留学，专攻实践语音学，获博士学位。回国后任清华大学讲师、教授，西南联大教授，中山大学教授兼文学院长，创办中国第一语言学系，一九五四年调到北大任教授，并任中国科学院哲学社会科学学部委员。先生学问渊博，融汇中西，为学术界中少有的通才。他在语言学方面的著作达五十多种，且颇具开创性，其代表作当是《中国音韵学》《中国现代语法》等著述。

七十年代，我有幸迈进北大的校门。在杨柳依依的未名湖畔，当我第一次见到中文系王力教授的一瞬间，不知是因为终于见到了这位仰慕已久的大学者，还是因为想起远在天边的、对我影响颇深的乡村小学的老师王力，我流泪了，湖畔高耸的博雅塔被泪水模糊成一团云雾。翌年秋天，我再次见到王先生，是在学校西门附近的稻田地里。那日，文学专业马振方老师领着同学们在稻田地里拔草，因为我有关节炎不能下水，被分配和几个女同学在路边把杂草堆放在一起，然后用三轮车运走。马老师比我们大不了几岁，十分机智，且幽默风趣，称我们不能下水田拔草的为“水上陆战队”。这时，只见马老师快步从地里走出来，和迎面走来的一个人很客气地打招呼。我抬头仔细一看，此人竟是王力先生。近距离细细端详，老先生不像南方人，倒像地道的东北大汉，身材高大魁梧，完全谢了顶，红光满面，脸上没有一丝皱纹。他向马老师微微笑了笑，两人说了一会儿话，便分手道别。马老师告诉我，这是咱们系的老师王力先生。你看他一脸严肃，却很平易近人，对学生也很随和，从来不发脾气。马老师是小说家，上大学之前就发表过小说作品，善于观察生活观察人，他开玩笑道，一个人的学问，谢顶程度和胡须长短大概是衡量的标准，头上越拔顶，或胡子越长，就越有学问，中文系的王力先生和哲学系的冯友兰先生可为例证。大家听了这番话，开始一怔，接着都会心地笑了。想起前些天，我竟有幸和冯友兰先生在《新北大》校刊同一版上发表诗词，着实为此兴奋了好一阵子。王力先生的著作我看得不多，但他热心培育学生的一件事我早就耳闻。二十世纪六十年代，苏联曾翻译出版王力先生的《汉语语法纲要》，先生和三个青年助教一起，共同翻译苏联汉学家写的占全书一半的长篇序言。先生懂法文亦懂俄文，他多次改动，最后统稿交付出版社出版，将所得俄文部分翻译稿费，让三个助教三一三十一平分，这不能不让人赞叹。我入校之时，这位中外闻名的教授还戴着“反动学术权威”的帽子，尽管尚未“解放”，但那炯炯的目光，依然透出一股神圣不可侵犯的凛然正气。后来我们认识了，我同他虽是师生关系，却如一首陕北民歌所唱的那样：“一个在那山上一个在那沟，拉不上话话儿招一招手。”我们有时在路上或楼梯上见面，只能相互点一点头。在校期间，我曾参加《新华字典》的修订，一本厚厚的大样，每天从早翻到晚，看得昏头涨脑。在修订过程中，我摘录几处自以为不妥的条目注释，想找个机会，避开一些人的耳目去请教王先生。

那是一个冬日的下午，在三十二楼学生宿舍门口，系传达室的电话铃声响了，看收发室的川岛先生正接电话。川岛本名章廷谦，著名教授，鲁迅先生的忘年交。鲁迅先生曾给他写过许多信，在送给他的一本书的扉页上，题签盖章，亲昵地称他“我所敬爱的一撮毛哥哥”。我亦读过川岛先生的《和鲁迅在一起的日子》，对这位老前辈肃然起敬。先生接电话后，上楼去喊一个同学听电话，我正好碰上胖胖的他吃力地爬楼梯，便让他回传达室，我替他去叫人。当我走到四楼楼梯的拐角处，出乎意料的是，迎面碰上了围着厚厚围巾的王力先生，我顾不得去叫人了，赶忙从衣兜里掏出一张卡片，一边请教问题，一边警惕地环顾四周，生怕被人看见打小报告。王力先生听得十分认真，逐一做了解答，我道了一声“谢谢”，一向神情严峻的老先生，嘴角微微露出了一丝笑容。因为叫人叫迟了，那个同学没有接上电话，正欲对川岛先生发火，我赶忙前去解围，分别向川岛先生和那位同学道了歉。

王力先生是“文革”前的一级教授、学部委员、语言文字大师，从未因我幼稚的提问而不屑解答。一九八六年先生辞世，我的心情颇为沉重，得知这个消息，情不自禁地想起在北大和先生相处的一些往事。有一些字、词、成语、语法等未来得及向先生请教，不能不让我抱憾终生。北大，永远的北大，哪怕在梦中，师长王力先生远去的背影依然那么清晰。

（原载 2019 年 11 月 22 日《光明日报》，
2019 年 12 月 31 日《作家文摘》摘发）

拜望恩师严家炎

北大中文系教授严家炎先生，是我的恩师，亦是我的朋友。半个世纪以来，我们一直保持联系，我称他老师，他称我学弟，他曾到我工作的辽宁兴城和黑龙江的哈尔滨看过我，我每次进京，必去北大看望他。我们之间的来往信件有几十封之多，逢年过节打个电话似家人般相互问候。今年出版的十卷本《严家炎文集》，尚有十多万字文稿未收入进去，而他为我写的一篇诗评却收入其中，令我唏嘘不已。

严老师是上海人，一九五六年在职直接考取北大中文系研究生，是参加过五四运动、时为系主任的杨晦先生的弟子。一九六一年，严老师发表的有关《创业史》的三篇评论文章，反响极大，引发一场大论战，导致全国公开评判所谓的“中间人物论”，邵荃麟、严家炎首当其冲。那一年，这位令人刮目相看的文艺理论家只有二十七岁。

严老师研究生尚未毕业，便被留系任教，由文艺理论转到现代文学，从此走上学术研究之路。他曾任北大中文系主任、国务院学位委员会语言文学学科评议员、中国现代文学研究会会长、三卷本《二十世纪中国文学史》主编。二〇〇五年被聘为北大哲学社会科学资深教授。

许多人可能不知道，严老师是带薪读研的，其时工资是全系带薪上学最高的，他对钱看得很淡，主动要求和其他人一样，执意降薪，每月下调了几十元。在五十年代，这可是一笔相当不小的数目。在文学研究界，严老师被称为“严上加严”，唐弢先生称其“有点固执”，也正是这位鲁迅研究大家唐弢，点名请严家炎接替他担任《中国现代文学史》主编，不然就休病假。无奈之下，严老师放弃了去匈牙利讲学，全身心投入编撰工作。果然不负重托，一九八八年唐弢、严家炎共同主编的这套三卷本文学史，由人民文学出版社出版，作为全国高校中文系通用教材，荣获全国第一届优秀教材奖。

国庆七十周年之际，我来到北京。那天登上天安门城楼参观后，当晚我便给严老师打电话，约个时间前往拜望。电话是严夫人卢晓蓉女士接听的，她说真对不起，我们正在苏州大学参加纪念金庸先生的一个学术活动，两天后返京。放下电话，我按捺不住内心的兴奋，对身边的老伴说，严老师出版了《金庸小说论稿》，是北大中文系乃至全国第一个在大学讲堂开设金庸小说研究课的教师。又不无自豪地告诉她，严老师二十三位研究生和博士后，都是现代文学学术界的中坚力量，颇有才气亦有争议的孔庆东名列其中。

两天后的上午，天上下着小雨，空气少有的清新，我和曾经的同学、对外汉语学院教授王顺洪一起，敲开位于中关村蓝旗营小区的严老师家门。几年未见，严老师没有大的变化，依然精神矍铄，思维敏捷，只是走路有些迟缓。老师的谦恭是出了名的，他请我们坐在沙发上，自己却搬个小凳执意坐在沙发旁。几经劝说，他才同我们都坐在藤椅上。

严老师著作等身，藏书万卷，夫人戏称其为“书虫”。环顾客厅却不见当年满屋的书柜。卢老师看出我们的疑惑，微笑道，先生的书大部分都捐给了中国现代文学馆。师生谈话的主题离不开北大那些人，那些事。说起曾为冯玉祥将军的国文教师吴组缃先生，顿时忆起严老师任系主任期间发生的一件往事。一九八五年初冬，习惯半夜十二点上床休息的严老师刚入睡，就被一阵急促的电话铃声惊醒。电话是吴组缃先生的邻居打来的，说老先生昏过去了，不省人事，子女在外地，家里只有老两口。严老师本能地想到系里管行政后勤的副主任，与他商量怎么处理，考虑时间紧迫不能延误，便直接打电话给校医院院长，请大夫速来抢救。院长亲自往诊，和严老师分别骑自行车赶到吴家。经过一个多小时的抢救，吴先生醒了过来。是日早晨送进北医三院。吴先生当医生的儿子动情地说，医务人员的成功救治，延长了父亲八年寿命。

当严老师去医院看望吴先生，一见面“老先生紧紧握住我的右手，表示要谢‘救命之恩’”，严老师摆着左手道：“不该这样说，我们都是您的学生，只是做了一个学生在当时情况下都会做的事。”

我们谈兴正浓，卢晓蓉女士走过来，邀请我们到饭店一起吃个午饭，不无抱歉道，她的中学同班同学从美国回来，第二天就要走，想见正巧刚从香港来京的一位同学，她下午一点得去接那位香港来的同学到聚会地点，所以要先去饭店点菜。我站起身来送她，对她说：“严老师有这么好的身体，多亏了您，您身体也不错。”她笑道：“我得有个好身体，才能更好地照顾严先生。”走到屋门外，卢老师再三叮嘱，请提醒严先生带把伞，他自己从饭店回家没问题，你们送他回来更好。多么幸福的两位老师，令人艳羡。此时此刻我在想，真得感谢严老师和卢女士结为秦晋之好的大红媒——刘梦溪、陈祖芬夫妇。

八十六岁的严家炎先生，坚守本心，潜心耕耘，如知春的细雨，温润着燕园这片他深爱的沃土，是一位令莘莘学子为之倾倒的一代宗师。

（原载2019年12月25日《文学报》，2020年2月18日《作家文摘》摘发）

我在北大当过“兵”

一九七〇年，我在北京上大学。是年十二月，为了响应毛主席发出的“要准备打仗”“备战备荒为人民”的号召，北京大学组织全校师生千里拉练。

像当年野战部队一样，我们背上行李、脸盆和牙具，踏上了征程。拉练的路线是：沿着昌平、顺义、密云、平谷、延庆，绕北京走一圈，再回到学校。时值隆冬，正是北京一年中最寒冷的季节，而同学们的情绪十分昂扬，一路高歌，一路豪情。“毛主席的战士最听党的话，哪里需要到哪里去，哪里艰苦哪里安家，祖国要我守边卡，扛起枪杆我就走，打起背包就出发……”

中文系近两百名师生，编为一个连队，按照部队“支部建在连上”，我们的党总支书记是8341部队连指导员朱曙光。二十世纪九十年代，他担任武警部队副司令员（中将军衔），松花江发大水那年，他曾亲临哈尔滨抗洪一线。其时，朱指导员风华正茂，比同学们大不了几岁，性格开朗随和，没有一点长官架子，和同学们相处得十分融洽。

我们每到一个地方，都住在当地老乡的家里，白天和社员们一起下地修“大寨田”、干农活，晚上以班为单位，组织学习毛主席著作，或分为几个小组访贫问苦。

行军每到一个地方安营扎寨，拉练总部的供给车都会把吃的粮食送到各个连队，连队分到各班，各班再分头在老乡家起伙做饭。记得那次在延庆县花盆公社一个生产大队宿营，住在一户老贫农家，让我意想不到的是，天子脚下的京郊地区，还有这般贫困人家。家徒四壁，一铺土炕上只有两条破旧棉被，炕前屋地上堆放着几袋粒粮、地瓜。然而，老两口乐乐呵呵，把我们当成自家的孩子，看成是人民子弟兵，把炕烧得热乎乎。几天来，给我们烧水洗脚，给病号煮鸡蛋，见我们上顿下顿吃苞米面，说什么也要给我们包一顿饺子吃。盛情实在难却，饺子虽是清一色大白菜馅，无油无肉无佐料，却好吃得难以形容。我敢说天南地北吃过的各种各样的饺子，没有一种可以与之相比。后来得知，这是老两口子半年来攒下的鸡蛋和几斤白面。

我当时虽然是普通一兵，连里却交给我一项任务，那就是，让我和中文系最年轻的赵景云老师编印战地小报。赵老师年龄比我小一岁，我称他老师，他却让我称他的名字，我试探叫一声“景云”，他喜形于色。我们成了朋友。每晚刻钢板，我乐不可支，俨然成了随军记者。当晚，我饱含激情写了一首诗《老房东》，刊登在战报上，得到赵老师和同学们的好评，后来又刊登在《新北大》校刊上。几十年后，我曾约郑立水、刘胜奇等几位同学旧地重游，专程去看望我诗中所写的给我们包饺子的这家房东。

塞外寒风刺骨，滴水成冰，燕山雪花大如席，拉练队伍进入了最艰苦的阶段，特别是一些女同学，有点跟不上连队前进的步伐了。每天行军，同学们抢着为体弱的同学背行李，背诵毛主席语录，相互鼓励。不知是哪个同学动议，行军路上，同学们你一句我一句背诵起毛主席的诗词。拉练这段日子，可谓弥足珍贵。同学们不无自豪地说，毛主席的三十七首诗词，拉练路上反复温习，我们不能说首首诗能倒背如流，但可以说，每一首诗皆能朗朗上口。

千里拉练路上，我学会了做饭，最拿手的是贴苞米面大饼子，同学们常常为我点赞。他们未必知道，这门手艺是我中学时代下乡秋收学会的，如今派上了用场，有了用武之地。

拉练中，最难忘的一件事是忆苦思甜教育。那天傍晚，大家在一起吃忆苦饭，吃的是谷糠做的窝头。我吃过苞米糠，以为谷糠和苞米糠相差无几，难吃不到哪去，可只吃了一口，方知大相径庭，苦涩不说，且难咽无比，几次咽下又呕吐出来。同学们的痛苦表情雷同，都想找个地方吐出去。此刻，但见朱指导员在墙角默默无语，一口一口吞咽下去。榜样的力量是无穷的，我不能在关键时刻掉链子，闭上眼睛强吞了下去，两眼里却呛出了泪水。

一个月的拉练生活结束了，我们回到学校的第三天，迎来一九七二年的春节。我被连里评为“五好战士”，立功喜报寄到小兴安岭深处我所在的家乡。这年春节过后，我入了党，亦是巧合，批准之日，正是美国总统尼克松访华到达北京，因而这一天记得格外确切。

此情可待成追忆。每当回首往事，我都掩饰不住内心的骄傲，不止一次告诉朋友和家人，在人生之路，我亦进过解放军这座大熔炉，在北京曾当过一个月的“兵”！

（原载《北大校友会通讯》2013 年 10 月）

重返燕园

接连收到两封来信，一封是北大中文系百年系庆的邀请函，一封是北大一九七〇级同学四十年返校活动的通知。

百年奋斗，玉汝于成，领衔学界，冠冕芳邻。北大中文系自成立以来，以育人为先，这里闪烁着思想的光芒，聚集着杰出的师长；北大中文人铁肩担道义，妙手著文章，与祖国、民族同呼吸，共命运。百年系庆，四十年相聚，梦之所及，心之所依。我十分欣喜地做了重返燕园的回复。

我提前一周到了北京。尽管女儿家到北大乘坐地铁只需半个多小时的车程，但我还是住进了位于北大正门附近的勺园。记忆依然清晰，读书时这里有一片稻田，稻子还没有抽穗的时候，地里水汪汪的，我们中文系师生去地里拔草。文学专业老师马振方，为照顾女同学和身体弱的男同学，不让下水，在地边干点轻活。马老师风趣地称我们为“水上陆战队”。我每次去京，都要回北大看看。一九九〇年，我携全家在勺园住了十来天，那时，这里是外国留学生的招待所，现在已是国际酒店了。再也不能回到当年，每当我走过这里，不知何故，心里总是情不自禁地默诵“稻花香里说丰年，听取蛙声一片”。

中文系一九七〇级同学重返燕园，这是自毕业后回校相聚人数最多的一次，也是历年来中文系老师参加同学聚会人数最多的一次。见到与会的十几位老先生，个个慈眉善目，鹤发童颜，同学们分外高兴。原系主任严家炎老先生动情地说："那个年代，尽管我曾受到过批判，但和这一届的同学感情是最深的，因为，我们曾朝夕相处，一起经受了风雨的洗礼。"中文系老先生们大多到了耄耋之年，而我们这届同学，最小的也年近花甲，因此师生相见格外亲切，说不上三五句话，又都找回当年的自己。作家徐刚，似一位披发行云泽畔的江湖大侠，他一个个直呼同学的外号，同学回敬他"徐大马棒"的绰号，他亦欣然笑纳。谢冕老师见到这位生态文学的领军人，笑曰："徐刚，大名鼎鼎！"徐刚恭敬地向老师施礼道："再大名鼎鼎也是您的学生。"

返校活动座谈会是在北大新图书馆北配楼举行的。同学返校筹备组负责人王丽梅主持大会。王丽梅同学是黑龙江大庆人，时任北大党委副书记、纪检委书记。她是站在讲台下主持的。她首先邀请老师们讲话，老师们讲得饱含深情，同学们无不动容。接着，她不无诙谐地对大家说："今天来参加聚会的同学，官最大的是姜伟新（住房与城乡建设部部长），他要赶回去开会，请他第一个发言。"姜伟新低着头走上讲台，他动情地讲了两句话："感谢恩师的教诲，感谢同学们的帮助。"站定，他恭恭敬敬地给老师和同学们各鞠了一躬。

同学们推选的代表依次上台发言，姜伟新之后是徐刚，第三个便轮到我了。我虽然神经衰弱，半宿未眠，昏昏沉沉，但头脑却是清醒的。我说："感谢恩师！在这届同学中，从老师那里得到最多的是我。我写过那么多文学作品，无大反响，而写中文系十位老师的人物散文让我成名，进而改变了我的命运，我沾了老师的光……”不知是主持人有意安排还是巧合，我们依次发言的这三个同学，不在同一个专业，当年却同住在三十二楼的327宿舍。

聚会就要有花费，解决的办法是同学个人自愿捐助。我从哈尔滨赴京，带了一点钱，几天来已花去大半。我在勺园住地给王丽梅同学打电话说，我只能捐三千元，聊表心意。未曾料到的是，北京的同学、黑龙江的同学、上海的同学、辽宁的同学，有的捐五千，有的捐两万，已经捷足先登了。丽梅同学说，不是嫌你钱少，捐款数这次会议费用已足够了。江西同学赵松发，在景德镇制作了二百件印有未名湖博雅塔的照片和“风雨燕园真情永在”八字的瓷茶杯，运到北大赠送老师和同学。我这三千元，筹备组不收，我也觉得确乎有点拿不出手，只好作罢。

按照系庆活动安排，是日晚，在博雅国际酒店举行中文系百年华诞校友叙餐会，一九七〇级六位所谓“重点同学”被邀参加，这其中有黑龙江省招生办的王明志和笔者。说来也怪也不怪，这六名“重点同学”心照不宣，全都分头同读书时所在班级的同学一起活动，竟没有一个人去参加叙餐酒宴。

老同学们首先一起回到了中文系三十二楼，楼前楼后走了一圈儿，四十年前栽种的一排排银杏树枝繁叶茂，那么挺拔苍劲。接着，大家一起参观了校园的一处处新建筑。同学们感叹：时代前进了，然而往事并不如烟。

徜徉在印有青春足迹的未名湖畔，凝望高耸的博雅塔，心中怎能不由衷地感慨：北大，我最初的梦想，我永远的校园！

（原载北方文艺出版社2012年12月版《大森林·家园》）

凤尾丝兰正开时

——北大七〇级同学聚会散记

大凡同学聚会，总要有一位热心的张罗者。我们北大七〇级同学毕业后四次相聚，总离不开一个人，她就是我们同一届的原北大纪委书记王丽梅同学。为这次聚会，她至少打来三次电话，发来两次邮件和信函，真诚期待远行的北大的同学们回来，看看博雅塔，游游未名湖，叙叙同窗情。我很感动，欣然赴京。

九月，是北京一年中最好的季节，我脱去秋装，周身仍觉暖融融的。这不完全是季节的缘故，更是心情使然。我驱车来到北大南校门，几乎辨认不出母校周边的模样。当年，大门斜对面啤酒九分钱、面条一角二分钱的那个海淀饭馆，依稀看得见它的背影已是远去了，还有那个修理自行车的凉棚……走进从南大门入学时的那条路，我才找到了母校的感觉，花草树木和青砖红瓦的老楼是那么熟稔，顿时唤起七十年代美好的青春记忆。近乡情更怯的我，不知聚会报到的北大新图书馆怎么走，一路打听，心里暗暗好笑，颇有点“儿童相见不相识，笑问客从何处来”的意味。

聚会是在北大新图书馆北侧厅举行的。屈指算来，我们这一届同学，年龄最小者已逾花甲，长者已近耄耋。同学们想说又不想说的一句话是，这恐怕是最后的晚餐了。向来不苟言笑的原中文系副主任卢永璘同学打趣道，论年龄，“六○后”官大官小都一样，“七○后”钱多钱少都一样，“八○后”有病没病都一样，“九○后”活着死了都一样。众皆大笑。

按照惯例，师生相见，老师们先要即兴讲话。诸位老师对我们这届同学，除称同学外，皆称我们为老朋友、老战友。这令我们情不自禁地想起江西鲤鱼洲的五七干校，想起开门办学的东方红炼油厂，潮白河畔前栗园大队的乡村土炕……记不住度过的日日夜夜，却忘不了共同经历的风风雨雨。此时，同学们深切怀念刚刚过世的一位老师——吴小如先生。吴先生是天津人，父亲吴玉如是大名鼎鼎的书法家，受其父的影响，小如先生写得一手好字，当年北大写给毛主席的致敬信，就是出自先生之笔，千言蝇头小楷，竟未写错一个字。吴先生对国粹京剧的研究，可谓无人匹敌，他收藏大量京剧老唱片，有几张几近绝版。

同学们聚集一堂，自由发言十分活跃，回忆枝蔓丛丛，开怀吟诗作赋。原黑龙江省招生办主任王明志同学，提及中文系学弟、名教授孔庆东当年在哈尔滨高考的趣闻逸事，令同学们开心不已；我们的班长、原公安部经侦局长胡安福同学，平静而意味深长道，北大不在于建校年代多么久远，亦不在于世界排名几何，最为重要的，当是这所大学培养的学生，对国家有多大贡献！一个个精彩的发言，点燃了同学们的满怀激情。此刻，时有同学从国内或海外发来短信，送来真诚的祝福。蓦然回首，每个人不在于官当多大，而在于今日，我们每一个同学都平安着陆。

有聚就有散，聚散总关情。依依惜别之时，有一位同学迟迟不肯上车离开，他坚持送走所有的老师和同学，此人就是原住建部部长姜伟新同学。老师和同学们陆续走了，他这才悄然上了车。

离开母校之前，同学们不能不看看中文系新址。中文系已由北大五院搬迁到未名湖畔的人文学苑。依然是仿古建筑，宽敞而现代，依然像五院那样优雅而充满书香之气。拱形屋檐下，“中国语言文学系”七个大字熠熠生辉。庭院里砖石铺地，花树含笑，绿草如茵。在院中，同学们惊异地发现，一大丛常绿花木，叶剑形，莲座状，圆锥花序，花团锦簇，紧紧相拥。我想起陶渊明的“幽兰生前庭，含薰待清风”，一边和诸同学在花前争相合影，一边考证此花的学名。这应是兰花中的一种。李白有诗云：“为草当作兰，为木当作松。兰秋香风远，松寒不改容。”面对此情此景，我信口诌了两句打油诗：淡雅清白无媚骨，脚踏沃土有馨香。这是我对此兰花的由衷赞美，亦是对特殊也不特殊的我们这届同学的写照。

回到住处，我的手机响起，是原北京出版集团资深编辑刘胜旗同学发来的短信。他告诉我，经查资料，此花学名凤尾丝兰，别名千手兰。我拟构思写一篇返校的散文，正不知用什么题目为好，于是乎，我敲定了这篇文章的标题：凤尾丝兰正开时。

（原载《北方文学》2014 年第 12 期）

寻访张建中同学

北大百年校庆前夕，为寻访分别二十几年的张建中同学，我从北疆城市哈尔滨出发，取道北京，去中国最大的都市上海。

当年，他也许是乘这趟列车回上海老家的。和我不同的是，他不是在这春意盎然的花开季节，而是在“风萧萧兮易水寒，壮士一去兮不复还”的严冬；他不是躺在舒适的卧铺车厢里，尽情饱览大江南北的山光水色，而是由两名工作人员押解出校，并失去了自由。那时，距毕业典礼还有十天，北大革委会军代表在全校大会上宣布，将张建中“开除学籍”“开除党籍”，遣返崇明岛劳动改造。

二十几年未曾见面也未曾有过联系，只是从老师和同学那里打听到一点他的境况。我不知道他的工作单位和住址，只凭他落难时一位同班同学给我的一个电话号码去寻觅。几经周折，多方询问，终于打听到他现在的工作单位——上海中医药大学，并知道了他现在已担任了这所大学的党委书记。我真替他高兴，兴奋之余，我竟禁不住默诵：“众里寻他千百度，蓦然回首，那人却在，灯火阑珊处。”

一

一九七〇年，来自全国各地的首批工农兵大学生跨进北大。我们那期中文系的两百名工农兵学员中，来自上海的学员不足十分之一。其时，学员的文化程度参差不齐，上海学员比较高些，而张建中又是其中的拔尖者。因此，他先后担任了班长、党小组长。这在当时来说，应该说是系里的“红人”了。

在那极左的年代，张建中与“红人”不同的是，他从不乔装打扮自己，处处表现出二十几岁年轻人应有的真实。

一次看完“反动影片”——赵丹主演的电影《武训传》，系里要求学员进行讨论批判。张建中身为党小组长，非但不批，反而领着几个同学在宿舍演起武训来。一位来自东北的同学效仿武训的样子，趴在地上当马让人骑，致使门牙磕掉，血流如注。张建中和同学们连夜将他送到校外的医院。我和他们的寝室是对门，但对这件事竟不知晓，只知道我的这位老乡不知何故镶了一颗金牙。

学校开门办学，文学专业学员“以社会为课堂”，分赴南口车辆厂和密云县的穆家峪公社。行前做了一番动员，张建中却公然“唱反调”说：“学生应该以学为主，什么社会实践，纯粹瞎折腾!”一个多月以后，他带领一个班的同学从南口回到学校，当走到宿舍楼下时，大声喊道：“弟兄们讨荒回来了，快下楼来接我们吧!”

不管在学校，还是在工厂上“实践”课，张建中不止一次对几个同学说：“王洪文当过兵，当过工人，凭这个就能爬那么高，咱们同学中有的不光当过兵，当过工人，还当过农民呢，比他的阅历还丰富。”“张春桥爬那么快，是踩着多少人的肩膀上的啊!”

当张铁生交白卷成为“反潮流”英雄，登在报纸上的那一天，他对着几位同学发表了一通“激烈的批评”。这些言论，终于导致他大祸临头。

班里有位女同学犯了一点错误。不久，东窗事发，这位“上海女老乡”为了将功赎罪，向党总支揭发了与此事毫不相干的党小组长的“反动言行”。中文系不愿让事态扩大，想自行解决。不料，这位梁上君子来了个竹筒倒豆子，打开已准备好的小本本，逐条揭发，和盘端出，揭出他的“反动言论”十余条，其中有几条上纲上线后竟然反映到了学校革委会。于是，校革委会对张建中做出了如此严厉的处分。

二

见到张建中，着实让我吃了一惊，他比我想象的要精神得多，似乎还是老样子，只是发胖且显得更健壮了。他操着上海普通话和我只谈了几句话，便令我想起临来上海时，北京的老同学刘胜旗感慨的那样：“同学见面，别看分别那么多年，有的变得都认不出来了，一唠嗑，还是念书时的那德行！”面对张建中，这话却不尽然。虽然一下子找到了当年同桌的影子，让我惊异的是，他变得沉稳了，但我仍由衷地说，他不是在装扮什么，在举手投足之间，依然表现出了我们那一代人中的“这一个”。我迫不及待地问道：“这些年你是怎么过来的?”出乎意料的是，他淡然一笑，既无慷慨也无激昂，却不无幽默地说：“故国不堪回首月明中。”“问君能有几多愁?”“古今多少事，尽付笑谈中。”遭过如此大难的他，竟然如此平静，平静得令我有几分吃惊。我强烈感到，这位“一方净土”的领导人，不失学者的风范，笔挺的深色西装，方格领带，裹着一颗智慧的心。难怪美国总统克林顿访问上海时说，这座国际大都市的人民，有着良好的教养。

当晚，彻夜长谈。那年，张建中从北京被发落回崇明岛的星海农场，便拉开了“改造”的序幕。场里分派他罱河泥，他和农工一起日出而作，日落而息，一天到晚泡在泥里水里。他没有家，一人住在临时搭起的简陋房舍。屋内阴暗潮湿，第二天起床时裤子、鞋子都是湿漉漉的，没有替换的，咬牙穿上后，照例下到冰冷的水中。感冒发烧了，烧到三十九度多，仍挑着百斤重的担子，走上十几米高的跳板，两腿颤抖不止，随时都有跌下去的危险。口渴难耐之时，他曾不顾一切地扑向马蹄坑里残存的雨水，俯下身子，吹一吹浮在上边的草末，大口大口地喝下去。

一场大病下来，他的身体几近散了架子，精神亦到了崩溃的边缘。他曾想过死，一死了之，转念想到对父母双亲尚未尽孝，这才打消了死的念头。每当熬不住时，不知何故，他总想起京剧《芦荡火种》中郭建光的一句道白：“胜利就在坚持一下的努力之中！”或许，是新四军郭指导员这句话给了他生存下去的勇气，他真的坚持下来了。

三年过去了，这是他咬着维系生命的绳头度过的三年。直到一九七七年，中文系费振刚先生代表北大来沪为他平反，他才得以重见天日。如红军二万五千里长征过草地一样，张建中在命运的沼泽中跋涉了一千多个日日夜夜，他未被吞噬，实乃大幸也！

回首往事，张建中极平和地对我说：“我还算是幸运的。当年的‘老右’们戴了二十年的帽子，我只有三年啊！”“可不可以说，你是最早反对‘四人帮’教育路线的？”“我不敢这样标榜，也从未这样想过，我只是讲了几句真话。”他说。

是年，张建中从星海农场调到中共中央血吸虫病防治领导小组办公室，他像一条受压的潜溪，顽强地穿出岩层，终于冲出地面，汇入大海。他十分珍惜这来之不易的春天，拼命工作，以此补偿失去的大好时光。八十年代中期，他调任上海市卫生局担任办公室主任，几年之后到上海市第一人民医院任党委书记，接着，被提升为上海中医药大学党委书记。似一株饱受风刀霜剑的树木，终于享有阳光雨露的恩泽，这位令人难以置信的受害者，一步一步地走向重要的领导岗位。争名逐利不是他的追求，而历史却还他一个公平。历尽劫难终成业，当我在校园里李时珍塑像前驻足时，不由浮想联翩：李时珍不畏艰险，追求真理，给后人留下了《本草纲目》，张建中不正是在药圣的精神感召下，为实现心中的治校目标而努力攀登吗？

三

在星海农场劳动改造的日子里，张建中同农场工友们结下了很深的友情。人们并未歧视他，相反却同情他，把他当作自己的弟兄。张建中在北大读书期间有两箱子书，在遣返过程中全部丢失，工友们便帮他借书，甚至从市里为他买书看。这期间，有一位女性对建中最为关心照顾，她认为张建中为人正直，有才气，坚信他是个难得的好人，她就是后来成为张建中妻子的农场场长叶杏珍。

那天下午，也是我们班的同学，现为上海市宝山区委书记的于根生，为我们举行了聚餐会。

叶杏珍女士因事姗姗来迟，人未落座，道歉声先飞了进来。她不似江南女子那般纤弱，却像我们东北的女同胞，性情开朗，举止大方，谈吐中透出火一般的热情，乍见之下，让我一下子想起北方大平原挺拔的红高粱。

叶杏珍席间滔滔的话语，把我带到他们当年生活过的令人酸楚的农场岁月。此时的张建中看着患难与共的妻子，一声不响，脸上却掩饰不住幸福的微笑。

我向叶杏珍敬了杯酒：“涸辙之鲋，相濡以沫。我的老同学张建中能有今天，多亏了你啊！”叶杏珍摆了一下手：“我没有你们作家想得那么多，那么浪漫。在我的心里只有一条，那就是保护好我的丈夫和我的婆婆。”酒后吐真言，作为妻子，还有什么比这更难能可贵的呢！

不是吗，身处逆境的张建中，以酒为伴，一次喝得酩酊大醉，躺在敞篷汽车上不省人事，就是这位女子，将他背回了家。

迎着习习晚风，我来到张建中的家里。他们现住三室一厅，膝下一女，和建中的高堂老母住在一起。按照上海厅局长住房标准，还没有到位，但建中已经很满足了。风风火火的叶杏珍蹑手蹑脚为我倒茶、削水果，原来是怕惊醒已经入睡的老人。幸福之家，幸福之人，我心中为多磨难的张建中能找到这样一位贤妻而暗暗庆幸。

两天的交谈，张建中不止一次地提到要总结教训，而且态度相当认真。他用浓重的上海话自语道：“记不清是哪位哲学家讲过，苦难是人生的老师。未经苦难，只能看到世界的一面。”我清楚地知道，这番话更多的是说给他自己的。此时，我更深切地感到，张建中从年轻时代的锋芒毕露已经走向成熟。

虽然身为一所高等院校的党委书记，但建中仍然没有扔掉曾经学过四年而且深深热爱的中文专业。他兼任《健康报》上海记者站站长，经常写一点文字，正着手整理这些年发表的文章与著述，准备结集出版一本书。出书之事，他轻描淡写地说了一句，我们再没有展开来谈。

后悔的是，我当时没有问及书的名字，但我有理由相信，书的内容定是关于苦难与人生。

（原载《北方文学》2020 年第 4 期）

最忆是勺园

勺园，北京大学留学生住地，与通往颐和园的马路只有一墙之隔，这里当年曾是一片稻田。全国最高学府的北大，一流教授、学者云集，起名却简而又简，不仅勺园，还有未名湖、燕园、蔚秀园、镜春园……绚丽归于平淡矣！

从北大正门（西校门）进来向右拐，便是勺园了。踏上这方土地，令人情不自禁想起雍正王朝的众多阿哥，这里曾是他们的府第。夏日的勺园，绿树撑伞，荷花映日，蝉鸣阵阵，实在是读书小憩绝好的清静之地。

那是八十年代的一个暑假，我携妻女偕友人陆先生一家住进勺园。虽然留学生大多回国了，但蓝眼睛、高鼻梁、肤色各异的人仍出出进进，个个彬彬有礼，面带微笑，中国话外国语混讲。我和陆先生来自毗邻俄罗斯的哈尔滨，俄语尚且听不太明白，更不要说英、法、德、意、日语了；而陆太太在一所大学教英语，此时倒派上了用场，找到耳目一新的语言环境，乐不可支。陆太太和老外交谈，我们除了能听懂“哈罗”外，全是鸭子听雷。

一日在勺园门前拍照，想请人为我们两家人拍一张合影。左顾右盼间，一位肤色黑里透红的人主动过来帮忙，他操着生硬的汉语说："请我来给你们拍照，OK?"陆太太说了几句英语，这位老外大为惊异："你讲英语很好，很好！"陆太太把照相机递过去，他高兴得手舞足蹈，几次跪倒爬起为我们选景。得知这位身材高大、动作敏捷的小伙子来自美国加利福尼亚州，和尼克松同乡，喜欢打篮球，我顿时想起 NBA 公牛队和迈克尔·乔丹。和这位老外道别后，陆先生戏谑妻子道："你和美国人对了半天话，为西方提供了多少情报啊？再搞运动，你就是深挖对象了。"众笑之。陆先生望着身边成群结队的外国人，颇有感触，他向我们讲述了他的老家边境县发生的一起震惊全国的大案例。

一九六八年秋收时节，各地"清理阶级队伍"，一个边境小青年被告发收听敌台。一日，他站在汽车上高高的谷垛上边向北眺望，当这辆汽车行至乡村土路时，左后轮陷了下去，车轮来回转动，越陷越深，他无意间开了一句玩笑："咦，历史的车轮可以倒转哪！"回到生产队，望着西天的晚霞，他又自言自语道："太阳怎么骨碌一下子就落山了？"和收听敌台联系在一起，一番上纲上线，认定这个青年是暗自盘算阴谋"投修（苏联）"。

鉴于此，逐级汇报，竟把这位小青年定为"现行反革命"，判处死刑。

顺着陆先生的这个话题，我想起一段亲身经历，也是在一个边境城市。黑龙江是中苏界河，两岸边防站以升旗为号，定期会晤。那时，对岸的苏联和中国一样，副食品奇缺，他们对中国的烟酒格外青睐。一次例行会晤，我和外事办领导前往会晤地。出于礼节，招待人家吸烟，我将一盒精装牡丹香烟放在会议桌上。对方舍不得吸，把这盒烟带了回去。这下闯下大祸，有人怀疑我把情报放在香烟里，传递过去。审来审去，审了好几年才不了了之。

这是改革开放之前两个真实的故事。我们讲得很投入，两家的孩子听得很入神，一个个睁大双眼，以为这是天方夜谭。

作为一个来自边疆的工农兵大学生，第一次在北大的勺园见到外国人，彼此无拘无束地交谈，我颇感兴奋；那么多留学生跨洋越海来到中国学习，我为我的国倍感自豪。因此，勺园给我留下的印象那么深刻，那么美好。

北大忆，最忆是勺园。每每回到北大，我都住进这个园子，既非寻访历史遗迹，亦非发思古之幽情，何也？那里，能唤起我初进勺园的忆念；那里，确乎能找到一种感觉。

（原载北方文艺出版社2002年4月版《叶述华年》）

□第二辑

勿相忘于江湖

诙谐幽默的老诗人艾青

近日回辽西小住，整理书橱，意外发现老诗人艾青送我的两本书，一本是艾老半个多世纪创作生涯中用了长达五年时间写下的鸿篇巨制《绿洲笔记》，另一本是《艾青叙事诗选》。每本书的扉页上都有作者的题赠："宝三同志指正，一九八五年八月一日，艾青。"忆起十几年前的几次交往，艾老那蕴含哲理的谈吐令人深思，风趣又让人忍俊不禁。

一九八二年春节前夕，我去北京人民日报社改稿，一日，编《大地》副刊的徐刚匆匆打来电话，让我晚上到前门附近的北纬饭店聚餐，艾青、高瑛夫妇住在那里，约我们在一起叙叙。当我乘公共汽车东问西问找到这家饭店时，艾青夫妇、诗人韩作荣、徐刚，还有《当代》杂志社的一位诗歌编辑，已围坐餐桌等候。我为迟到而不安，很不好意思，连连道歉。艾老见我这个东北人头戴水獭皮帽子，一身风霜，笑道："你从威虎山下来参加百鸡宴，我们的鸡还未捉到呢!"说罢让徐刚点菜。接着，艾老问我都在哪个林业局工作过，我一一做了回答。

我知道五十年代后期，艾老在北大荒劳动改造，曾在一个林场当过副场长，和工人一起伐过木头，还为这个林场捐献了五千元钱，便说起大森林中这个林场，艾老顿时来了精神，一起聊了起来。他说："北大荒地好，连塔头甸子都好，没有不长庄稼的地，除了种孩子不长，种啥都长!"说得在场的人哈哈大笑。

席间，徐刚向艾老索稿，他终于答应把《莱茵河流过的地方》这组诗交给《人民日报》发表，还跟徐刚开了一句玩笑："我把一个最漂亮的姑娘嫁给你了。"

一九八五年夏天，兴城县政府邀请艾老来兴城参观，中途被秦皇岛市政府"截获"下车。翌日，我和副县长苗会田专程去秦市迎接。由于当时正修京沈公路，路很不好走，两个小时的路程走了四个多小时，先期到兴城的几位作家挺担心，艾老年事已高，在京又跌伤腿，怕经不起汽车的颠簸。一下汽车，一位青年作家大吼："不坐火车坐汽车，这不把艾老折腾死了!"孰料艾青抚摸着跌伤的右腿，面带微笑道："真是给诸位添乱。五七年当'右派'，前几年右眼做了手术，现在右腿又跌伤。我这个人总是右边出问题。"紧张尴尬的气氛一下子缓和了，连那位发火的作家气也消了。

艾青到了兴城，不啻是辽西一大新闻，锦州市委主要领导派市文联主席、诗人易仁寰代表市委、市政府正式邀请这位全国人大常委视察锦州。同来的作家考虑他的身体状况，劝他婉言谢绝，艾老却说："不能扫人家的兴，见见我这个从'前线'下来的伤员也好嘛。"于是成行。车过高桥镇小憩，镇政府准备了一些瓜果，艾老是不吃糖也不吃水果的，却将一块西瓜吃得十分干净，只剩一层薄皮。他再三嘱咐随行的作家将瓜皮果核收拾干净，并亲自动手，边收拾边说了几句顺口溜：

不管官多大，
且莫摆官架。

当面谢人家，
背后不挨骂。

能不能说，这是艾青成名作《大堰河》留给他的质朴呢？回答是肯定的。

半个世纪前，艾青曾说过这样的话：“生活着，创造着；生活与创造是我们生命的两个轮子。”无论坦途还是流放，艾老从来没有停止过这“两个轮子”的转动。因此，无处不闪烁他那警世的诗句和风趣幽默的言谈。

（原载《北京文学》2018 年第 7 期，
2018 年 7 月 3 日《作家文摘》摘发）

布衣词作家“乔老爷”

一条大河波浪宽，
风吹稻花香两岸；
我家就在岸上住，
听惯了艄公的号子，
看惯了船上的白帆……

我打心眼里喜欢这支歌，记得上小学的时候，曾独自一人跑到家乡的呼兰河边，想要聆听艄公的号子，寻找船上的白帆。学写诗怕就是从那时开始的，这首歌对我的文学创作生涯竟产生这般重大影响。

第一次见到乔羽是一九八四年。那年，中国歌剧舞剧院组团到兴城演出，作为一院之长的乔羽随团同行。能见到心仪已久的大词作家令我激动不已。他创作的《我的祖国》《让我们荡起双桨》《祖国颂》《十里长街送总理》《牡丹之歌》《难忘今宵》《思念》等几十首歌，在群众中久唱不衰。他衣着十分朴素，布衣布裤，脚穿一双圆口布鞋，不像我想象中的大作家，倒像我在乡村读小学时的校长。更没有料到的是，这样的名家却是那样的平易近人。一见面，我称他老师，他操着浓重的乡音拉着我的手说：“我也是山东济宁人，不是老师，是老乡。”这就是对“乔老爷”的第一印象。

彼此熟悉之后，我们很快成为朋友。那日参观兴城的张作霖别墅，说起歌词《我的祖国》。我说：“‘一条大河’作为电影《上甘岭》的主题歌演唱后，风靡全国，在国外亦引起强烈反响，多少人为之倾倒。”乔羽谦和地一笑，说：“就其歌词来说，也没有什么特别好的地方，但确实抒发了一种向上的情绪，表达了我们民族兴旺发达的情感……”

六十年代初，电影《刘三姐》的插曲家喻户晓，写这个本子时，乔羽只有三十三岁。影片上映后，国内外影响颇大，特别是在香港和东南亚，成为最受欢迎的影片之一。不知是否与这个电影有关，朝鲜歌剧《卖花姑娘》要选用最好的中文版本，最后是由乔羽润色，送给金日成主席阅后定稿的。

“文化大革命”中，乔羽被打成“资产阶级反动学术权威”，发配到张家口劳改种水稻。周恩来总理非常关心他，几次问文化口的负责人，这使他十分感动。总理逝世，乔羽悲痛至极。《周恩来同志永垂不朽》的纪录片拍摄完成后，贺敬之推荐乔羽写这部片子的解说词，时间相当紧急，乔羽看着画面，一边哭一边写，泪水打湿了一页页稿纸，仅用一天的时间，就写出感人至深的全部解说词。

这些年，我和乔羽来往不多，也很少见面，但不断托人捎去问候。记得《思念》这首歌经毛阿敏唱红，我曾打电话问及这首歌的创作经过。乔羽告诉我，这是一首沉积多年的词，一九六五年，“四清”运动结束后，他回到北京。当时家住在东郊的垂杨柳，爱人也在外奔波，家里久无人住。进屋后，推开窗户，一只翩翩起舞的蝴蝶飞了进来，于是，灵感顿生，想起远方的朋友和亲人……

八十年代，某一年春节晚会前，中央电视台向乔羽约稿，很急，乔羽连夜写出这首《思念》。当编辑次日清晨来取稿时，乔羽还未起床。他告诉编辑稿子在书房的桌子上，这位编辑似有疑惑，乔羽却充满自信地说："放心拿走好啦，就是它！"果然，又一炮打响。

（原载《北京文学》2018 年第 7 期，
2018 年 7 月 3 日《作家文摘》摘发）

神秘诗人郑愁予

小雪时节，中国作协打电话来，美籍华人学者郑愁予夫妇从美国专程去哈尔滨看冰灯，委托龙江作协协助接待，我才得以走近这位文坛瞩目的神秘诗人。

郑愁予，原名郑文韬，出生于泉城济南。孩提时代随父南北辗转，抗战胜利后到北平，就读于崇德中学。一九四九年随家人去台湾。一九五八年大学毕业后，在基隆港务局供职十年。一九六八年赴美，在爱荷华大学国际写作班研究深造，曾获艺术硕士学位。现旅居美国，任耶鲁大学东亚文学系教授。

郑先生其人其诗皆是不俗的“这一个”，让人颇感神秘。他酷爱体育，运动场上剽悍骁勇，但诗中却是一位多情种子，尽抒浪漫情怀。他有着极其深厚的文学功底，但学的不是文科，毕业于法商学院；他是现代派诗歌的力行者，为人却是循规蹈矩的传统学者。他的成名作《错误》：“我达达的马蹄是美丽的错误/我不是归人/是个过客……”此诗在二十世纪八十年代中期，台湾现代诗歌流行大陆之时，众多文学青年动辄“这是一个‘美丽的错误’”，可见其影响之大。

初见郑先生，和我想象的判若两人。他衣着简朴，性格开朗，极为随和。乍见之下，让我想到一个人——最初在电视剧中饰演诸葛亮的那位憨厚演员。

从机场进入市区的车上，我告诉郑先生下榻天鹅饭店，省作协尽一点儿地主之谊，郑先生抱歉道，行前在网上已订了房间，在松花江边的香格里拉，没来得及告知你们。到了住地，他执意让服务生提行李，不让我伸手，到房间后方得知，他下车后即付了小费。郑先生夫妇邀我喝咖啡，说了说在哈的日程，之后着重加一句“自行活动，不用陪同”。在我一再坚持下，双方达成“晚饭后同游中央大街”的口头协议。

尽管天冷得滴水成冰，郑先生夫妇对中央大街风格各异、统一和谐的建筑艺术之长廊饶有兴致，流连忘返。天太冷，冻得手脚有些发麻，我建议到路边的书店暖和暖和，二位欣然随我前往。在这家书店里，我意外发现王安忆、梁晓声主编的《课外名篇》（高中版·诗歌卷），其中选有郑先生的《错误》一诗，正待细读，郑先生买了一本赠送给我。我在柜台前转了一圈，买了一本我的散文集《叶述华年》回赠给先生。回到饭店，郑先生打开电视看了一会儿每天必看的美国电视台播放的新闻，之后在赠我的书上写了一段留言：“宝三兄引领我和内子梅芳在冰天雪地中游中央大街，书店避寒片刻，购得此书，收有《错误》一首，以为赠。郑愁予二〇〇三年除夕于哈尔滨。”郑先生不仅普通话讲得好，汉字写得也漂亮，我感慨不已，树高千尺离不了根哪！

此后的几天里，郑先生夫妇“自行活动，不用陪同”，几次打出租车到冰雪大世界观赏冰灯，夜半方归。郑夫人患有腿疾，行走困难，想起她下飞机时乘坐的轮椅，我顿悟只请我们接送飞机的个中缘由。

在机场，我们依依惜别之时，再次谈起《错误》这首诗，郑先生妙语连珠。他说，每一个人都是诗人，如果他真诚地生活在这个世界中。当飞机直上云端的刹那间，我忽地想起忘记问他名字的由来。郑愁予——“江晚正愁余，山深闻鹧鸪”。我揣测，似从辛弃疾《菩萨蛮·书江西造口壁》这首词中而来，至于何故用此名，就不得而知了，这亦为这位神秘诗人又平添几分神秘色彩。

（原载《北京文学》2018 年第 7 期，
2018 年 7 月 3 日《作家文摘》摘发）

酩酊不醉的王酩

飘飘大雪，大雪飘飘，黑龙江省第四次作代会在友谊宫刚刚开幕。主席台上，应邀出席会议的晓光脸色骤变，心情沉重地告诉我："王酩去世了，我要赶回北京去……"这位晓光是著名词作家，他创作的《在希望的田野上》《采蘑菇的小姑娘》《那就是我》等，几乎家喻户晓。他和王酩是挚友，为王酩的歌曲集写过饱含深情的序言。几十年过去了，此刻，友谊宫窗外又飘起纷飞大雪，触景生情，我情不自禁地忆起王酩这位杰出的当代作曲家。

王酩是上海人，一九六三年毕业于上海音乐学院作曲系，分配到北京中央乐团从事专业创作。他已为一百多部影视作品谱写音乐，其中有电影《黑三角》《海霞》《小花》《知音》《红楼梦》，电视剧《诸葛亮》《侠女十三妹》等。他创作的多首歌曲在社会上广为传唱，那年，全国十五首获奖歌曲，其中四首系他所作。

最值得一提的是，由乔羽作词、王酩作曲的《难忘今宵》经久不衰。这首歌在一九八四年春节晚会上首唱，之后，这令人激动不已的旋律便响彻在历届春节晚会和大型晚会的演播大厅。它似可以和《莫斯科郊外的晚上》相提并论，将一种难舍难分的绵绵温情深深地融入朋友的心间。"难忘今宵，不论天涯与海角，不论新友与故交……”友情依依，余情未了。

许多人是从《妹妹找哥泪花流》开始了解王酩的。在京采访，我单刀直入问起这首歌来。王酩告诉我，接受了为北影拍摄的《小花》谱曲的任务后，苦思冥想，夜不能寐，进展不顺，便回到故乡上海。一日在街头漫步，走到人民广场，看见贴大字报的人山人海，哎呀，这么多人，妹妹上哪里去找哥哥呀？突然一个旋律产生了，啊……啊……他的泪水哗哗往下流。怕别人看到此景误认为他是精神病，赶忙坐公共汽车回家，一口气写下这支曲子。回到北京，请凯传填了词。只要进入创作，王酩便如醉如痴，好似着了魔，整个神经被音乐支配着。在家写曲子，整日和钢琴为伴，水开了，他看不见；饭煳了，他闻不着。他家的水壶和饭锅不知烧漏了多少。一次，他爱人从伊春老家探亲回来，推开房门走到跟前招呼他，他两眼盯着爱人，看了老半天，竟然问了一句：“你找谁呀？”

王酩曾在辽西体验生活，我有幸同他成为朋友。他喜欢喝酒，且颇有酒量，白酒半斤八两不醉。时任中共中央总书记的胡耀邦曾称其“酩酊大醉，音乐迷人”。在辽西的日子里，我每天与王酩同桌用餐，席间，他常操着生硬的东北方言开玩笑道：“咋的啦？可别喝迷糊，喝迷糊就整不明白了。”然后指指自己，“我的名字是酩酊大醉的酩，咋喝也不大醉。”他几次急着要乘小木船去距兴城三十多海里的菊花岛采风，便对我说：“咱们带上酒，带上吃的，把好吃的都给岛上的渔民，我们去吃渔民的饭，晚上就住在岛上，可以露宿，燃起篝火，喝酒、吃鱼干、盖鱼皮，那有多美呀！”正值春寒料峭，海上的夜晚更是寒冷，人家见他穿着单衣单裤却要露宿，无不笑他罗曼蒂克。在菊花岛上，王酩常在海边买几斤硬壳蛐子，带回食堂，自己到厨房动手洗净烫好，端上饭桌。他深情地对我说：“我对大海是有感情的，我的父亲是渔民，我的母亲是花农，我在海边晒过鱼干，心和大海相通啊！”

在兴城，中国女排在那里集训，同中国歌剧舞剧院的歌唱家们举办了一场别开生面的联欢。著名歌唱演员卢秀梅等演唱了我写的几首歌，郎平、姜英、梁艳、郑美珠、巫丹等女排宿将登台演唱了一首《迟到》，台下的王酩坐立不安。我问他怎么了，他说打算写一首像《迟到》这样的通俗歌曲，寻思找谁唱最合适。接着，他主动登台演唱了《妹妹找哥泪花流》，尽管声音嘶哑，但唱得非常投入，气氛一下子热烈起来。因为有几处跑调，台上台下的观众笑得前仰后合。

（原载《北京文学》2018 年第 7 期）

怪才诗人鲍雨冰

森林诗人陈士果英年早逝，每每怀念，便想起另一位逝去的森林诗人鲍雨冰。

令人难以置信，所有认识鲍雨冰的作家、诗人，对他几乎都有微词；在交往中，没有和他闹翻或没挨他骂的，恐怕只有寥寥的几位。难怪这样一颗怪异的流星陨落了，周围竟然无动于衷。

近日与几位作家朋友相聚，席间说起鲍雨冰来，想是盖棺论定，大家众口一词：文人无行。老鲍是个怪才，对他的评价，似乎有失公允。我说想为他写点东西，众皆赞同，于是乎，就有了这篇追忆他的文字。

一

鲍雨冰，原名鲍荣宝，一九四一年生于中国的马铃薯王国黑龙江省讷河县。十九岁开始发表作品，发表森林诗五百余首，出版诗集两部。他历任朗乡林业局秘书，《大兴安岭日报》文艺部编辑、副主任。中国作协会员。

在齐齐哈尔林校读书期间，鲍雨冰就开始写诗并向报社投稿。

他高高的个子，瘦瘦的身材，有点驼背，每当写就一首诗，都步行送到报社去。即或是滴水成冰的隆冬季节，也概莫能外。宽大的围脖往后一甩：“走，去《嫩江日报》!”身影便消失在漫天风雪中。这期间，他结识了《东北林业报》编辑、著名诗人满锐。在满锐的指导帮助下，他的小诗屡见报端。“文革”后，满锐调到北方文艺出版社，鲍雨冰的诗集在北方文艺出版社搁浅，因出书心切，有时不免出口不逊，从此二人中断了往来。

大约与此同时，《黑龙江日报》副刊编辑、著名诗人陆伟然在众多的来稿中发现了鲍雨冰，用较大的篇幅推出了他的《喊山声》，特别是《女人，大森林绿色的太阳》，他在这首诗中写道：

我们的女人不是画上的美人，
贴在墙上，只供欣赏。
她们一手携着天真的未来，
一手扶着白发苍苍。
只因为有她们的目光燎烤脊背呀，
一座座大山才能被搬进贮木场。
守着自己的女人喝酒，
酒也喝得舒畅；
在自己的女人身旁睡觉，
梦也灿烂辉煌。

看，这就是鲍雨冰的诗！创作的成功，令鲍雨冰的头脑不免有些发热，当有的诗未被采用时，他有时憋不住竟给总编写信，状告编辑有眼不识金镶玉，结果又和众编辑弄僵。那一年暮春，鲍雨冰去南方参加一个规模较大的诗歌研讨会，国内一些著名诗人亦应邀参加。开幕式上，主持人刚刚宣布会议开始，鲍雨冰便举起手来要求发言。只见此公弓着腰，缓缓走向麦克风，两眼环顾一下在座的诗人，然后情绪激愤地说：“我向大会正式提出议案，将田间、王老九开除诗人队伍!”台下一片哗然，许多诗人纷纷提出抗议，吵得不亦乐乎。其实鲍雨冰并不认识田间、王老九，但却一直把这二位的民歌体诗视为不登大雅之堂的“顺口溜”，忽视了作品的历史作用，乃偏见使然。

“文革”后期，在文友的帮助下，黑龙江省林业总局局长张世军给大兴安岭地委书记王钊写了一封推荐信，王钊将鲍雨冰安排到《大兴安岭日报》做副刊编辑。老鲍在基层工作时，于“文革”期间伤害过一些人，加之“爹妈没给一个好长相”，媳妇又难找，相当多的人对他有成见。他立志奋发图强，干一番大事业。他把自己比作潜溪：

突然，一道高岗拦住去路，
你却没有绕道而行，
打着旋涡潜入地下，
叮咚，叮咚！是在凿击岩层。

你在地下的响声，
要高过在地面的响声，
谁都知道，
这是什么原因。

果然，在大兴安岭的艰苦岁月里，他写出了类似于《潜溪》这样的诗作上百首。尽管他有三个年幼的孩子，夫人以卖冰棍贴补家用，但他对一切家务不闻不问，油瓶子倒了也不扶，爱诗、背诗、写诗，嗜诗如命，在诗人当中，恐怕除了他再没有别人。

二

一九八二年冬天，鲍雨冰从加格达奇来到北京，拜访著名评论家张炯。张炯回忆道："乍见之下，与我想象中的诗人似乎对不上号。他个子高而瘦长，肤色黝黑，高鼻梁，大眼睛，风尘仆仆，头戴一顶毛茸茸的狗皮帽子，身披厚厚的毛皮大衣，里面却穿着顶普通的蓝色中山装，粗犷而朴素，一口黑龙江土话。"让张炯惊讶的是他极能背诗，不仅古代著名诗人的诗，就是"五四"以来的新诗，从郭沫若到艾青、贺敬之、郭小川，提到谁的诗，他都能整首整首地背诵下来，那种超人的记忆力，令这位大评论家目瞪口呆，心里叹服。张炯说："我这回真是遇见一位'异人'了！"

接着他又拜访了著名诗人徐刚。徐刚留他在人民日报社吃午饭。机关食堂中午没有喝酒的，鲍雨冰无所顾忌，要酒喝。只见他只喝酒，不吃菜，也不吃饭，白酒啤酒一杯一杯往里灌，自卷旱烟一支接一支不住地抽，渐渐两眼发红，却毫无醉意。徐刚戏谑地说："鲍雨冰你果然厉害呀，我真是开眼了，见到了一匹北方的狼。"

鲍雨冰嗜酒如命，写诗离不开酒。三年困难时期，没有酒喝，他曾冲辣椒面当酒喝。小酒天天喝，且不间断。他的身体每况愈下，和嗜酒不无关系。

是年，鲍雨冰到渤海之滨的兴城疗养，仍终日喝酒写诗。一日，他得知林业部副部长张世军在此疗养，便让我给他引见："是张部长推荐我上大兴安岭的，恩公啊，我要看看他。"我不想让他打扰领导，他却径直找到张部长的住处。敲开门后，自报家门："我叫鲍雨冰，您是我的恩师！"张部长见这个四十几岁的人拄个拐棍，已有几分诧异，再说推荐他的事已过去多年，早就忘却，便说："我不认识你，你走吧。"我为站在那里的五尺之躯受此冷落而尴尬。不料，老鲍话锋一转，煞有介事道："我向你汇报一个事，说完就走。"张部长有些不悦地说："你说吧！"鲍雨冰郑重其事地说："我代表大兴安岭一百三十万人民，强烈呼吁您出任林业部长。七十岁可以当部长，您才六十多岁呀！"弄得张部长哭笑不得，只好道："不要瞎说。"接着指了指沙发，"你坐下吧，我们聊聊。"就是在这样的场合，鲍雨冰仍然没忘记喝酒："张部长，我不喝茶，咱们俩喝点酒咋样？"从此，张部长才真正知道了大兴安岭有个诗人怪杰鲍雨冰，啥诗都能背，喝酒斤八不醉。

凡是和鲍雨冰喝过酒的人无不感慨，以他那样的家境，待客竟如此大方。据说，在他生活最困难的时候，一位诗友冒雨去看他，炒菜没有干烧柴，他竟把炕沿劈了，炒了两个菜喝酒。

到大兴安岭之后，有位诗人去看他，他张罗四菜一汤：熊掌、犴鼻子、狍子蹄、鹿筋、飞龙汤。那时虽然没有推行野生动物保护条例，可他吓得文友不敢端他家的饭碗。就是在外地一起聚餐，他也大方得惊人。一次在兴城和作家谷世泰一起喝酒，老谷付了钱，鲍雨冰大吼："你是局长，看不起我这个穷诗人！"非逼着服务员收下他的钱才罢休。

每当想起在鲍雨冰家吃过的那顿饭，我的心就止不住酸楚。大兴安岭开发几十年了，他还住着泥瓦房，室内几乎没有什么像样摆设，阁楼上的卧室没有床，睡在地板上。那丰盛的菜肴和那张破旧饭桌以及大小不匀的盘碗，形成强烈的反差。这就是九十年代初期一位中国森林诗人的现实生活。

在兴城，几位作家邀鲍雨冰同去笔架山游览，每人骑一辆自行车。中途，见鲍雨冰落伍，便回去找他。只见他坐在路旁，身边摆了一大摞冰棍。我们不解地问："买这么多吃得了吗?"老鲍不语，看着远方缓缓地说："见到卖冰棍的大嫂，就想起我的女人。我现在想喝酒。"不是吗，如果鲍雨冰没有极其丰富的情感，他如何写得出《女人，大森林绿色的太阳》这般的诗？行至塔山烈士陵园，老鲍触景生情：

青松环绕，
石碑庄严，
白云是高挂在天上的挽联，
我把一束山花放在墓前。
彩蝶有什么话要说呀？
一忽儿飞近，
一忽儿飞远……

三

最难忘大兴安岭之行。一九八九年，挂靠林业部疗养院的《中国林业文学》创刊，为方便工作，打算配台小汽车。林业部常务副部长董智勇亲自给大兴安岭党政主要领导写一封信，请他们支持。作为主编，我持信前往加格达奇。

火车应凌晨到站，因误点，直到早晨六点多钟才迟迟进站。地委宣传部的同志及一些朋友到车站接我，这其中亦有鲍雨冰。他因不能和“官方”一起行动，后半夜一直独自待在候车室，我感动至极。早饭约他一起进餐，他一本正经道：“我得按时上班去，还要开班子会。”他过去上班一向很具弹性，基本不按时上下班，怎么突然会这般积极呢？后来得知，他当了《大兴安岭日报》副刊部第二副主任后，不但每天提前上班，而且打水、拖地，这类事，他以往从来不干，现在他全包了。只有四个人的副刊部，三个头头，还开所谓的领导班子会，令我不禁哑然失笑。

在地委小招待所，鲍雨冰从一个布兜里拿出他的《森林诗百首》校样，让我说说，请地委书记李春贺为这部诗集题个词。他直言不讳地说：“李书记在大兴安岭德高望重，如能题词，书好销，我这是借助钟馗。”李书记欣然为这本诗集题写了“为大森林文学鼓与呼”，印在书的扉页上。

他是一个真实的人，不怕抓辫子、打棍子，不怕再搞运动，若不然他怎么敢大胆地说“我用透明的心庆幸/月的周围没有风圈”。同时致林业部长，大声疾呼拯救森林——“铁路好像两条黑色的血管/要把大兴安岭绿色的血液全部抽干”。敢于这样做，是要有一定勇气，并准备付出代价的。

离开大兴安岭那天，鲍雨冰到宾馆看我。他把我拉到一边，神秘兮兮地对我说：“我现在已经是科级干部了，行署还缺一位党外人士的副专员，你看我有没有希望？”我坦诚相告：“没有希望。你自比猫头鹰，但你没有看穿夜幕的目光。”看得出，他很失望。我注意到，在这之后的几年中，他没写出什么像样的诗，或许与一门心思想当副专员有关。未曾料到的是，这次道别竟会在记忆中永远凝固，不久鲍雨冰就匆匆地走了。

当这篇短文接近尾声的时候，我给鲍雨冰工作单位大兴安岭日报社的老社长挂了一个电话，问一问鲍家的近况。老社长动情地说，老鲍九泉之下可以安息了。鲍家住在大兴安岭专家楼，夫人也不再卖冰棍了，三个孩子也都已长大成人。

（原载《北京文学》2018 年第 7 期）

曾经入狱的作家峻青

阳春三月，笔者乘东方航空公司的班机飞赴上海。当飞机凌空腾起的一刹那，眼前油然浮现出即将见面的故人。当年，他曾乘坐空军司令员吴法宪的三叉戟豪华专机，既非出国访问，亦非开会旅行，而是被投入京郊的秦城监狱。此人便是人们熟知的当代著名作家孙俊卿。

孙俊卿，笔名峻青，一九二三年出生于山东海阳，专业作家。曾任《大众报》记者，新华社前线分社随军记者，昌潍地区武工队小队长，《中原日报》编辑组长，中南人民广播电台编委，上海市作协副主席。五六十年代影响颇大，反映胶东人民革命斗争生活的《黎明的河边》《老水牛爷爷》《党员登记表》等小说，以及同朱自清《荷塘月色》齐名的《秋色赋》等散文，被选入初中和高中语文课本以及各种教材，广为流传。

我第一次见到峻青是在一九八五年夏天。那年，他在渤海之滨的兴城林业疗养院创作长篇小说《神秘的绑架之谜》，我不知道他写的是什么内容，以为是一部普通的长篇小说。

在兴城，我们朝夕相处，生活得很愉快。平日里他埋头写书，每逢星期日，我便约几位文朋好友，聚在一起吟诗作赋。兴城盛产海鲜，我们清水煮螃蟹，那时还未颁布野生动物保护法，由我上灶做一碗清蒸飞龙。多少年过去，峻青念念不忘品尝海味山珍的这段往事。我们以茶代酒，谈古论今，话题谈到明末清初大画家八大山人，峻青效仿之，即兴作画。在作家之中，他的画是很有名的，特别是他画的牡丹，曾在东南亚等一些国家展出过。他曾给我画过一幅“沉醉舞东风”的牡丹图，落款“乙丑仲秋齐鲁峻青”，至今仍挂在我的书房。

一日饭后，我单刀直入问峻青先生：“听说《神秘的绑架之谜》这部书写的是你的亲身经历，那么，你何以乘上时任政治局委员、空军司令吴法宪的专机呢?”

当我同峻青先生促膝长谈之后，三十年前的这桩冤案方真相大白。

那是一九六八年二月，峻青先生和著名作家巴金、师陀等被扣上“牛鬼蛇神”的帽子，关在一个“牛棚”里。二十七日傍晚，下工铃声响过，这些大作家们照例在劳改的草地上，像念经似的诵读了一遍指定的内容后，才获准各回各家。当峻青拖着疲惫的身子，走到巨鹿路、常熟路口交叉点的时候，迎面匆匆走来了一个身穿蓝色中式棉衣、脸上戴着特大口罩的中年人，低声问道：“你是峻青吗？有人在我家等你。”说着，走到了停在路旁的一辆黑色“伏尔加”轿车的前面，拉开车门，让峻青上车。峻青见此人神秘兮兮，又不认识，执意不肯上车。几经蒙骗，最后他被骗进空五军某招待所。行骗之人，乃是空军某部文化部部长张某。这个张某奉了吴法宪之命，化装成老百姓，对峻青进行秘密绑架。三月二日深夜，峻青被诡秘地用吴法宪的豪华专机押送到北京，投进秦城监狱。在这座监狱里，峻青的精神和肉体遭到百般摧残，他们甚至动用电子跟踪，监视他，折磨他。

在秦城监狱里，峻青无时无刻不思念妻子儿女，他首先想到的是“饱经战争锻炼、人世沧桑的妻子于康，虽然我深知她是异常坚强的，但我仍然担心着，深深地担心着这巨大的不幸和痛苦，会给她带来何等严重的打击和折磨。……甜蜜和幸福是在梦里和亲人相见，啊，我的心在颤抖，常常在幸福的颤抖中醒来”。从峻青先生的这段文字可以看出，他在前途未卜的境遇中身心所遭受的巨大打击，以及他和妻子之间生死相依的情意。多少年后，从北大教授段宝林先生那里得知，于康是他在上海作协工作时的老领导。

我目睹过这样一件事。峻青和妻子于康在兴城的日子里，一天，上海的家中来电话，于康急忙要赶回去，峻青去车站送她。上车后，得知车上的卧铺满员，于康仍然执意要走时，峻青说啥也不让她走。列车开动了，他急得在站台上直跺脚，连连自语：“这怎么行！这怎么行！她有病啊！”回到疗养院住地，他还是放心不下，明知列车明天才能到达，可还是给上海挂了个长途电话。于康到达上海后，还没到家，就迫不及待地给峻青来了电话。

这对老夫老妻让人颇为羡慕。峻青伏案写作，老伴为他誊写；峻青热了，老伴为他扇风；峻青累了，老伴为他沏茶；峻青停下笔舒展一下腰身，老伴把早已洗好的水果递上去说：“请吃个桃子。”峻青忙说：“你也请吃一个。”

峻青的长篇小说《神秘的绑架之谜》写出初稿后，让我找人帮助抄一下，并一定要付给誊写费。我不解地问：“于康同志不是在这里吗？”他告诉我：“老于的眼睛花了，不能再让她抄写了，她为这个稿子付出的汗水够多啦。”

提起这段不寻常的经历，峻青仿佛又回到当年。说到江青，他不无愤懑地说：“我乘过各种型号的飞机，从未见过那样豪华的专机。我们国家已经够贫穷落后了，可江青却可以调动那么大的力量，甚至派遣空军司令亲自飞往上海，把一个微不足道的人逮运首都。”我问：“江青绑架你的目的是什么呢?”峻青说：“她认识我，怀疑我向中央写过揭发她的材料。我从不标榜自己是反对‘四人帮’的勇士，其实，我什么材料也未写过。但是，知道江青底细的人就要遭厄运了，就连她在上海的一个保姆也不曾放过。”峻青先生停顿了一下，接着说，“在这架专机上，还有这位保姆，她做梦也不会料到，她从此亦将被投入见不到阳光的万丈深渊中。”

这些年来，我和峻青一直保持联系。二〇一〇年，小兴安岭建立吴宝三文学馆，我拟请峻青题写牌匾。他从上海写信给我：“承蒙宝三兄不弃，命我为你的宝馆题写馆牌，我深感老友之盛情。只是我十年前中风后手抖日剧，不能写大字，只好写了两条较小幅的，如不合用掷之可也，切勿勉强。”这位年近九十的老作家如此谦恭，着实令我感动。是年，我专程去上海看望他，其夫人于康卧病在床，峻老每日悉心照料，我情不自禁忆起和这对相濡以沫的老夫妇在兴城朝夕相处的日子。

（原载 1999 年第 8 期《北方人》）

诗人学者邵燕祥

静静捧读友人书信，品咂体会人生况味，令我想起年龄长我一旬的一位著名学者——邵燕祥。

一九五六年我在家乡上高小，暑假，我偶然看到一张《人民日报》，上面刊登了一首诗，名叫《走敦煌》。几十年过去，至今仍记得其中的几小节。

三门山上的村落，
青烟飘出山峡，
烧棉柴煮腊八饭，
远近有多少人家。

春节上哪儿去过，
到敦煌安个新家，
祁连山上的白雪，
四千路风沙。
腊月里天寒地冻，
摘不到路草山花，

生身的热土难离，

揣上黄河黄土一把。

十年河东，十年河西，

快成了陈年古话，

搬一家，保千家，

三门村告辞三门峡。

我喜欢上诗，并居然成为诗人，不能不说，邵燕祥先生这首诗对我产生过重大影响。

邵燕祥，浙江省萧山人。一九四九年北平中法大学法文系肄业，后在华北大学毕业。历任中央人民广播电台编辑、记者，《诗刊》副主编。一九五八年被错划为“右派”，一九七九年改正。是中国作协第三、第四届理事，第四届主席团委员。十五岁开始发表作品，著有诗集、散文集、杂文集二十余部，其诗集《在远方》《迟开的花》分获第一、第二届全国优秀新诗（诗集）奖，杂文集《忧乐百篇》获第一届全国优秀散文杂文奖，《邵燕祥随笔》获鲁迅文学奖。

我上大学期间，曾同北大中文系教授吴小如先生一起到京郊密云县山区进行社会调查。一次我俩躺在老乡家的土炕上闲聊，话题说到诗歌。那时的说法，“十七年”里除了革命样板戏没有好作品，新诗更是马尾巴串豆腐——提不起来。说起新时期一些著名诗人，自然提到邵燕祥。记得我当时向吴先生背了《走敦煌》这首诗，吴先生吃了一惊，忽地从炕上坐了起来，两眼放出异样的光彩，若有所思道：“你的记忆力这般好，竟能记起这首诗，难得！”沾沾自喜之余，我有点忘乎所以，对邵先生的诗似乎有所非议，究竟说了些什么，已经记不清了。孰料此事过了十几年，吴小如先生在给我的一封信中旧事重提：“在密云乡下，你曾拿邵的另一首诗当作陈旧之作的反面靶子。你举出他的诗（诗中套用了南宋人‘山外青山楼外楼’一诗中的成句），作为不好作品的例证，并征求过我的意见。好像你已经忘了。”我确已忘了，吴先生缘何记得？再看信的下文，恍然大悟。“日前接到邵燕祥兄信，他说七月份来舍下准备做半日长谈，届时我当把尊作交他过目。”难怪文学界友人不止一次对我说，吴小如、邵燕祥二位先生过从甚密，非一般朋友，乃患难之交。信中吴先生说及的“尊作”，是指我写的一组诗，意在靠权威指点指点，请大诗人给看看。不曾料到的是，这位未曾谋面的邵先生，亲笔给我这个冒犯过他的晚辈回了信，指出诗的毛病，并提出很好的修改意见。同时，我惊异地发现，邵先生书信的秀美小草，和吴先生的字那么相像。可惜，这封珍藏多年的信札不知放在何处，一时未能找到。

一九七五年，我调到中央人民广播电台黑龙江记者站当记者。翌年清明，中央台的一些编辑、记者、演员连同记者站的人，集中到大庆办学习班，这其中，有中央广播说唱团大名鼎鼎的相声演员侯宝林。

我们这一大帮人住在大庆东风一号院，敷衍了事，除了一日三餐，就是打扑克。玩累了，便坐上212吉普车，加大油门，开足了马力在大草甸子上追逐野兔，优哉游哉。

一日，我们请侯宝林先生说段相声，先生也不推辞，信手拈来，说了他新创作的段子《刷棚》。内容说的是一个人搬来桌子，桌子上放上凳子，另一个人站在凳子上，挥舞起毛刷给天棚刷白灰。刷着刷着，下边的人问：“怎么样，好了吧？”上边的人答：“好了！”下边的人又说："那我就不管了。"上边的人答："行吧，你把桌子、凳子都撤了吧，我薅着刷子呢，掉不下来！"众人大笑，我递上一杯水，想对这位大师说，这个段子有点像您过去说的那醉鬼，顺着手电的光柱爬上去，半道怕关电门掉下来。转而一想，这不礼貌，还不如打听个人。"侯老，五十年代，邵燕祥同志和您在一起工作吧？""你认识他？"侯老顿时来了精神。我摇了摇头。侯老操着地道的北京话，一字一板深情地说："大才子，公认的大才子！"

直到一九八六年的仲秋，我才得以和邵燕祥先生相识。那一年，林业部在湖北神农架召开小说创作研讨会，丁道希先生邀请邵先生和北京的几位知名作家来讲课，我是全国林业文协的副秘书长，参与接待请来的诸位老师。邵先生给我的第一印象是，不苟言笑，彬彬有礼，温文尔雅，举手投足，无不具有学者风度。开班式那天，东道主领导争着在主席台前排就座，竟把邵先生安排到主席团最后一排。我要找会务组交涉，邵先生赶忙拦住我，拉着我的手，乐乐呵呵地坐到最后一排的边座上。

在神农架办班的日子里，邵先生和来自林区各地的业余作者们相处得十分融洽。其时，神农架还收看不到电视节目，晚饭后的那段时光，大家坐在一起神聊。说起"文化大革命"的事儿，有说不尽的笑话。轮到邵先生讲了，他一本正经地说，"文革"那十年，全国各地到处排练演出革命样板戏，反复演出，以至演员把台词都记串了。有个不小的专业剧团，在某大剧场演出《沙家浜》，竟出现令人啼笑皆非的场面。胡传魁问："阿庆嫂，我向你打听点事。""你说吧，只要我知道的。"阿庆嫂回答。按照戏文，胡传魁本应接着问："这新四军？"不料演胡传魁的演员把台词记混了，冒出一句《红灯记》里的对白："这密电码？"阿庆嫂一怔，这哪跟哪呀！亏得她有舞台经验，随机应变道："司令，我看这密电码就不要问了，先说新四军吧。"这才为胡司令解了围。在场的人都笑了，不知何故，唯邵先生没有笑容，且一脸严肃。

在和邵先生单独散步的时候，我曾对他说："诗不知道该怎么写了，想转道写写散文。"邵先生高兴地说："好啊，你既当诗人又当'散人'，我赞成！散文是诗的延伸，要达到境界才行，做个'散人'亦不易。"在神农架，他将新出版的《绿灯小集》题签送我。值得忆念的是，他的杂文集《邵燕祥随笔》获鲁迅文学奖之日，是我出版第一本散文集之时，可以说，我写散文，是从邵先生身边起步的。

在我创作的历程中，《辽宁日报》副刊编辑邵焱曾编发过我的诗歌作品。在沈阳，作为业余作者，我去编辑部拜访，她总是热情接待，不厌其烦地谈稿件的成败。她七十年代调回北京，我们时有书信往来。至今我仍记得她给我的第一封信这样写道："回京后，工作单位太远，要换乘几次车，每天疲于奔命。"信中提及我的北大同学姜伟新。大学毕业前夕，姜伟新曾在《辽宁日报》实习，我和他很要好，同住过一个宿舍，在北大读书期间，我的许多作品都征求过他的意见。邵焱在信中称姜伟新为小姜，说他好学且很有见地。她的记忆力真好。姜伟新担任住建部长时，几次向我打听邵焱老师。他说，邵老师是一位非常敬业的编辑，从她那里我学到许多东西。可惜的是当时我不知邵焱的联系方式。邵焱调回北京后，曾任《新观察》编委、编辑部主任，《中国有色金属报》主编。这是我退休之后才知道的。邵焱从事散文创作，成果斐然，并译有大量苏联中短篇小说。多少年过去，常常忆想这位女学者对我的帮助。让我不能相信的是，这位一九六一年中国人民大学新闻系毕业的才女，原来是邵燕祥先生的妹妹。此前不仅我全然不知，就是和邵先生兄妹一个单位的同事也少有人知。细细想来，不胜感喟，敬重之情油然而生——学者原应如斯。

当这篇散文接近尾声之时，我想起二〇一八年初夏时节。那年我去中国作协杭州创作之家休假，入住报到的时候，工作人员告诉我，你住的这个房间是邵燕祥老师刚住过的，他昨天回的北京。啊，我禁不住吃了一惊！我为与邵燕祥先生失之交臂而深感遗憾，一下子又回到当年我们在一起促膝交谈的日子里。

（原载 2020 年第 5 期《天津文学》）

“函授”小说的作家航鹰

在同诸多作家、学者的交往中，信件往来不频，但每封信写得最长、文字最多的，当属著名女作家航鹰。我不止一次对文学圈里的朋友极其认真地说，写小说，航鹰给我上过函授课。众友皆惑。

航鹰，原名刘航鹰，她是新时期崛起的代表性女作家之一，曾以多部小说和影视作品享誉文坛。山东平原人，我的老乡。她一九五九年入天津人民艺术剧院舞台美术班学习，一九六五年在天津工艺美院舞台美术专修班进修。历任天津人民艺术剧院舞台美术设计、创作室编剧，天津作协专业作家，天津作协副主席。全国人大代表。一九七〇年开始发表作品，著有中篇小说《前妻》《枫林晚》《东方女性》，剧本《婚礼》，电视剧本《乔迁》。其中《金鹿儿》《明姑娘》分获一九八一、一九八二年全国优秀短篇小说奖，反响强烈，后搬上银幕，轰动全国。

一九七九年春天，我的朋友——北京电影制片厂编导室高时英、段吉顺筹拍电影《婚礼》，邀编剧一同来到渤海之滨的兴城改本子。这位编剧便是天津人艺的航鹰。我那时在一家刚刚复建的疗养院工作，住在唐山大地震后特有的那种抗震的房子里，顶普通的泥瓦房，家刚刚搬入，屋内一片狼藉。听说京津来了三位文化人，有主演《上海姑娘》的演员，有《一盘未下完的棋》的导演，还有专业剧作家，对这个从未来过名人的小地方来说，不啻是发生一场不大不小的“地震”，前来围观的男女老少奔走相告。

记得这几位文友在我家吃过一顿饭，我生活的那个辽西苦得很，似弄了四菜一汤，高时英大姐还亲自动手做了一盘土豆沙拉。以水代酒，招待生活比我优裕得多的客人，颇觉寒酸。那时，我的三个女儿都小，又吵又闹，饭吃得一塌糊涂。特别是与航鹰初次见面，我和爱人很觉过意不去。航鹰却不以为然，像走亲戚般唠家常，十分随和，一再说，有孩子的家家如此。在她后来给我的信中，几乎都提到如何照顾她的两个孩子。著名作家蒋子龙曾要她在女作家和家庭主妇中间选择一个，航鹰的回答是：“宁可影响前进的速度，必须肩负两个担子。”

几年过后，心血来潮，我拿起搁置多年的笔试写了一篇小说，并附上一封短信寄给航鹰——我以为她在《新港》杂志社当编辑，近水楼台。很快，她给我回了信。让我不敢相信的是，这封密密麻麻的回信，竟写了十一页，三千余字。她向我爱人和孩子问候之后，写道：“捧读大札，十分高兴。可以说，我的创作生涯是从《婚礼》起步的，曾得到你的热情支持，终生不忘。因前几年孩子缠身，近年来又穷忙，竟未和老朋友通讯，思之愧然，来日方长吧。”

接着，对我的小说从主题到主人公的刻画，从结构到情节进行了剖析，她结合自己的创作实践，谈得入情入理。信中说：“有个不成熟的想法。事有凑巧，我从前曾想写个类似的人，是我团一个演员。一次下乡演出，观众太多，挤昏了一个小孩。他是运动员出身，跳下台去到人群里举孩子过顶，一直举着挤着，直到人群散去。后来剧团要树他为‘讲用’标兵，问他当时举孩子时想没想起过‘下定决心，不怕牺牲’，他说没有，只想用力举着，别挤死孩子。这个人还办了许多‘不识抬举’的事。现在你已经写出了人物的影子，我就把这个素材提供给你。”

经航鹰的“函授”指点，我对原稿推倒重来，几易其稿后，航鹰又在个别地方加了说明性语言，太省略的地方，又做了强调和渲染。按时下所说的，经过一番改头换面的包装，这篇小说在辽宁的一家刊物上刊登出来。小说发表，备受鼓舞，我自以为得道成仙，于是乎，用一周的时间又炮制出两篇小说，同时寄给航鹰。

航鹰在复信中感叹说：“我十分佩服你的干劲。”对这两篇小说又不厌其烦地逐一提出具体修改意见，再次进行“函授”。我把修改后的小说稿寄去，她提出意见，如此往返了几个来回。直到我改得已无情绪，心里暗骂这小说劳什子，再不写了，把稿子扔到了一边。过了不久，航鹰又给我一信，信中说：“前些天，看了你在《人民日报》上发的诗（《古城》《温泉》二首）很喜欢。你写诗真有两下子，还是专门在诗园里闯一闯吧。”

我欣然接受航鹰的忠告，再没有写一篇小说。

几十年过去，我出了二十几本诗集、散文集之后，才悟出航鹰的那封信弦外有音，说出了我不宜转道写小说的潜台词。我如果当时有自知之明，第一篇小说发表后就应画个句号，让航鹰终止“函授”才对。

去年，我约上兴城作家周锦文、李昀等，去津参观由航鹰创建的近代天津博物馆。由车站去住地的汽车上，我对航鹰说：“还记得当年函授小说的事儿吗？”她一怔，接着我俩哈哈大笑，笑得车上的人丈二和尚摸不着头脑。

（原载 1999 年 12 月 13 日《黑龙江日报》）

初识毕淑敏

虽然我亦在文学圈里，然而，认识小说家毕淑敏却在我女儿之后。那年开全国第七次作代会，在北京工作的女儿到驻地北京饭店看我，正是开饭时间，我让她到餐厅里来。老半天不见人影，我打手机过去，她说正和毕淑敏老师唠嗑呢。我不无奇怪地问，你认识吗？女儿掩饰不住内心的喜悦告诉我，早就认识，是在电视里。你们会议代表佩戴胸卡，众里寻她千百度，见到全不费工夫。待我见到女儿，她绘声绘色向我描述：毕老师和书上的照片一样，齐耳短发，皓齿明眸，温文尔雅，整个一个大家闺秀。当和她说我是她的热心读者、追星一族，毕老师很惊讶的样子，说了一句“是吗”，声音细而低，仿佛不相信有人会把她当成“星”。

不想过了三年，北京几位作家来黑龙江参加漠河文学创作基地揭牌仪式，其中便有毕淑敏。在机场出口处，一位中年女士迎面走来，我一眼便认出了她。“你是毕淑敏？我来接你。”“是吗？”那神情有几分惊喜，像一个没出过远门的天真烂漫的小姑娘。我们就这样相识了。

夏至前夕，全国各地来看北极光的人蜂拥而至。在哈尔滨转乘火车去漠河，我们没买上卧铺，铁路局的一位文友在乘务员宿营车安排了铺位，并自告奋勇陪同前往。行前，我向大家介绍了这位文友主编的一本书，书的前边有我写的一篇赋，毕淑敏看后，对书和这篇赋赞赏有加，几次提及。在北去的列车上，乘务员对作家们照顾得十分周到，车上安排了两餐东北饭，大家吃得很开心。毕淑敏小声对我说，不管餐车还是座席上，东北人吃得都挺隆重。我笑了笑说，这儿隆重是因为你名气大呀！她连连摆手，戏谑道，这是你用那篇赋换来的。

二十几个小时的旅途中，不时有人来找作家，或签名或合影，毕淑敏总是以礼相待，无一谢绝，即或将她的作品张冠李戴，亦不介意，很有分寸地更正，给对方一个台阶下。列车长感慨道，不一样就是不一样，上个月也是我的班，软卧包房有位女歌星，嫌乘务员送水送勤了，十分不耐烦，哐哐关门，关得山响，吓得谁也不敢去了。

是夜，在江边举行北极光节庆祝活动，前排是各级领导座席，作家们的座位在后面。颇有讽刺意味的是，领导们纷纷从前排到后排来找作家签名。毕淑敏见来势迅猛，有点招架不住，对我说出去方便一下，边签边退，突出重围。漫步在村中的土路上，我们边走边聊。我对毕淑敏讲，连王蒙先生都那么赞赏你的小说，读者岂能不找你签名？毕淑敏想了想，十分平静地说，布恩·塔金顿是那么有名的作家，两个女孩虔诚地索要签名，当发现不是她们要找的作家，当众用橡皮擦掉，令这位大作家所有的自负和骄傲瞬间化为泡影。所以，知名也罢，不知名也罢，要时时告诫自己，别太把自己当回事。我顿时无言以对，不是为这则小故事，而是为毕淑敏的内心独白深深震撼。

我们一行人当夜住在一艘江船上。一条又长又窄的跳板放下来，走在上面直呼扇，腿脚利落的年轻人像走平衡木，女士们惨了，一个个狼狈不堪地从跳板爬上甲板。船舱里十分简陋，有点像五十年代东北的那种大车店，把几位女同胞安排在一个小屋里，这就是雅间了。我有点过意不去，一再道歉，毕淑敏笑道，很好了，体会体会头枕黑龙江的波涛，够浪漫了！天上下起雨，甲板上没有灯光，难寻卫生间，毕淑敏不但没说一句抱怨的话，反而对我说，人家一下子接待这么多人，不容易，心中挺感动的。尽管在漠河逗留的时间不多，日程安排得很满，毕淑敏还是执意去看看迟子建的母亲。我带她来到迟家，迟子建的母亲很高兴，把晒干的小白鱼儿分成两包，一包给女儿捎去，一包送给毕淑敏。毕淑敏谢道，真是意外收获，我享受女儿待遇了。

毕淑敏回到北京后，先后给我写来两封热情洋溢的致谢信，并托我转交她题签的读者向她索要的两本新著。

“富有爱心和奉献精神的人，永远值得和他交朋友。”一位名人说过的这句话，让我想起曾在青藏高原当过兵，现在玉泉山下默默笔耕的当代作家毕淑敏。

（原载2020年第4期《北方文学》）

创作《赵尚志》的作家王忠瑜

早春二月的一天，旅居美国的著名诗人满锐打电话来，电话中几次提及王忠瑜先生，并嘱我转达问候。放下电话，我伫立案前，向远方眺望，窗外的雪花纷纷扬扬，但见王忠瑜——这位已届朝杖之年和蔼可亲的老者，在漫天盛开的雪花中微笑着向我走来，禁不住忆起和先生相处的二三事。

二十世纪八十年代初，在哈尔滨市耀景街十六号的文联大院，还是业余作者的我去《北方文学》送稿，第一次见到仰慕已久的著名作家王忠瑜。他谦虚随和，不善辞令，既不张扬也不推销自我，似一位含蓄内敛的教书先生。我调到省作协工作后，友情的序幕拉开了，一起参加笔会，一起去农牧区采风，一起出席各种社会活动，我们成为忘年交。

二〇〇一年初冬，我们一起去北京开第六次全国作代会。大会安排我俩住在同一个房间，房间里两张床，王老执意让我住里面，他住靠近门口这张床。我说你年龄大，万万使不得，他一字一板对我说："我年纪大，睡觉比你轻，夜里起夜不惊动你。我住门口无妨。"说完不容分说把我按坐在里边的床沿上。就是在这个房间，我们唠家长里短，谈创作人生，有时一直聊到东方发白；就是在这次会上，王老向我介绍了许多作家朋友，大多是五六十年代崭露头角的著名作家，其中不乏获得鲁迅文学奖、茅盾文学奖的大腕。让我汗颜的是，他不厌其烦地向人家介绍我，弄得我手足无措。这虽然是些微不足道的小事，但却可以看出王老的胸襟和品格。

记得一年夏天，我偕王忠瑜等老作家去小兴安岭采风。当地人知道王老不但是著名作家，还是著名书画家，纷纷请他留下墨宝。那天晚上，偌大招待所的会议室里挤满了人，不论官员还是宾馆工作人员，竟然都在王老的写字桌前排起了队，这让我想起“三年困难时期”人们抢购匮乏商品的场景。令人惊异的是，大家几乎都请他写“鹰击长空”这几个字，何故？苇河林业局党委书记激动地说：“我是读着《鹰击长空》这本书长大的，多少年来，书中最可爱的人一直激励着我。”王老从晚上八点多钟一直写到深夜，大家还都不愿意散去，我只好出面挡驾，才替老先生解了围。直到现在，人们还常常说起，王老师仲夏时节挑灯挥毫，累得满头大汗，连喝口水的空儿都没有。对这样一位不辞辛苦、没有一点架子的平民大作家，林区上下无不交口称赞。

众所周知，王忠瑜先生创作了一部反映东北抗联英雄事迹的长篇小说《中国的夏伯阳——赵尚志传》和《总司令的悲剧——赵尚志传》，这是《赵尚志》长篇小说的上下集，由黄河文艺出版社出版。这部作品首开反思民族悲剧、反思民族英雄悲剧的文化思潮的先河，广大读者被这曲高昂的悲歌所打动。著名作家魏巍看完这部作品，在《人民日报》撰文，称“这是一部歌颂抗联英雄的内涵丰富的力作”。后被改编成八集电视连续剧，轰动全国，一首《嫂子颂》唱遍大江南北，久唱不衰。该剧荣获中宣部“五个一工程”奖、文化部“飞天奖”等多项大奖。这部电视剧一下子让导演、主要演员，包括《嫂子颂》的演唱者李娜一举成名，而许多观众却不知道我们这位编剧。当电视台记者采访王忠瑜时问道：“他们都火了，你火没火？”憨厚的王老心平似水，认真答道：“我没火，我还是我。反正作协的人都知道是我写的。”多么可爱的一位长者！让我感到自豪的是，我同王老多次参加各种社会活动，不管走到哪里，只要介绍这是写《赵尚志》的作者，人们无不肃然起敬，而王老总是不好意思地摆摆手道：“不值一提。”一笑了之。

近几年，我和王老来往甚密，差不多每个月都通几次电话，大多恳谈与文学有关的话题，时间长了，彼此惦念，就是没有什么事，也打个电话相互问候一声，可谓君子之交淡如水。有件小事至今难忘。一次，我去看王老，临别，他送给我一盒从安徽老家带回来的绿茶——霍山黄芽，大大的一铁盒。我心想，放在旅行袋里得占多大的空间，这般年纪上下火车，随身携带大包小裹，怎比得了年轻人？我颇感动。茶盒上图文并茂，一幅八大山人的画，一首七言绝句：“新芽吐露在三青，两叶微开捧一针，古贡皇宫陪帝后，今有百姓待朋宾。”这茶在我心里，已经无关乎品级、无关乎钱了。王老先生大凡张口不离文学，言必谈创作，他操着家乡的方言道：“这茶虽不是极品，却可以喝出一颗雅静淡定的心，但愿能给你带来平和的创作心境。”

前几天，省作协邀集在哈尔滨的老作家聚餐，我得以又和王忠瑜先生坐在一起，大家频频举杯，共祝新春佳节。

面对神采飞扬的忠瑜老，五十年创作生涯马不停蹄，奔向一个个目标，我的内心禁不住为之震撼。我端起酒杯，不无动情地说：“王老师，您这五十年写得太累了！”王老站起身来和我碰了一下杯，说了一句话：“你我从相识到相知，不会以为我唱高调吧？人生不是享受，我想的做的是把自己的一生奉献给社会和人民。”

说得何等之好！在我眼中，王忠瑜先生是文学园林中的一棵常青树。哦，好大一棵树！

（原载2020年第4期《北方文学》）

编发我第一首诗的满锐

丁香花开时节，著名诗人满锐先生从大洋彼岸的洛杉矶回哈尔滨探亲。满先生是从东北亚黑土地走上文学创作之路的，是黑龙江省本土诗人的杰出代表。这段日子，亲朋相聚，老友相逢，诗人兴会更无前，一时间，五月的哈尔滨文艺圈掀起一个不大不小的诗人热。

满锐，一九三五年十一月生，满族镶蓝旗人。毕业于哈尔滨行知师范学校。一九四八年开始发表作品。二十世纪五十年代初，不满二十岁的满锐，在《人民文学》月刊上以一组森林诗崭露头角，之后，调入《中国林业工人报》（《东北林业报》的前身）任副刊编辑，后任北方文艺出版社副社长。此间，《人民文学》开辟黑龙江省青年诗人小辑专栏，入选八位诗人，满锐名列其中。他一九七九年加入中国作家协会，其诗集《致大海》获全国首届满族文学奖，诗歌《爱情》获全国第二届少数民族文学奖。他是黑龙江省第五、六、七、八、九届政协委员。几十年来，满锐先生默默为人做嫁衣，编发了不计其数的优秀作品，著名诗人郭小川的《林区三唱》就是由他编发的。大森林的文学爱好者几乎皆知，他扶持培养了一大批林业作者，我省著名作家屈兴岐、董玉振、谷世泰等，皆是从《东北林业报》走上全国文坛的。

我一九六三年高中毕业后，在小兴安岭密林深处的一家工厂当工人。工作之余，拿起笔给报刊投稿。稿件一封封寄出，退稿信雪片般飞来，我几近到了灰心的地步。一九六四年初冬的一个早晨，我接到一封来信，打开一看，是《东北林业报》编辑部写来的。信中说："近几年来，东北林区出现了一些引人注目的诗歌作者，你是其中的一位。经研究，我们拟将你的诗结集发表……"我大喜过望，高兴得在雪野高声呼喊，惊得树上的苏雀儿扑棱棱飞向蓝天，抖落下一片片树挂。一九六五年三月十二日，我的组诗《春潮曲》在《东北林业报》副刊头题刊出，同一版上，还有著名画家王仙圃的一幅国画，而满锐自己的一篇散文仅被排在版面的最下方。多少年后方得知，给我写信的这位编辑，就是《东北林业报》"园林春"副刊的编辑满锐先生。

这组诗发表之后，满锐先生将这张样报寄给时为《黑龙江日报》的副刊编辑、诗人陆伟然。未曾料到，陆先生看后，迅即给我写了一封约稿信，这就是是年七月发表在《黑龙江日报》"百花园"副刊的诗歌《筑路二首》。一个小青年的诗歌习作，作为特约稿件在省报上刊发，我当时的心情可想而知。十几年后，我和满、陆二位先生才见面相识。

欢迎满锐先生归来的第一次聚餐，是创作电视剧《赵尚志》的著名作家王忠瑜先生召集的，他和满先生是下放双城时的老邻居，也是老朋友。一瓶茅台酒把大家的笑颜从里向外染红。满先生动情地说："去国二十年，不知有汉，何论魏晋。我十分想念国内老友，音容笑貌常常呈现在眼前，特别想念这会儿不在场的陆伟然。大家有所不知，尽管我和伟然曾有过一点小矛盾，但是并没有影响我们的友谊。上个世纪六十年代，我曾给省报写过一首诗，伟然看后，将此诗推荐给当时国内外影响最大的上海《文汇报》，一周之后，此诗见报，之后被多家书刊选载……对伟然我既有感谢，也有一点歉疚。”

此前，我浑然不知此事，亦未听陆伟然先生或其他朋友提起过，听后唏嘘不已。在王忠瑜先生举行的这次老作家、老诗人聚餐会上，满锐、陆伟然二位老先生见面后热烈拥抱，互诉想念之情。陆先生将出版的一部新书送给满先生，满先生对题签的字十分欣赏，称似这样一幅书法在美国可不得了。陆先生对在座的诸位作家极其认真道：“老满的字比我写得好，颜真卿体，功力颇深。”席间，一位诗人为满先生归来赋诗一首：“重逢惊叹古稀年，鹤发童颜气度翩。一面吟旗擎北国，满腔心事付南冠。举杯方吐胸中垒，开口犹谈世上篇。翌日迢迢飞万里，故园明月两情牵。

满锐先生在哈尔滨期间，诗人、作家们陪同他参观了群力和江北新区。对家乡哈尔滨的巨大变化，先生感慨良多。他不止一次对大家说：“看家乡的建设，这马路、这建筑，一点不比我现在居住的洛杉矶逊色！”先生每年回哈探亲，都在第一时间告知他的日程表，一再叮嘱：“都挺忙，尽量少给人添麻烦，离哈之前同老友们见见面，由我安排大家在一起吃个饭。”这不成文的规矩几乎年年如此。

二〇一九年初冬时节，黑龙江拟召开第七次全省作代会。年事已高的满锐先生在美国接到选票的电子邮件，第一时间委托在哈尔滨工作的儿媳，将他的选票报送省作协。他选举的几十位代表皆当选，兼顾老中青，我亦忝列其中。许多作家不无感慨道，满老师是一位值得尊敬的人，事事认真，颇有爱心。不是吗，这位年近九十的老作家的文学情结让人感动。

此情未被风吹去，化作春雨润心田。白驹过隙，半个世纪以来，我念念不忘文艺百花园里培育过我的众多园丁，尤为感念虚怀若谷又有谦虚之美德的诸多编辑，满锐先生就是其中的一位代表。他不仅是刊发我第一首诗歌的编辑，亦是我走上文学创作之路的启蒙老师。多少年来，无论在北京上大学还是在异地工作，无论踌躇满志还是心灰意冷，我同满先生从未间断联系，许多心里话都向他倾诉。前些天，我给他寄一本新出版的小书，他从洛杉矶写了一封长信给我："宝三：这许多年，大哥一直仰视着你！这是掏心窝子的话！你深谙我的性格习性，我从不虚伪。你这些年写作成就如金似玉摆在那里，有目共睹。而更令我心折的，是你的高洁的人品。这也是朋友圈大家公认的。无论你身居多么耀目的位置，始终保持谦虚谨慎的态度，念旧人，重情义，从你许多感人的文章的字里行间似可看出，你一辈子只为'情义'二字而活着……"如此褒奖鼓励，令我汗颜。

此刻，我想起一位名人的话："富有爱心和奉献精神的人，永远值得和他交朋友。"这就是我半个世纪以来，与满锐先生亦师亦友并密切往来的缘由。

满锐先生似候鸟一样，年年回国探亲访友，何也？家乡情结使然。这位本土诗人的心之家，依然还在乡土。

（原载2020年第5期《石油文学》）

云中谁寄锦书来

“云中谁寄锦书来，雁字回时，月满西楼。”想起李清照的这句词，就想起尘封已久的那个水曲柳大木箱，里面装满几十年的来往书信，有家人的，有友人的，有同学的，即或退稿信、约稿信、稿费通知单，也都悉数珍藏其中。我轻轻地打开箱子，坐下来一封一封慢慢地读，一只只鸿雁顿时鲜活起来。

这是我的大学老师严家炎先生写来的信。几十封信札的信封惊人地相似，格式千篇一律，每封信的信皮上，省市单位街道门牌号无一省略，邮票一律贴在右上角，无一破例。再看信笺，一行行蝇头小楷，隽秀挺拔，印刷一般，那些改过的地方，全用另纸写成纸条贴在上面，令人喟叹。严先生是北大教授，闻名中外的学者，著作等身，做学问一向严谨缜密，一丝不苟，被学术界称为“严加严”。生活中也是这样。他那年从美国讲学归来，专程到黑龙江参观萧红故居，身着几十年前接待外宾时那套毛料中山装，扣子扣得严严实实，多少年来习惯依然。名如其人，信如其人，在几十年的交往中，未见严先生给我写过一封敷衍了事的书信。

再看这封来信，字迹规范，一笔一画，没有一个草字或连笔字，很容易让人联想起上学时老师用粉笔写的板书。这是全国人大代表、天津作协副主席、当代女作家航鹰的来信，其成名作《明姑娘》《金鹿儿》曾获全国优秀短篇小说奖。八十年代初，我由写诗转道写小说，以为她在《新港》当编辑，走点捷径，便将第一篇短篇小说寄给她。我不敢相信，她密密麻麻的回信竟写了十一页，三千余字，对我的小说从主题到主人公的刻画，从结构到情节逐一进行剖析，结合自己的创作实践，谈得入情入理。她还把自己积累的素材提供给我。在同所有的朋友交往中，这封信怕是写得最长、字数最多的一封。

诗人徐刚不拘小节，信也不拘一格。一只牛皮纸信封，里面装了一张绿字白地印制精美的诗卡片。这首诗就是当年青年男女广为传抄的《悬崖上的红杜鹃》。此公出版的所有诗集都送给过我，我大抵都认真阅读一遍，写得相当精彩。随着时间的推移，有的已经淡忘，但唯有这首诗我可以一字不差地背下来，在给业余作者讲课时常常引用。“你，悬崖上的红杜鹃/向着我莞尔一笑/我却心惊胆战/我唯恐你掉下去粉身碎骨/因为美，从来面临着灾难……”徐刚在香港凤凰卫视同著名节目主持人杜宪主持节目时，曾提起过这首诗，颇有几分得意。这是我接到的以诗卡赠予而无只言片语的书信。

文艺评论家马振方先生的来信，字写得稳健而儒雅，内容让人忍俊不禁。马先生是北大中文系为数不多的写小说的教授，十分幽默风趣。我读书时，他常向我讲述名人健忘的故事，戏谑可成立迷糊协会。五年前，马先生将他新出版的三十万言的《小说艺术论》寄给我，迟迟不见有信来。孰料接连三封来信，一封有头无尾，第二封有尾无头，再一封只写了两行字：“宝三学弟，写给你的这信前后寄了三次，脑筋大坏，我可以入迷糊协会了。”我当即给他回过一信，不赞成他进迷糊协会，因为凡是给他写信的他都一一作复，向他索要大著的他都一一邮寄，没听说出过一次如我这样的差错。我以为，马先生一封信邮寄三次，恐怕是学者写给我的最有趣的一封书信了。

一看字迹就知道，这是书画家范曾的来信。这封信更特别，一张宣纸上只写了两个大字：云鹤。一九八六年仲夏时节，范曾参加“兴城之夏”名家书画笔会，他欣然为海滨公园庑殿顶结构的牌坊书写楹联。现场写字那天，只见他手握毛笔站在台案前，运足气力，浓眉舒展，大吼一声，一气呵成，题写了人人称羡、广为流传的那副楹联。上联是：击水沧波，问君谁是钓鲸客；下联是：飞觞天外，与我暂成乘鹤仙；横批是：洪波涌起。临别，范曾为热情接待他的东道主写字，一再声称“没见过，没来的，不给写”，一位友人无意间说了一句：“还真有一位老友因公出不在家。”范曾问了一句，喃喃自语道：“云游在外。”当即挥毫题下“云鹤”二字，题签送我。这是我收到的以书法相赠而文字最少的一封斗方书信。

饶有兴致地品读这一封封书信，心潮澎湃，爱不释手。这分明是老朋友面对面在交流，虽然天各一方，却仿佛又回到往日促膝侃谈的那种情境中。

我是如此珍视这一封封云中寄来的锦书。

（原载华龄出版社 2015 年 3 月版《吴宝三散文选》）

故乡，盛产大雪的地方

“燕山雪花大如席”，这是我读小学时就能背诵下来的李白的一句诗。我常常对自己发问，如果当年诗人来到盛产大雪的北国黑龙江，面对铺天盖地的飘飘大雪，不知这位诗仙当如何感叹。或许写出流传于世的诗句，亦未可知。少小离家的我，“乡愁”这个词汇，像挂在心灵深处的一把钥匙，每当冬天大雪降临，便打开了孩提时代那扇记忆的大门。

二十世纪五十年代，松花江哈尔滨段发大水的那年隆冬，不管江南还是江北，雪大得出奇，下个不停，仿佛进入一个混沌世界。“长空雪乱飘，改尽江山旧。仰面观太虚，疑是玉龙斗。纷纷鳞甲飞，顷刻遍宇宙。”雪片洋洋洒洒无休无止，大地上没了路，焉能行马通车，乡镇村屯恍若与世隔绝。

我家所在的兰西县榆林镇，呼兰河里的大小船只尽被大雪吞没，一趟趟低矮的碱土平房，被大雪盖得严严实实，房顶积雪有两尺多厚。积雪平了窗台，堵住了屋门。我早晨起来要去上学，父亲只好用裁纸剪刀从屋里划开窗缝，推开纸窗跳出去清雪。竹笤帚已派不上用场，只能用木板做成推雪的工具，把门口的积雪堆将起来，打开一条出门的通道。

从家到学校不到一公里，我和左邻右舍的同学搭伴去上学。上学的路上，一个个背着书包的孩子，在齐腰深的大雪中跋涉，好像身背游泳圈在雪浪中奋力游泳。到了学校，先设法从窗子进入教室，然后用从家里带来的玉米瓤子点燃火炉，倒出鞋窠里的残雪，将湿鞋放在炉盖子上烘烤。

顶着飘飘洒洒的大雪，全校师生总动员——铲雪。铲雪工具是老师和同学自制的，采用推土机原理，既简单又实用，在锄杠或锹把头上钉上木板，几个人一起往前推，眨眼间，操场上堆起的一排排雪堆，似大地上丰收的谷垛。我们班教室窗前堆起一个个雪人，不知哪个淘气鬼给门口的雪人嘴上插根树枝子，树枝上挂个洋铁盒，好似叼着一支大烟斗的马戏丑角。雪不停地下，同学们不停地推铲，雪地上那一串串脚印，眨眼填平眨眼又被盖满；一张张小脸蛋冻得通红通红，吐出的哈气在头发、眉毛上结成一层层霜花。

大雪终于停了，阳光格外明亮，照在雪地上晃得人睁不开眼睛。那个年代，人们还不知道保护生态环境，对北大荒“棒打狍子瓢舀鱼，野鸡飞到饭锅里”十分自豪，念念不忘靠山吃山、靠河吃河的古训。有人献计献策说，下大雪后野鸡到处寻找食物，常常飞进家里的柴火栏子，一头钻进雪堆里，顾头不顾腚，这正是狩猎的好时机。由此学校突发奇想，趁大雪覆盖大地，动物出来觅食之机，组织全校师生去大地里打野兔。于是乎，老师领着各班同学，手持棍棒家什，浩浩荡荡向五里外的王家窝棚进发。我此前去过那里，平日里常见三三两两的野兔无忧无虑地在大地上追逐嬉戏，今日怕是在劫难逃了，怜悯之情油然而生。

几百号人排着队，在红旗猎猎、歌声阵阵中行进，颇似当年红军两万五千里长征翻越雪山。打野兔采取的战术是围剿，圈定范围后，团团围住，逐步收缩，就像打鱼一样，收网取兔。呜呼，一只只活蹦乱跳的野兔在棍棒下死于非命。命大的野兔从低年级小同学胯下夺路而逃，这些小同学不能亲自将其斩杀，好一阵望兔兴叹。

围剿野兔行动，在小镇子上掀起一阵不大不小的波澜，有人津津乐道，有人却持不同“政见”。我和几个小同学被视为野兔的同党，成了让人取笑的天真烂漫的小傻瓜。昨夜星辰昨夜风，年逾古稀的教导主任马老先生提起当年这档子事，连连摇头，追悔莫及。围猎无功而返，我回到家里，无心思堆雪人、打雪仗，便和几个小伙伴找来几个破旧的“喂大罗”（俄式水桶），装上水，放在门外冻起来。

第二天把冰坨倒出来，将中间没有冻实的地方掏空，几盏冰灯制作成功了，一点也不比大人制作的逊色。冰灯放在堆起的雪人头顶上，似一顶顶晶莹剔透的王冠。每到晚上夜幕降临，同学们个个喜形于色，陶醉其中。

过年了，我在冰灯中间点燃一根粉红色的“磕头了”（小蜡烛），顿时放射出迷人的光彩。此时，家家户户或门前或院门口冰灯闪烁，浑然一个美丽的童话世界。冰灯照得那些雪人憨态可掬，一棵棵大树下堆起的积雪，蜿蜒起伏，形状各异，似天鹅展翅，似虎豹匍匐。而冰灯中间跳动的烛花，令我想起王家窝棚的剿兔大战，想起野兔的家园和它们祈求保护的一双双红红的眼睛。

我如此怀念故乡，那是冰天雪地盛产大雪的地方。

（原载 2019 年第 6 期《奋斗》）

小兴安岭的“欧洲小镇”

每每踏上坐落在小兴安岭西南山麓的绥棱林业局这片土地，心中便涌起一种莫名的冲动。这个昔日东北亚大森林出了名的“小老穷”局，何以焕发青春，充满朝气？

她，是一位亭亭玉立的美丽少女，是一个高富帅的年轻小伙，还是一颗深藏大山的璀璨明珠？世界上一切比喻皆不准确，她，就是一个国有大型森工企业，建局有半个多世纪历史的林业局。但是，我还是要活剥大诗人苏轼的两句诗来形容她：欲把此地比西子，浓妆淡抹总关情。

这个小镇美，美得与众不同。不仅仅是一片片红蓝屋顶的楼房令人喟叹，俄罗斯木刻楞板房掩映在绿树丛中，欧洲盛行的巴洛克建筑在这里安家；也不仅仅是马路两侧的灌、乔木层层叠叠，错落有致，遍地鲜花，争芳吐艳。小镇让你惊异的是，这里见不到拒百姓于大门之外的栅栏、围墙，大街小巷见不到一个垃圾桶，路上看不见垃圾、纸片，所有的建筑物墙上见不到一条被称为城市痼疾的“小广告”。你看，这边是文化园、文化广场、民俗文化一条街，那边是博物馆、文学馆、体育馆、生态园……小镇美，美在文化，处处闪烁着文化的光芒。

我行走在小镇的大街上，在这个三平方公里的大花园中徜徉，吸一口湿漉漉的绿色的空气，神清气爽，耳边不时传来阵阵蛙鸣。抬眼望去，目光所至，那是一片塔头湿地；近前，一排排云杉、冷杉等本地树种乍吐新绿，一丛丛兰花、马莲含笑水边，一对对鸳鸯、野鸭在水中嬉戏。毗邻湿地的植物园里，从深山老林移来的原生态植物遍地丛生。园中一块块巨石之上，刻有百首从古代到现代的经典诗词。“明月别枝惊鹊，清风半夜鸣蝉。稻花香里说丰年。听取蛙声一片。”入夜，蛙声不绝于耳，似一支催眠的乐曲，一忽儿近，一忽儿远，我枕着蛙声渐入梦乡。

清早起来，我独自一人来到家属住宅小区，楼间的空地皆是井然有序的小菜园。社区将菜地分垄到户，每户三五垄，责任落实到户，家家深耕细作，全无杂草。我信步走进一家住户。这是一位森林铁路退休老工人的家，楼下客厅厨房，楼上两间卧室，南北通透，窗明几净。家门口的小院里，一片碧绿，茄子、辣椒、土豆、西红柿，长势喜人，爬蔓的葡萄伸出一根根细细的触须，篱笆上的一朵朵牵牛花，吹奏着粉红色的喇叭。我称赞主人家这般干净，老两口笑道，这么好的环境谁也舍不得祸害。由此，我联想到精神文明建设，如果农民家家如此，卧室铺有地毯，你不用说教，他自然会改变吐痰的不良习惯。林业局有人们公认的全省一流的幼儿园和养老院，孩子们唱歌、游戏，笑得那么灿烂；老人们散步、打牌，一个个鹤发童颜。面对社区盛开的花树林带，我想起《桃花源记》，男耕女织的境界令人神往，“忽逢桃花林，夹岸数百步，中无杂树，芳草鲜美，落英缤纷……”莫非我置身于桃花源之中？陶令不知何处去，桃花源里可耕田。

又一个清晨，我遇上晨练的几位局领导，便一起散步。一位同行的领导，随手捡起地上的一个矿泉水瓶，几个老太太看见了，牵着一个五六岁的小女孩迎面走来。这位领导摸摸孩子的头，小孩眨眨眼睛，喃喃自语："我认识你，你是邓局长。"为什么条条大街上没有废弃的杂物，答案找到了：习惯势力是最强大的势力，然而，榜样的力量是无穷的！

忽见一位白发老者从后面赶了上来，递给邓局长几页稿纸，便匆忙走开了。原来，老者相中了这块福地，买了新楼，从附近的一个市里搬迁到林业局来居住养老。老人是文学爱好者，经常写点小文章，知道局长出过好几部书，便经常请局长改稿，因为每天晨练都能相遇，就把稿子带在身上。这时，几个晨练的人围了过来，七言八语各抒己见。有的说，大街小巷你见不到随地摆摊儿的；有的说，一年到头你见不到街头烧纸钱的；有的说，咱们局三平方公里之内，你见不到高空挂线。这时，党委张书记停下脚步，用手指了指前方，告诉我，领导晨练，现场办公，遇到问题就地解决。前些日子，有几个退休老干部反映，文化大街上没地方避雨，士君局长在街上当即打电话给有关部门，建起了这个木制的雨搭长廊。我感慨不已。天天和百姓零距离接触，这与有的领导不敢和群众对话，群众上访却从后门躲开，形成多么鲜明的反差。

无独有偶，此刻，不知从哪家哪户的窗口传来唱遍大江南北的《小城故事》："小城故事多，充满喜和乐……看似一幅画，听像一首歌。请你的朋友一起来，小城来做客……"深情的演唱，令人心潮起落，思绪万千，浮想联翩。

上海一对夫妇从瑞士探亲归来，打电话说起绥棱林业局，不无自豪地对我说："绥林局同欧洲的小镇相比，并不逊色！"我艳羡，生活在新林区的幸福的人们；我讴歌，引领绥林新生活的带头人；我赞美，中国林区这个不见经传的"欧洲小镇"。

（原载 2016 年 10 月 16 日《中国绿色时报》）

龟蛇静卧锁六峰

——六峰山纪事

六峰山在何处，许多人未必知道。就是我这个在大森林工作生活三十多年的人，也只知道它地处牡丹江市和绥芬河口岸的“金三角”地带，在穆棱市境内，因自北向南的六峰湖而得名，现已成为六峰山国家森林公园。这个公园具有很强的东北林区森林公园的代表性，山南有令人神往的原始森林，大片的母树林十分壮观，生长着红松、水曲柳、胡桃楸、黄波椤等珍稀树种，有黑熊、梅花鹿、飞龙鸟等国家级保护动物，近几年，野生东北虎时而光顾，频现山林。

我还听说，这个地方似乎盛产烟叶，林区的西洋参遐迩闻名。那几首颇为有名的《走进新时代》《好日子》《常回家看看》等歌曲的词作家，是从这里走出去的。至于六峰山究竟什么模样，我则一无所知。

黑龙江省森工企业全面停止天然林采伐后，我还没回过林区老家。我经历了林区采伐的时代，经历了天然林保护的时代，和大森林结下不解之缘。当国家需要木材，林区人积极生产，为抗美援朝、社会主义建设做出了重要贡献；当国家需要保护生态，林区人放下手中的板斧，植树造林，为子孙留下片片青山和茂密的森林。

情之所系，心之所在，不知当下林区人的生活境况如何。选择一个双休日，我约上几个作家、艺术家驱车前往，与其说采风，不如谓之曰乡关探问。

从哈尔滨出发，车子行驶在平坦宽阔的高速公路上，个把小时便进入林区。忆往昔不堪回首，当年乘坐 212 吉普车，在沙石路上颠簸，这段路最快也得三个多小时，若是遇上大雨天，就无法通行了。此时此刻，我从车窗向外眺望，目之所及，山涛奔涌，林浪滚滚。针叶、落叶、阔叶树遮天蔽日，人工林、天然次生林浩浩荡荡，肩并着肩，手挽着手，那么遥远，这么亲近。蓦然间，情不自禁地想起改革开放之初我写过的一首诗："新生林/我向你祝福/黄花松啊/棵棵碗口般粗/你扎根的故土并不贫瘠/却艰难地度过风雨洗劫的寒暑/七彩的阳光编织着甜梦/把昨日的落叶埋进山谷/抽出的片片新绿是你的语言/想说什么/为谁欢呼/啊/定是珍惜今日之时光/向上/为的是高瞻远瞩/你获得大风雪后的新生/兴安岭站起一个兴旺的家族。"建国七十年来，一代一代林区人艰苦奋斗，献了青春献子孙，终于，"青山常在，永续利用"的愿景实现了！

当暮色降临之时，我们乘坐的汽车从浅山区进入深山，如同一艘小船在山涛林浪间穿行，恍若驶进一个童话般的世界。出奇的宁静，同城市的喧嚣形成如此巨大的反差，竟有几分不知今夕是何年的感觉。车灯所及，一片片人工林树木的叶子闪着油绿油绿的光亮，偶或几只山鸡扑棱棱从林间的灌木丛中飞起。同行的作家、艺术家们惊奇不已，不断向外张望，额头几乎贴在汽车的玻璃窗上。

到达六峰山，已是深夜时分，四周一片漆黑，天上的星星格外明亮，依稀可见几幢房子的轮廓。不识六峰真面目，只缘身在此山中，我禁不住发出这样的感叹。啊！黑黝黝的山林，影影绰绰的湖面，没有一丝杂响的天籁之音。翌日凌晨，当我还在睡梦中，几位书画家已从户外归来，走进我的房间，大家异常兴奋地说："作家，你赶快起来去看看湖面的雾气，像蒸汽火车吐出的滚滚白烟，这是我从未见到过的景象！"山水画家李老补充了一句："我画了几十年的国画，没见过眼前这么壮美的山水！"他喃喃自语，"莫非到了世外桃源？"我推开窗子向外望去，山是绿的，水是绿的，连阵阵扑面而来的空气也是绿的。给我们当向导的袁继连局长介绍说："这里当年是林业局的一个林场，眼前浩瀚的水面，是四万人历经十年奋战，人挑肩扛挖出来的一个大型水库，和穆棱河相通的活水，已成为饮用水的水源地。"他还告诉我们，"林区大事，防火第一，林业局把防火前线指挥部设在这里。"

我们沿着山脚下的小路直奔水面，徜徉湖边，神清气爽，仿佛一下子吐尽胸中的浊气。一座座青山倒映在水中，片片浮动的绿云遮住满湖灿烂的朝霞。令我们惊奇的是，脚下、路边，竟没有看见旅游景区常见的果皮、塑料水瓶之类的垃圾。

我们一行人乘兴向后山走去。远看，山间好像有一条小路，走近一瞧，原来是一条窄窄的轨道，道边停泊一台上山的轨道车。坐上这独特的代步车，我们尽情阅读和领略这座原生态的山林。这确是一座独特的山，除常见的针、阔混交林外，居然生长着在浅山区才见得到的大片杏林和橡子林。我以为，在百花中，杏花是最浪漫的，"杏花枝头春意闹""深巷明朝卖杏花"。而流传最广的，莫过于"雨余芳草斜阳，杏花零落燕泥香"，古往今来倾倒多少文人墨客。而橡子树却是最普通不过的树，它的名字也多：玻璃蘖、橡子树、青干柳、老柞木。两种树木结为友好睦邻，一年复一年，繁花默默开，这一雅一俗之树木，却和谐相处。橡子面，是旧社会深山老林伐木工人吃的主食，而今却成为无污染的绿色食品。

有所发现的是，轨道车经过的地方，树木相对稀疏，显然，这是经过选择而开拓的上山路径。一路上，有的树木触手可及，有的树木擦肩而过，可以看出主人爱护山中每一棵树木的良苦用心。

到了山顶，我们在一个八角阁楼小憩，发现紧贴东北角的栏杆边上，生长着一棵碗口粗细的橡子树。近前观察，方知楼角特意往回缩了一圈，为保护一棵树，角形变成凹形。主人身居林海，惜木如金的生态环境意识，不能不令人由衷地钦佩。

这时，不知谁喊了一声："快来看，灵芝!"大家围了过来，经土生土长的袁局长鉴定，这是一簇森林里常见的蘑菇，书画家们爱不释手，将其抱在怀里逐一合影留念。手捧鲜艳的酷似灵芝的蘑菇，耳边传来山雀婉转的鸣唱，艺术家们陶醉了，无不喟叹，这山岭这林子太神奇了！当地人不无自豪地指了指北面说，你们冬天再来，看看林海雪原，山那面就是著名的威虎山。是啊，"绿水青山就是金山银山，冰天雪地也是金山银山"。

我们站在山巅之上，一字排开向山下眺望。那山，似一只在水中探头的巨龟；那水，顺着山势回转，似一条闪光的巨蛇。此刻，心中默诵开国领袖毛泽东大气磅礴的"风樯动，龟蛇静，起宏图"的诗句，我们禁不住高声呼喊，山谷声声回应——你好，大森林，我的家园！啊，此行我们亲眼见到的，心灵感受到的，是中国林业发展的缩影，是这个伟大时代壮丽的画卷。不是吗，我们作家、艺术家，要扎根于色彩斑斓的生活之中，努力创作出无愧于这个时代的作品。

风吹云动天不动，白云飘然龟蛇静。龟与蛇，这吉祥之物，似一把大锁，锁住林区人的安康，锁住莽莽苍苍大森林的安宁。

（原载2019年4月30日《黑龙江日报》）

松嫩平原有风景

许多人往往以为，大平原上无风景。信乎？松嫩平原的肇东之行，让我找到了另一种答案：大美在北国，处处皆风景。

我爱这一马平川的松嫩平原，不仅仅因为它是中国北方的大粮仓，我的故乡在这里。我曾经写过一首诗："远行带着故乡/世代居住的茅屋/门前栽种的白杨/少小离家的徘徊/林间鸟儿的鸣唱/夜深的时候品味/泪水止不住簌簌流淌//远行带着故乡/呼兰河畔的瓜果/松嫩平原的粮仓/一方水土的乡音/殷殷期盼的目光/梦醒的时候回味/留恋化作腾飞的翅膀//走吧/不要回头张望/故乡陪伴在身旁/吃过百家饭/穿过百衲衣/我要像在田间耕耘/播种善良纯朴/播种杏花枝头的太阳/回报这片深情的土地/脸上布满沧桑的爹娘/儿行千里/带着故乡。"然而，我却不知道，一个占地面积两万余亩的千鹤岛和绿梦湖湿地，以及国家级文物保护单位珠赫城遗址坐落此地。不知何故，我更偏爱城北——这块占地面积虽小，但令我无论如何也忘却不了的肇岳山国家湿地公园。这块湿地，离我的故乡兰西县榆林镇虽然只有一箭之遥，却让我震撼，她如此之美，美得这般朴素，美得这般自然。

肇岳山，称之为山，只不过是一座小山包，高度仅有五十八米，怕是世界上最小的山丘了。然而，它却是从省城哈尔滨到齐齐哈尔的松嫩大平原上，海拔最高的山峰。不似巍峨的高山，亦有骨骼肌肉，怀抱花草，守护种子，山风阵阵，为鸟儿的快乐鸣唱伴奏。

从熟稔又亲切的乡村土路进入景区，我为眼前的风景惊叹不已。不算辽阔的水面之上，银白色的水鸟飞起飞落，三三两两的野鸭子相互追逐，大片大片的芦苇和菖蒲比肩生长，金黄的稻谷似巨大的地毯，从脚下铺向天边。我们一行人，真好像当年的新四军，置身于江南水乡的沙家浜。这时，不知谁唱起了京剧《芦荡火种》中指导员郭建光的唱段："朝霞映在阳澄湖上，芦花放稻谷香，岸柳成行……"放眼望去，竟有军用飞机、坦克和大炮出现在我们的视野，静静地卧在山岗之上。此时此刻，一起来这里采风的"全国诗歌万里行"的诗人们诗兴大发，按捺不住奔放的创作激情，诗句信手拈来，脱口而出，你一句我一句，似在蓝天下召开的现场诗歌朗诵会。市文化局陈局长告诉我们，这里是拍摄抗战题材电影《冰美人》的外景地。电影讲述了一位名叫嘎丽娅的中俄混血少女，为解救一百多名贫民包括妇女儿童，在肇岳山要塞英勇献身的故事。我的脑海蓦然浮现出二战的画面，硝烟弥漫中，耳边传来人们耳熟能详的那首经典歌曲——《喀秋莎》。我自言自语道，如果把歌词中的梨花改为芦花，喀秋莎改为嘎丽娅，与此情此景再贴切不过了。正当芦花开遍了原野，河上飘着柔曼的轻纱；嘎丽娅站在那峻峭的岸上，歌声好像明媚的春光——而脚下这条通往上山的小路，不能不让人想起"一条小路曲曲弯弯细又长，一直通向迷雾的远方，我要沿着这条细长的小路，跟着我的爱人上战场"……胸中波涛汹涌，泪水止不住涌出眼眶。肇岳山昭告世人，历史不能忘记，胜利属于人民！

战地黄花分外香。时值初秋，漫山遍野的小黄花竞相开放，那么灿烂，一片连一片，比贵州罗平、江西婺源的油菜花开得还要耀眼夺目。淡紫色的山菊花，香气袭人，恋秋的波斯菊开得那么热烈，高举着怒放的花朵。

放眼望去，低头沉思，身边的野花、眼前的芦苇荡像电影叠印镜头，唤起我对故乡的思念，不能不想起我的孩提时代。每年春天，父老乡亲就是挖这种开着小黄花的苣荬菜充饥，小伙伴们不知愁滋味，采回一大把，插在水瓶子里，想是憧憬美好的明天。到了冬天，乡亲们用这芦苇编织炕席，拿到集市上叫卖，自家舍不得铺用，正应了那两句民谣，“纺织娘，无衣裳，编凉席的睡光床”。父亲曾用这菖蒲草编织草鞋，这草鞋伴我在冰天雪地中，度过零下四十多度的严寒。

我的思路被天上的鸽哨打断。面对这处爱国主义教育基地，我情不自禁采摘一捧山花，悄悄放在陈列的战车之上。一对彩色蝴蝶飞了过来，翩翩起舞，迟迟不愿离去，它们有什么话要说呢？一会儿飞近，一会儿飞远。不是吗，我们战胜了多少苦难，才生活在和平自由的天空下，忘记过去就意味着背叛的警钟，犹在耳边回响。

寒地黑土无雾霾，松嫩平原有风景。风景这边独好。这里宁静而祥和，纯净的天空瓦蓝瓦蓝，成片的云朵雪白雪白。在这里，我确乎看到了“哈尔滨后花园”的影子。

（原载 2017 年 12 月 1 日《黑龙江日报》）

鸡冠山上雄鸡鸣

位于小兴安岭南麓兴隆林业局境内的鸡冠山，一座名不见经传的小山，一跃成为省级地质公园和国家级3A景区，声名鹊起。它的美丽，它的神奇，它的传说，令我心驰神往。此前，只知道这个局有亚洲最长线路的森林小火车，却不知道这座山是全国国有林区全面停伐后，开发打造的最新旅游景点。

鸡冠山，地处巴（彦）木（兰）通（河）交界处，距哈尔滨一百二十公里。此山又名为佛斯亨山，由鸡冠砬子，大、小鸡冠山和鸡冠鼎组成，占地面积三十二公顷，系大青山支脉，因其形状酷似鸡冠而得名。

相传千百年前，山中时有彩云缭绕，方圆数百里，隐隐约约可听到高峰上传来“人间能得几回闻”的木鱼声，恍若天籁之音。一个日落西山红霞满天的黄昏，从山外飞来一对五彩斑斓的山鸡，落在一块巨石之上，迷人的景色和悦耳的诵经之声，令它们流连忘返，于是，化作神奇的石峰，硕大的鸡冠在山顶熠熠生辉。

我是在台风“天鹅”和暴雨即至的警示中，陪同北京来的几位作家冒雨登山的。从山下放眼望去，这是一片一望无际的天然针阔叶混交林，林相极好。通往山顶的栈道是用白松木板铺成的，我是个“老林业”，知道白松这种木材拉力颇强，最适合做铁路枕木和建筑桥梁。平展的木板全都用桐油浸泡过，既防腐又耐磨。虽然是细微之处，可见建造者“百年大计，质量第一”的良苦用心。由此我想到我曾去过的一些景区的木板栈道，往往急功近利，三下五除二，草草铺就，危险也就在所难免了。

顺着木板山路拾级而上，我惊讶地发现，一棵棵树木在栈道中间迎面而立，每一棵树都有名签，红松、白桦、水曲柳、黄波椤、柞木、色木……皆是百年以上的珍贵树种。显然，修造上山的路，选择了林子相对稀疏的地方，遇到生长的树木一律保护起来。身在林区，惜木如金，为了登山者的安全，宁可加大修路成本，这不能不让人点赞，也让那些有意或无意破坏生态环境的人汗颜。正当我久久凝视前方一块开阔地之时，一起登山的宣传部姚部长告诉我，抗日联军当年曾在这里驻扎营盘，在零下三十多度严寒中露营，“火烤胸前暖，风吹背后寒”。我们肃然起敬，情不自禁哼唱起那首著名的《露营之歌》，诗人孙朝成即兴赋诗一首，表达了对先烈们的崇敬与缅怀之情。今日身临其境，不胜感慨之至。东北抗日联军，为了民族独立，爬冰卧雪频繁作战，坚贞不屈，在长达十四年艰苦卓绝的斗争中，歼灭和牵制了数十万日伪正规军，有力地配合了关内抗战全局。岁月，带走了弥漫的硝烟，却带不走抗联勇士的英名；英雄的豪气，依然在山林中飞扬驰骋。不是吗，那迎面而立的一棵棵树木，多么像持枪巡逻的威武哨兵！

登上山顶，但见奇峰相拥，怪石嶙峋，林壑优美，景色奇绝，大小石峰二十余座，形态各异。难怪到过这里的旅游者惊叹，小山有大山之势，北山有南山之秀。此时此刻，我仿佛置身于仙境之中。多么好的林相，多么好的自然植被，山是绿的，树是绿的，连四周的空气也是绿的。这是初秋季节，大山脚下，金黄的稻田似一方方地毯，铺向没有尽头的远方。倘是春天，满山春色关不住，漫山杜鹃扑面来，山花怒放，山野菜俯首皆是，那该是何等景象！

下山的路旁，建有多座木制亭阁，我们选择其中一个坐下来小憩。这亭阁建造得十分精美别致，颇有几分北京颐和园里谐趣园亭廊的味道。说也奇怪，此刻，小雨停了，山风弱了，想一想也不足为怪，大家心里踏实有底，这山峰，这林海，还有这亭阁，岂不皆是我们遮风挡雨的最好屏障。

鸡冠山上雄鸡鸣，云开雾散风雨停。天空居然放晴了，一缕阳光从林子的空隙间洒进来，斑斑驳驳，那么富有诗情画意。我们一行人是幸运之人，从上山一直到下山，预报的台风竟然没有刮，暴雨没有下，想必是对虔诚登山者的恩赐。是的，多少年来，这雄鸡佑护着这块风水宝地，大山安宁，林茂粮丰。哦！鸡冠山，吉祥的山。

（原载2019年10月9日《中国自然资源报》）

和中国女排相处的日子

那年初春时节，已届五十三岁的郎平，经过一个月的认真思考，在与中国排管中心主任潘志琛的一番真诚交谈之后，毅然决然“在离幸福的退休生活还有一步之遥时”，重新执掌中国国家女子排球队，为国出征。喜逢建国七十年，女排又一次勇夺世界杯桂冠。感慨之余，我不由想起邓若曾任主教练、郎平任队长的中国女排，忆起和女排队员朝夕相处的那些日子。

那年八月，取得“三连冠”辉煌战绩的中国女排，应邀来到位于渤海之滨的兴城集训，在黑龙江林业疗养院食宿，在空军疗养院体育馆训练，备战是年在日本举行的第四届世界杯赛。

我们知道，湖南郴州是国家女排的训练基地。而这一年的训练不在湖南老家，也不在气候适宜的南方，反而移师北上，对于球迷来说是一个谜。加之封闭训练，又拒“老记们”于千里之外，更增添了几分神秘色彩。

女排队员是乘火车到达兴城的，县委、县政府领导以及有关方面的人士前往迎接。在车站站台上，队员们英姿勃发，一张张面孔是那么熟悉。握手的时候，我才感到，在这些高大的球员面前，我们这些接站的人真的成了侏儒。这些叱咤风云的名人，不讲究官场礼节，主教练邓若曾站在女排队伍之中，若不是国家体委的领导介绍，我还以为是陪练员呢。这位主教练身高两米，气宇轩昂，相貌堂堂，曾经是国家男排的主攻手，极为平易近人，微微一笑，笑得很灿烂。然而在训练场上，邓指导（队员这样称呼他）对他带领的这支队伍要求非常严厉，每天不完成训练计划，哪怕过了饭时也绝不会收兵。

记得有一次，巫丹“犯规”，邓指导板起面孔，罚她连接两百个扣球，一个个凌厉的扣球，扣得巫丹可怜至极，只能跪着接，连站起来的力气都没有了。许多在场的女观众流下了眼泪，喃喃地说：“我的孩子说什么也不能让她干这行。”严师出高徒，就是这位队中年龄最小的巫丹，后来成了女排的主力队员，在第四届世界杯中，为夺冠立下了汗马功劳。

女排住在黑龙江林业疗养院的一疗区。为迎接天之骄子，上级主管单位——黑龙江省森工总局拨款十万元，为每个房间增添一台彩电。队员在这里吃住都十分满意，特别是对早点赞不绝口，不管是南方人还是北方人，都能吃到家乡的饭菜。大家最不感兴趣的就是吃黄油，不愿吃也得吃，这是规定，必不可少；最感兴趣的是青苞米，附近农民把烀熟的苞米往大门口一摆，姑娘们蜂拥而上，一个人一穗，吃得津津有味。一次队长郎平赶上了，买了一穗，刚吃几口，就被邓指导发现制止了，后来经过大家“请愿”，获准只吃这一穗，下不为例。郎平不好意思地笑了，笑得像一个天真烂漫的孩子。

那天，我一个人来到院长办公室，门锁着，一打听，得知院长正在第一疗区抢救病人，就径直奔向那里。疗区内外气氛紧张，医护人员神情严峻。我悄声问值班室的护士：“是抢救疗养员吗?”护士看了我一眼，低声道："是女排队员梁艳，腹泻不止，大夫护士吓坏了，准备转院去北京。如果真出点事，这个责任谁敢负？这不，把薛院长找来了。"啊！我不由得吃了一惊，这可是国宝呀！

我赶忙进了观察室，只见院长和几个大夫会诊，我站在他们身后悄悄地听。院长说："病人大夏天吃了不净的瓜果，造成腹泻，出现输液反应有什么大惊小怪，没有转院的必要。梁艳是人，也是患者。"说完，下了医嘱，见大夫护士仍面有难色，他说："我开方子，我给她点滴，出了问题由我来负责！"接着，薛院长亲自为梁艳扎针点滴，过了十多分钟，待梁艳平静下来，入睡之后，大家这才长长地舒了一口气。

在兴城训练期间，女排前主教练、国家体委副主任袁伟民两次莅临，亲自观看了训练。袁伟民言语不多，习惯动作是两只胳膊交叉抱在胸前，两眼炯炯有神。每天早晨，他低着头，在楼门前的方块水泥路上走来走去，一走就是两个小时，喊他吃饭，他常常听不见。他在想什么呢？谁也不能去打扰他。大赛之前，他的胸中是不平静的，面对古巴、苏联等劲旅，中国女排想再次夺魁，争夺会是十分艰苦、激烈的，前进的路上充满了坎坷和荆棘。

金秋十月，女排在兴城完成训练任务，拟于十一月五日从北京飞抵日本参赛。临别前夕，邓若曾教练一个人来到林疗薛伟院长办公室，把一只有女排队员签名的排球赠给疗养院。邓教练说："我们也没有什么东西可赠，这是一只旧排球，当个纪念吧。"同时，向在座的院工作人员每人赠送一枚印有扣球图案的纪念章。

在女排训练场地——空军疗养院体育馆，笔者和教练员胡进谈起女排访问古巴的最后一场比赛。胡进的爱人是女排前队长张蓉芳。胡进是国家男排主攻手，寡言少语，性格内向。当问及古巴一战我队为何败北时，胡教练说："不是实力问题，古巴女排超常发挥，球打疯了，而我们没有打好，如果发挥正常，是可以把对方压下去的。这场球，一个是接发球我们失误较多，再一个是一传不到位。"说到这里，胡教练举起一份材料说，"我们正在研究古巴队，包括看实况录像。"果然，之后的世界杯赛我们战胜了古巴队，第四次蝉联冠军。

女排又一次夺冠，我应邀同兴城代表有幸参加了在人民大会堂举行的"国家女排、体操、围棋庆功茶话会"。在京期间，受到了女排的热情接待。

我们在北京体育馆路五号运动员食堂就餐，被破例安排到唯一的小单间里，这个单间只有一张小方桌。一位五十岁左右的老师傅笑容可掬地说："小邓（指邓若曾）说了，你们千万不要见外，一定要吃好吃饱。"第二天，食堂管理员来了，他抱歉地说："听说你们来了，昨天没赶回来。女排姑娘常说起兴城，她们对那里印象好极了。"这二位一日陪三餐，亲自让饭夹菜，热心服务。我们到北京的当天上午，女排全体队员在训练局同兴城的几位代表见面，每个队员和代表一一握手，一再表示欢迎。邓教练请大家观看了第四届世界杯夺回的奖杯，还观看了历届比赛荣获的奖品。送点什么纪念品好呢？女排姑娘想来想去，拿出三张在奥运会夺冠后举着金杯站在领奖台上集体合影的大幅彩照，每个人挥笔在照片的背面签上她们的名字，然后送给了我们三位代表。这张照片弥足珍贵，收入我出版的著作中，有女排诸教练和全体队员签名的笔记本我一直珍藏着。

从日本比赛归来，最忙的就是邓教练。代表到达北京时，他安排副教练接站，并陪同参观体育馆各训练场地，就是这样，他还抽空和训练局副局长张一沛一起到住地看望了我们。当天晚上，邓教练推掉了所有的活动，坚持到车站为代表送行。我们分乘两台轿车前往北京站，火车快开了，只见邓教练拎着一竹篓家乡产的香蕉、橘子，汗流满面地走进站台。原来，他上车后拐回家取的水果，到车站挤了半天买不上站台票，亏得一位服务员认出了他，从贵宾室把他送进站台。离火车开动还有五分钟，邓教练坚持把我们送上卧铺车厢。他说："实在抱歉，照顾不周。这点水果在路上吃。"他依依不舍地同我们一一握别，动了真情，泪花在眼里闪动："我从心里感谢兴城和疗养院对女排的支持和帮助，请转达我的谢意和祝福!"

三十几年过去了，每当忆起往事便心潮澎湃："想当年，金戈铁马，气吞万里如虎。"如今的女排，又由当年的队长郎平执教，征战南北，东挡西杀，烽烟不息……她们一次次登上世界女排的峰巅，一次次捧起世界桂冠的奖杯。

女排精神，民族精神，无时不激励国人在一切领域勇攀高峰。

（原载《北方文学》2019 年第 12 期）

京华来去

——全国第九次作家代表大会散记

中国文联第十次代表大会、中国作协第九次代表大会召开前夕，省委常委、宣传部长张效廉代表省委省政府在花园村宾馆为代表们送行，并与大家座谈。

十一月二十八日上午，九次作代会黑龙江代表一行十五人，由省作协党组书记赵德信、省委宣传部部务委员庞玉红、省作协主席迟子建率团，乘坐国航班机飞赴北京。

北京今年不比往年，是个暖冬，一下飞机，似乎能嗅到早春的气息，能听到冰雪的微微初融。大会工作人员举着醒目的接站牌，在飞机舷梯旁接机。此刻，我蓦然想起迟子建的散文《春天是一点一点化开的》，心里便有了几分温暖。

文联十代会、作协九代会在人民大会堂隆重开幕，党和国家领导人出席大会，习近平总书记发表重要讲话。讲话前后，总书记两次向大会主席团和代表们鞠躬，许多代表感动得热泪盈眶，不由得想起二〇一四年习总书记在文艺座谈会上的重要讲话，想起总书记那篇回忆与作家相处的文章《忆大山》，由衷感叹，我们的总书记对作家的感情何等之深！

大会开幕式，黑龙江作家代表团被安排在主席台左侧正中位置，和北京代表团相邻。对号入座，我的座位在第五排，前面是著名女作家张雅文，左边是黑龙江籍著名作家梁晓声，第三排即是荣获安徒生奖的著名作家曹文轩。安徒生奖相当于儿童文学的诺贝尔奖，因此，摄像机总在我们这块晃来晃去，我得以沾光进入镜头，出现在中央电视台《新闻联播》节目中，颇感荣幸。

十二月三日晚八时，在人民大会堂二楼宴会厅，举办“百花芬芳，时代绽放——中国文学艺术界联合会第十次全国代表大会、中国作家协会第九次全国代表大会联欢晚会”。我和贾宏图、庞玉红、张雅文、徐一星坐在同一张桌，面对大舞台。电视镜头不时对着这张桌，宏图说，可能因为我们是老中青三代人。习总书记来了，掌声、欢呼声响成一片。晚会演出别开生面，节目短而精，皆是名家，每个节目均不过几分钟。有歌舞，有戏曲，有杂技，有曲艺，还有电影电视剧插曲。最有特点的节目，当是作家表演的朗诵《梁生宝买稻种》（选自长篇小说《创业史》），朗诵者张抗抗、贾平凹、曹文轩、张威、蒋胜男、崔曼莉、柳建伟、徐则臣、阿拉提·阿斯木，钢琴伴奏叶小钢。这些作家来自全国各地，大都说普通话，唯有一人乡音不改，那就是贾平凹，浓重的陕西方言，令人忍俊不禁，捧腹大笑。演出效果颇佳，把联欢晚会推向高潮。

随团工作人员、省作协组联处副处长徐一星尽职尽责，周到细心，与会代表们无不称赞。由于会议有分有合，许多代表接受媒体采访，很难聚齐，一星抓住时机，为代表团照了一张全家福。拍照前，大家你推我让，李琦把我们推到前排，自己默默站到后面去。而迟子建，不论职务还是创作成就，理所当然坐在前排中间，而她不肯在中间位置就座，执意坐在最边上，其谦虚之美德让人点赞。

大会代表驻地在北京饭店、首都大酒店、国二招宾馆，会议日程安排十分紧凑，代表们每天颇觉劳累，而比代表们还劳累的是众多粉丝。作家亦有追星族，他们或守候在宾馆大厅，或守候在饭堂前厅，拎着编织袋抱着一摞书，等候作家题签，还有的手持笔记本、首日封要求作家签名。那天，我在宾馆前厅候车，迎面走来两个年轻人，说是认识我，要求合影，并告诉我，他们是从宾县来的，同乘一架班机。我大为感动。铁凝在电梯口刚刚同我合过影，中国作协主席那么忙尚且以礼相待，我岂能怠慢家乡人，忍不住对他们说："还没吃饭吧，我这有餐券。真是辛苦你们啦！"

杜甫有诗云："好雨知时节，当春乃发生。随风潜入夜，润物细无声。"这是一个冬天里的春天，"春天是一点一点化开的"，我们有理由相信，神州大地必将迎来百花绽放的满园春色。

（原载2017年第1期《宁远文学》）

安邦河畔打房草

二十世纪五十年代初，家兄抗美援朝归来，在铁力县武装部当秘书，首批授衔为少尉排长，肩扛一杠一星，煞是威武。一九五八年转业，被安排到鱼米之乡的双丰镇任监察委员。家兄是当过兵的人，向来遵守三大纪律八项注意，从来不动老百姓一针一线，让他干这个差事也许再合适不过了。

进入三年困难时期，各家各户生活越发困难，家兄渐渐难以招架。每月六十几元的工资（当时算是很高的），养活八口之家，连房银（租房的房租）也交不起了，他毅然将妻儿送到乡下老屯居住，自己独身在镇政府住。老屯是亲戚家闲置的两间破草房，房基下沉，窗户和门下沉到几近平地，房大山东倾，用几根碗口粗细的木头支撑着，像一个大马架子。让人难以置信，这样的房子家兄一住就是好几年。

那年入秋，我和在逊克军马场的知青四弟一起到老屯看望家兄。家兄说，房子不能再将就了，打算就地翻盖。劳力不用愁，屯子亲戚多可以帮忙；房木不用愁，大队部已经批准，到后山放几棵树，交育林费就行；再到道南大甸子打点苫房草，就可以动工了。哥儿仨坐在炕上一合计，打三天房草，苫两间房子不在话下。

老屯地处人烟稀少的偏僻山区，听狗的叫声便知这里不常来生人。人烟密集的村落，狗已习惯人来客往，是轻易不肯大声狂吠的。我们哥儿仨在狗的一片叫声中，来到大道南无边无际的大草甸子。这里是安邦河畔，没有被开垦的处女地，实在太美，第一眼看见它，仿佛置身于内蒙古的呼伦贝尔大草原，让你一下子想到一个很好听的文学期刊的名字——《花的原野》。大自然真是奇妙极了，这片生长苫房草——小叶樟的大地上，齐刷刷、绿油油，似收获季节滚动的无边麦浪，起伏着涌向天边，一群群野鸭子扑棱棱从草丛飞起，在天上打了一个旋又回到它们的栖息地。

我们赤着脚，哈下腰，挥舞起手中的镰刀，那垛起来的一行行草码子，仿佛风吹草低现出的一群群牛羊。四弟大声唱起《马场就是我的家》这支歌，很好听，他教我一起唱，快活极了。虽然秋水冰得两脚发麻，心里却是一团火热。

太阳下山，家兄提议收工。他说，今儿晚餐捞小米干饭，大酱焖活鱼。我和四弟不解地问，上哪儿整鱼去？家兄说，咱们这就去取。我们回到来时经过的一条小河沟边，这是安邦河的一条河汊，河水欢快地流淌，家兄从河里拎出一个用柳条编织的蓄笼，形状大小像小鸡下蛋的鸡窝，上前一看，里面净是银光闪闪、活蹦乱跳的鲜鱼，有小半筐。家兄说，这是我今天早上下的蓄笼，要吃鱼，家里点上火，上这儿来现取都赶趟。到了冬天，领着狗上后山套野兔，野鸡炖兔肉再放点榛蘑，粮食都省下了。“一川草色青袅袅，绕屋水声如在家。”放眼后山，心里默诵起诗人满锐那脍炙人口的诗句：

列车北去，

山水不断，

恍若驶进一幅画卷，

朗乡、美溪、带岭、翠峦……

美名犹如宝石一串。

树叶筛下阳光，

树干遮住视线，

三三两两的梅花鹿，

追逐着车头的白烟……

壮美哉，我的小兴安岭，我的大森林！

晚饭吃得香极了。不光有大酱焖活鱼，还有野鸭子蛋炒木耳、凉拌山野菜。没有酒，我们就喝西葫芦汤，热汤驱去一天的寒气，我们个个喝得大汗淋漓。

坐在热乎乎的土炕上，哥儿几个天南海北唠家常。家兄虽然文化不高，却喜看书，尤爱看古书，他最偏爱的是《铡美案》这出戏，不止一次讲给家里人听。提起包公包青天来，家兄评说道，包公难就难在“官官相护有牵连”上，当清官难哪！我那时年龄尚小，对他这番感慨并没在意。

大嫂从装米的箱子里拿出捂熟的山梨、山里红和山核桃，招待我和四弟。累了一天了，我们还未吃完山果，就东倒西歪睡着了。我做了一个梦：新苫的房，雪白的墙，屋里挂着毛主席的像……

家兄在朝鲜战场立过一次二等功、两次三等功，转业到地方后，办过的案子不计其数，上下无不说他是清官，多次受到上级组织的嘉奖和表扬。这个镇的领导班子换了一茬又一茬，而家兄却在监察委员的岗位上原地不动，一干就是三十年。离休时，职务仍是镇党委监察委员，级别为正股级。对此，我没有听他说过一句怨言。

（原载《黑龙江日报》2020 年 6 月 19 日）

不尽冰雪入梦来

我的故乡在呼兰河畔的兰西县榆树镇。这里盛产闻名遐迩的甜香瓜，亦盛产鹅毛大雪。我的少年时代，就是在“纷纷鳞甲飞，顷刻遍宇宙”的雪地冰天中度过的。

上小学的那年冬天，同学们在教室的门前浇出一条亮晶晶的冰滑道，课间休息，老师领着我们这帮小学生打滑出溜，谁摔倒了，也顾不得拍打滚在身上的雪面儿，又赶忙跑到后面去排队，一回回滑个没完，玩得十分开心。阵阵畅笑声惊得苏雀扑棱棱飞起，树挂簌簌抖落。直到上课铃声响了，才汗抹流水地回到课堂。这一年，我不仅能熟练地打滑出溜，还学会了抽冰尜、铁尜、木头尜、玻璃尜，常常为我的这些尜们转的时间最长而自鸣得意。

放寒假了，几个小伙伴聚在一起踢砟，找不到铜钱，就踢马掌钉，有时踢得天昏地暗，一天都不回家吃饭。般大般的孩子，个个穿件空桶棉袄，耳朵鼻子和两只手冻得通红，鞋子露着脚趾，在雪地上一跐一滑，却不见有人摔跟头。踢马掌钉大多在铁匠炉附近，这里是挂马掌的地方，可以捡到马掌钉。大人怕不知深浅的孩子被马踢着，不让靠近马桩。我们才不管这套呢，每当废马掌钉落地，立即蜂拥而上，像“抢山”一样，大人也无可奈何。腊八那天，出奇地冷，冻得大树嘎嘎直响。挂马掌的铁柱上一层白霜，一个高年级的同学一脸严肃地问："谁敢用舌头去舔？"我不知个中缘由，伸出舌尖去舔了一下，顿时被粘下一层皮。小伙伴们一阵哄笑，定是笑我这个天真烂漫的小傻瓜。

上了中学，看见马拉爬犁在雪野穿行，我不情愿在雪地上吃力跋涉，便找来两块木板，板下钉上两根铁丝，自制了一双滑冰鞋。每天上学放学，蹬着冰鞋飞跑。后来，学校浇了个大滑冰场，让我大开眼界。自制冰鞋不灵了，没法儿和真冰鞋相比，便凑钱买了一副简单旧冰刀，钉在木板上，用绳子绑在鞋子上，在冰场中间的空地上自由地翱翔。能穿上像皮鞋一样的冰鞋在跑道上滑上几圈，成为我的梦想。

腊月廿三，灶王爷上西天。有冰鞋的同学都在家过小年，我径自跑到学校去滑冰。大雪将冰场盖得严严实实，我，一个只有十五岁的中学生，费了九牛二虎的劲才扫出一条冰道来。穿上好不容易借来的滑冰鞋，戴上借来的滑冰帽，在冰场上滑起来。寒风刮脸，空气发辣，我一直滑到棉袄、棉裤全被汗水湿透，双腿发软打战，才依依不舍地离开我的冰雪乐园。

对家乡的记忆，总是与纷飞的雪晶莹的冰裹在一起的。我是那样怀念故乡的冬季，冰道、冰粂、雪爬犁……无边落木萧萧下，不尽冰雪入梦来。

（原载华龄出版社2015年3月版《吴宝三散文选》）

把酒问雪原

第一眼看到你，
爱的热流就涌出心底。
站在莽原上呼喊，
北大荒啊我爱你！

几十年风风雨雨，
我们同甘共苦在一起。
一起分享春光的爱抚，
一起经受风雪的洗礼……

唱起这支歌，眼泪止不住夺眶而出，它令我难忘青春，令我想起那凝固的大江和苍苍茫茫的林海雪原。

一九七〇年冬天，上级来函，绥滨县一青年越江投修（苏联）。这个人逃跑时途经我团辖区，让我们派人沿潜逃路线访查，把情况上报师部。接到命令，作训股长带着我和一个干事，乘一台 212 军用吉普车，冒着“烟炮儿”大雪上路了。

汽车在冰雪道上艰难行进，每小时行驶三十至四十公里，稍一提速，遇到坑洼地段一踩刹车，车头就向后转弯，来了个一百八十度大掉头。那时年轻，一腔热血，死都不怕还怕翻车吗？怕的是车翻到沟里，国家财产受损失，完不成组织交给的光荣而艰巨的任务。路越来越难走，渐渐没了路。雪越来越厚，积雪吞没了汽车轮子，尽管越野车有前后加力，面对大雪壳子，也没了辙。我们在车上打开军用地图，查看了一番，距要去的目的地还有十几公里，一咬牙，扔下吉普车，步行穿越雪原。

我们在没膝的大雪中跋涉，胸有一轮朝阳，浑身一团火热。棉袄被汗水浸透了，析出一层层白霜；棉帽子被汗水打湿了，摘下帽子，头上腾腾直冒热气。远处是黑黝黝的山林，身边是白皑皑的雪野，雪白雪白，白得刺眼，没有一点杂色颗粒。在这绵绵的雪被之上，布满知名与不知名的各种动物的爪印，有的硕大，有的微小，世界万物中的这大自然的精灵，在零下四十多度的严寒之中怡然自得，信步往来，胜似闲庭。大雪盖满山川，却盖不住山野之中这流动的音符。

万籁俱寂。突然，林边出现几只狍子，个个浑身油光闪亮，停住脚步怔怔地向这边的不速之客张望。我们兴奋得高声呼喊，它们依然一动不动，正应了山里人常说的那句口头禅——真是一帮傻狍子呀！我们正呆呆地望着，一群野鸡扑棱棱从头顶飞过，呼啦一下一头扎进前边不远处的雪瓮中，顾头不顾腚，五彩斑斓的羽毛露在外面，在阳光下熠熠闪亮。

大江被冰雪覆盖得严严实实，江面写满晶莹纯洁，分不清是大江还是小河，找不见村碑与乡界。正当我抖落挂满霜雪的狗皮帽子，只见江汊一泓江水没有结冻，散发着氤氲水汽，惊奇间，两只水獭从雪地上不慌不忙潜入水中。这里是黑龙江与松花江的交汇处，毗邻一片未开发的原始森林。

赶到我们要去的江边居民点，走进打鱼人的地窨子，已是掌灯时分。一多半是跑腿子的打鱼人十分好客，像迎接远方的老朋友一样，把我们推上直烫屁股的炕头上，一盆大马哈咸鱼，一盆炖狍子肉，摆上黑乎乎有蓝杠杠的那种大花瓷碗，倒满白酒，你一碗我一碗地喝了起来。

酒过三碗，过着鲁滨孙一样生活的打鱼人跟我们侃了起来，荤的素的，三句话不离女人。

用东北话说，我喝得有点高了，“醉翁之意不在酒，在乎山水之间也”，凭着酒劲儿即席朗诵了郭小川的《祝酒歌》。当念到“锯木头，就像割麦穗，扛木头，就像举酒杯”时，似乎感应与共鸣使然，打鱼人为我好一顿喝彩。

待到翌日打听越境人的线索，一无所获。打鱼人说，俺们常年住在这儿，初一、十五都不知道，只知道凿冰捕鱼喝烧酒。看来，这些远离城镇的边陲渔人都成了桃花源中人了。

二十多年过去了，挥之不去的经历，挥之不去的忏悔，雪原是历史见证人：大树伐之又伐，獐狍野鹿打之又打，飞龙山鸡捕之又捕，鱼鳖虾蟹捞之又捞，我曾加入对自然界开战的大军，为胜利而欢呼，为索取而举杯陶醉。“千山鸟飞绝，万径人踪灭。孤舟蓑笠翁，独钓寒江雪。”想起柳宗元的这首诗，浑身不寒而栗。面对今日之山林，今日之江河，心头禁不住迸发出自知微弱的疾呼：明月几时有？把酒问雪原——何日归来兮绿水，何日归来兮青山！

（原载华龄出版社2015年3月版《吴宝三散文选》）

心田盛开山百合

——《山百合》刊首寄语

黑龙江省方正重点国有林区位于长白山脉、张广才岭东北麓，在松花江中游南岸。以独特的地理区位、深厚的历史底蕴、丰富的森林资源而遐迩闻名，不知倾倒多少文人墨客和中外旅游观光者，留下诸多脍炙人口的诗词歌赋。广袤绵延的大山中，遍布红松、水曲柳、黄波椤等珍贵树木，葱郁苍茫的林海中，栖息着东北虎、黑熊、飞龙等走兽珍禽，肥沃湿润的林地，生长着野山参、刺五加、松茸蘑等奇宝山珍。

这是东北亚一片神奇的土地。层层起伏的山峦，宛若变幻的调色板，红如霞，黄如金，青如黛，绿如茵，从夏到秋，从冬到春。针叶、落叶、阔叶树，遮天蔽日；原始林、天然林、人工林，浩浩荡荡。肩并肩，手挽手，那么遥远又如此亲近。山涛奔涌，林浪滚滚。“突噜噜”，三三两两的飞龙鸟和怔怔的獐狍嬉戏；笑眯眯，三五成群的梅花鹿，温柔地望着游人。千万缕阳光在山间筛下淡蓝色的细雨，似一首首抒情诗，又似一幅幅水墨丹青画，多么静谧，多么和谐温馨。

自然才是美，古朴更迷人。走进方正林区，你会领略到大自然多姿的风采，你会感受到原生态和美丽乡村遥相辉映的浪漫，你会体会到“绿水青山就是金山银山，冰天雪地也是金山银山”的意义所在。

文化是旅游的灵魂，旅游是文化的载体。基于此，《山百合》文学期刊要在方正林区转型跨越、砥砺奋进之时，进一步贴近大众，走进人们的视野。毋庸置疑，我们要把旅游宣传放在首位，扩大旅游品牌的影响力，讲好方正故事，为推动方正林区经济跨越式发展鼓与呼。

宋朝诗人杨万里以“接天莲叶无穷碧，映日荷花别样红”的诗句闻名于世，或许很少有人知道，这位大诗人曾为山百合花（山丹）赋诗：“春去无芳可得寻，山丹最晚出云林……花似鹿匆还耐久，叶如芍药不多深。”百合花，纵然绽放在争艳的百花之后，却以其独特的魅力，闪烁着耀眼的光芒。美丽的山百合，这百年好合之花，必将盛开在鸳鸯峰之岭，盛开在响水河之畔，盛开在热爱大自然、热爱大森林的人们的心田。

（原载 2019 年第 1 期《山百合》）

鸳鸯回眸鹊桥间

——鸳鸯峰纪行

从张广才岭的方正林区回到省城哈尔滨，心潮难平，思绪万千。大森林，我的家园，那片魂牵梦绕的土地，她的变化令我震撼，她的美丽令我惊叹。

我经历了木材采伐、林业两危的时代，经历了天然林保护工程发展的时代，对林区情有独钟。热爱林业，忧患生态，家乡的那座最高的山峰——鸳鸯峰，常常走进我的梦境。

鸳鸯峰坐落在罗勒密山景区。罗勒密，梵语为“松针上的雪”，名字本身就充满诗情画意。这个4A级景区，距省城二百余公里，以牡丹江与三江的交汇地，成为省会城市哈尔滨的后花园。这里林木参天，遮天蔽日，奇石遍布，泉水淙淙，宛若一幅幅原始林的油画画卷。鸳鸯峰是两座山峰，一座鸳峰，一座鸯峰，千百年来遥遥相望，便称之为鸳鸯峰了。山高千米，相对于国内的名山大川，只能算是一座小山，然而，她确有她的神奇，她的诡谲。台湾作家三毛曾经写道：“岁月极美，在于它的必然流逝。春光、秋月、夏日、冬雪。”这似乎是对鸳鸯峰的写照。不似黄山瑰丽，亦有彩云行走，观日出日落，依稀可见白云眷恋的海市蜃楼；不似泰山雄伟，却有骨骼肌肉，怀抱山涛林浪，守护种子，松涛是生命交响曲的伴奏。心和原始林紧紧相连，日月把刚毅的性格铸就，倾心聆听林海潮头的呼唤，一对百年好合的鸳鸯，恩爱缱绻，无虑无忧。

登上峰顶，但见一座二百米长的玻璃吊桥，在阳光的照射下水晶般闪光，酷似一条长长的鹊桥，横跨在鸳峰与鸯峰之间，近前，方知桥身是用全透明玻璃铺就的。当我们一行人小心翼翼、提心吊胆踏上距地面三百余米的玻璃鹊桥，个个两腿发软，不敢越雷池一步，生怕玻璃破裂坠入深渊。同行的朋友笑道，这玻璃采用了7D碎裂仿真特效，桥身是由超高安全系数的全透明玻璃铺成的，游人尽管大胆前行。在吊桥上行走，我们似在悬崖峭壁上匍匐，头上祥云朵朵，脚下松涛滚滚。我们禁不住连连赞叹，这景色太美了，确实与众不同，美在浪漫，美在自然，美在让我们心惊胆战。这鹊桥如此刺激，全然不似一位大诗人在《天上的街市》中描绘的那样，“你看那浅浅的天河，定然不甚宽广，牛郎织女定能骑着牛儿来往”。如今，鹊桥已不在天河之上，确乎从天上落户到人间了。

谁也不会料到，从鹊桥下来行进在山路上，要走一条依山而建的玻璃栈道，栈道悬在半空中，依然那么险峻，那么触目惊心。我们在栈道上小憩，神清气爽，心旷神怡，好像随时伸手可以触摸到身边飘过的云朵。

我们上山时拾级而上，步步登攀；我们走过玻璃鹊桥，战战兢兢；我们穿过玻璃栈道，踏上平展的玻璃台阶，坐上打造颇为奇特的大理石滑梯，轻松着陆。

下山了，放眼望去，又是另一番景象。迎面而来的瀑布奋不顾身跃下山峦，水珠飞溅，犹如细雨扑面，脚下哗哗溪水顺着山势奔涌东流。当地一位养蜂人不无自豪地告诉我们，沿着这条山路，车程半个多小时便是响水河，你们可以去漂流，领略一下何谓“天下第一漂”。接着，他指着对面的林子动情地说，这大山之中，分布着大大小小抗联密营几十处，遍布当年抗日联军的足迹。

我在山路上驻足良久，沉思良久。蓦然，耳边隐隐传来悲壮激昂的《露营之歌》：“朔风怒号，大雪飞扬，战马踟蹰，冷气侵人夜难眠。火烤胸前暖，风吹背后寒。壮士们，团结起，夺回我江山。”我情不自禁地哼唱起来，两眼注满泪水。东北抗联，在中华民族危亡的时刻，奋起自卫，在长达十四年之久极其艰难困苦的岁月里，同日本帝国主义侵略者进行了艰苦卓绝、不屈不挠的浴血奋战，歼灭和牵制了大量日寇和伪军，为东北和全国抗日战争的胜利做出了重要贡献。杨靖宇、赵尚志、李兆麟……一个个民族英雄鲜活的面容浮现在眼前，如何不令我肃然起敬。如今，从省城哈尔滨到林业局所在地，已通高速铁路，从林业局到深山区是高等公路，这条进山路，当是革命先辈用坚定的信念和钢铁般的意志奠基的幸福之路。大山有情，看那火红的山百合，是敬献给抗联壮士的花束；那飞流直下的瀑布，是怀念抗联壮士垂下的挽联。

一阵阵欢声笑语打断了我的思绪，原来是游人围观一只美丽的野鸭，这只野鸭正同人们嬉戏。得知这只受了伤的野鸭是山里一对老夫妇从水边捡来后精心救治饲养的，三年多来同老人形影不离，即或把它放回溪水里，它游上一阵子依然回到主人的身边。这对老夫妇是附近的林场职工，退休后，每天来这里义务看山护林，风雨不误。这时，但见老夫妇俩站起身来，向鸳鸯峰入口走去，野鸭顿时来了精神，它呼啦啦先行飞到大山的入口处，等待主人的到来。多么聪明的野鸭，莫非通晓人性，它也想登上鸳鸯峰顶，去寻觅情侣，抑或去鹊桥上相会？

密林深处有风景，鸳鸯回眸鹊桥间。鸳鸯百年好合，鹊桥七夕相会。我们沿着山路行走，在曲曲弯弯的山路上寻找，寻找远去的森林，和童年时代文化的记忆。

（原载《黑龙江日报》2019 年 8 月 23 日。本文由澳大利亚蒙纳士大学双硕士刘明昊译成英文，刊登在《山百合》2019 年第 2 期）

生命的号子

龙年新春，喜庆的锣鼓尚不绝于耳，白雪皑皑的小兴安岭突然响起一片令人撕心裂肺的哀乐声和哭喊声。一向自称身上“零件”没毛病的林业老英雄马永顺，因突发性心肌梗死，匆匆忙忙地走了。他走得太快了，快得令人意外！正月初五上午，他感到身体不适，刚强的老人家连儿女们也没惊动，自己步行到医院就诊。谁知壮士一去不复还，仅仅一天的时间，初六晚上，竟与世长辞。

这位八十七岁的林业工人的楷模，犹如小兴安岭之巅一棵参天红松轰然倒下，震撼着绵延起伏的山峦。

我们采访宣传他多年，早就成了朋友。听到消息，平静的心一下子被搅乱了，泪水止不住地流了下来。他走了，不！他没有离去——大山的褶皱里藏着老人家半个世纪爱林、育林、护林的故事，他那生命的号子，在大森林上空永远回荡，声声不息。

一

当新中国刚刚升起第一缕曙光，这个旧社会被称为“山狗子”的伐木人，喜笑颜开地走进黑龙江省铁力林业局的密林深处。身材魁梧、膀大腰圆的马永顺当了主人，身上有使不完的劲头。一九四八年冬，他挥动一把弯把子锯，威震兴安岭。在采伐的林班小号里，他冒着零下四十度的严寒，不时地吼出“顺山倒”“下山倒”的喊山声。他头上脸上的热汗淌了下来，流在脚上，不一会儿就结成亮晶晶的薄冰。汗没消，他又蹲在一棵大树下，锯声“哧哧哧”，大树“嘎嘎嘎”又“叫喳”了……

一冬天过去，他一个人完成了六个人的工作量，采伐木材一千二百多立方米，创造了全国手工伐木产量最高纪录。接着，又创造了“安全伐木法”“四季锉锯法”，为建设社会主义新林区做出了不可磨灭的历史性贡献。

一九五九年秋天，在首都北京参加完全国群英会，马永顺像有什么心事似的，由爱说爱笑变得沉默寡言了。他被称为“酒仙”，酒不喝了；他被称为“大肚汉”，可饭量也小了。躺在炕上，他一遍遍回想周恩来总理在全国群英会上对他说的一段话：“你们林业工人不但要多生产木材，支援国家建设，还要多栽树，实现青山常在，永续利用!”

他见林场盲目推广外地经验，搞大面积砍伐，绿树葱茏的青山被剃了光头，心想，这样搞下去，不要说永续利用，就是当地也快没树可采了。因此，他一次又一次地向场里、局里呼吁：要多植树造林，做到采伐育林相结合。

马永顺说了就干。他每天老早就上山，一有空儿就爬上这座山，登上那道岭，像寻找什么东西似的，星期天也不休息。

很快，马永顺同职工一起，按照合理采伐的要求，从林场的实际情况出发，采育结合的采伐方式试验成功了。大批幼树被保存下来，有的采伐小号基本上不用造林，只补“天窗”。

然而，一个新的采伐方式的出现，人们不是一下子就能接受的。个别青年工人对保护幼树不在意，做起来就马马虎虎。一个青年拖拉机手在集材时，碰倒一棵红松幼树，马永顺急忙走过去，整个身子俯下，轻轻地将小红松扶起来，在根部培上土，用脚踩了又踩。他心疼地说："红松是小兴安岭的珍贵树种，生长很慢，这棵小红松起码五岁了。"那声调，那神态，仿佛碰的不是小树，而是他的孩子。

那青年拖拉机手嘻嘻哈哈地笑着，满不在乎地说："林子里的大树有的是，你不要费那么大的劲扶它了。"

马永顺的脸唰地变了，嘴唇颤抖着，好一会儿才说出一句硬邦邦的话："小伙子，可不能吃祖宗的饭，造子孙的孽啊！现在碰倒的是一棵小树，将来就是一棵栋梁。"说到这儿，他解下身上背的水壶，打开盖子，往小树的根上浇水。

那拖拉机手急忙走过来，拉住马永顺的手说："在山上找水有困难，倒不得啊！"

"怎么倒不得？"马永顺倒完了水，在裤子上蹭了蹭手说，"小红松受伤了，就得抢救，比人更需要水啊！"

那拖拉机手脸红了，心服了，也急忙把自己带的一壶水"哗哗"地倒在小树的根上。

过了几天，晚上收工时，马永顺绕道来到这里，来看这棵小红松。他高兴地招呼大家："你们快来看啊，那棵受伤的小红松被救活了！"

二

作为一名老伐木工人，马永顺用过多少斧子、多少锯，自己已经记不清了。可是，他却能算得出手工伐木期间，在小兴安岭上砍伐了三万六千多棵大树。他看到这些木材源源不断地运出大森林，常常高兴得笑出声来。

可是，当他看到一些地方过量砍伐，导致生态恶化，出现荒山秃岭时，心里又感到无比的沉重。马永顺找到林场场长动情地说："我常常琢磨，小兴安岭伐的多，造的少，生态失衡，我也有责任。因为我过去砍的树比谁都多啊！"

场长意味深长地瞧着马永顺，摇摇头说："你过去响应号召，多伐木材为了国家建设。林区生态失衡，是多方面原因造成的，哪能让伐木工人负责呢？"

马永顺望着一片伐光了的远山，感慨地说："虽然不能叫伐木人负责，可我得对子孙负责呀！我要上山栽树，再栽三万六千棵。我以前在山上砍过多少大树，就栽上多少树苗。"从此，造林队伍里，常常能看到马永顺那高大的身影。

岁月悠悠，一九八二年，马永顺退休了，这位当了半个世纪劳模的老同志没有回家安度晚年。他算来算去，还差八千多棵树没有补栽上。春季造林一开始，他就坐森林小火车来到林场，拎起苗木罐上山了。年年春天，他都率先上山造林。

一次，他去鹿鸣林场造林，过横在小河上的一根倒木时掉进河里，衣服湿透了，可一捆树苗却紧紧抱在怀里。他拧干湿衣服，快步走进小号，把带去的树苗全部栽上。

受了风寒，他感冒发高烧，老伴儿王继荣心疼地说："可别再逞能了，你要是一定要把树补栽齐，就让子女们帮你一把吧。"听了老伴儿的话，马永顺心潮起伏，他想起与自己常在一起开会的王进喜、孟泰、马恒昌等老劳模一个个都不在世了，自己的蜡头也不高了，让子女帮助补栽树，不仅可以实现自己的心愿，还可以促进全家人为实现青山永续利用常做贡献。他瞧着老伴儿点点头说：“你给我出了个好主意。兴安岭的山雷打不碎，我造林的劲头九条老牛也拉不回。好，明年领全家人上山植树！”

一九九一年，七十八岁的马永顺掐指一算，还有近千棵树没栽上。五月一日，他把儿子、儿媳、女儿、女婿以及孩子们全找来，除了两个尚不懂事的孩子由老伴儿在家照看，其余十六口人全跟他上山。这一天，全家人在荒山上栽种落叶松树苗一千五百多棵。

马永顺的心愿实现了。这个被人们称为义务造林的“马家军”，在老英雄的率领下，从一九九二年至一九九九年，又在荒山植树一万六千多棵。

三

退休后的马永顺，率全家人坚持上山植树，人们称他为北方“山神”，在林区树起一面鲜艳的旗帜。植树造林的浪潮汹涌澎湃，“青年林”“劳模林”“公仆林”纷纷涌现。铁力林业局制订了义务造林规划：两年内，局领导每人植树一万棵，科级干部每人植树六千棵，党团员和积极分子每人植树五千棵。一九九九年，局长杨国栋、党委书记曹立卓率领科室干部上山义务造林，全局造林数量比一九九八年翻了一番。

“马家军”造林队伍不断壮大，总有一些“外姓人”不声不响地跟上来。他们来自四面八方，既有本地的，也有外地的。尽管年龄、性别、职业不同，目标都是一致的：向老英雄学习，为绿化荒山做奉献。这里让我们认识“马家军”中的两位“外姓人”吧。

他中等身材，黑红的脸膛，一会儿扬镐刨穴，一会儿拎起苗木罐栽苗，一直不抬头地忙碌着。他叫邹本栋，今年五十六岁，是铁力市文化局的工作人员。

一九九五年，邹本栋到各地找知情人，调查了解铁力地区抗日斗争史，结识了马永顺，并很快交上了朋友。他被老英雄那种为子孙造福的无私奉献精神深深感动了。他紧紧地拉住马永顺的手说："在上山下乡那个年代，我在神树镇的知青点，砍了不少好木头当烧火柴，我要偿还！明年春天您上山造林，请通知我一声，我也去。"

马永顺高兴地说："你这么做就对了，我支持！"他第二年春天率全家人去造林，亲自去向阳街住宅区，通知邹本栋。

邹本栋肩扛镐头，怀揣干粮，高高兴兴地加入了"马家军"。他虽已年近花甲，但刨穴、栽树却干得很在行。老英雄向他伸出了大拇指说："好样的！"

从这以后，邹本栋年年都跟老英雄上山造林。他见"马永顺林"纪念碑前有块空地，便从铁力市政府大院的花圃里，弄来一些花树栽种在四周。

春节前夕，他去看望马永顺时说："我家园子的四周栽了几圈杨树，不知是什么品种，生长得特别快。我想送给您，栽在'马永顺林'里。"

马永顺手舞足蹈地说："太好啦！今年造林前，我找营林工程师鉴定一下，看是什么品种，栽在我那片林子里，搞个试验。如有发展前途，就大力推广！"

另一位"外姓人"浓眉大眼，脸上总挂着笑容，手里不停栽树苗，嘴里不时地唱着歌儿。他叫金宝智，四十七岁，是桃山林业局福利公司的工人。

金宝智近两年利用工余时间写了一本书《人生寄语》。书中在《人生与树》这一章，写到了老英雄马永顺。

他把书稿拿给马永顺看，请他提提意见。不想一见面，他就被老英雄那高尚的情操、博大的胸怀吸引住了。他激动地说："我不仅写英雄，更要学英雄。我要加入你们的队伍，也上山造林，绿化荒山！"

金宝智得知马永顺上山造林的消息，急忙领妻子赶来。可是，马永顺已和家里人坐车走了。

他随即花了四十元钱雇了一辆出租车，赶到距离城区三十多公里的造林地。

马永顺高兴得哈哈地笑着说："宝智，你造林的心真诚啊，领媳妇来，还雇了车。我代表全家人，欢迎你加入我们的'马家军'！"

金宝智夫妻，一个刨穴，一个栽苗，不停手地干。马永顺走过来，要他俩歇一歇。金宝智头一摇说："我们来晚了，要撵上你们。"

马永顺"生命不息，造林不止"的精神，受到了党和国家领导人的高度赞扬。江泽民总书记称赞"马永顺很了不起"。李鹏总理当年视察黑龙江时接见了马永顺。一九九八年洪水过后，朱镕基总理在松花江畔对马永顺说："你这一辈子干了两件好事，过去你是砍树模范，如今是造林英雄，我们都要向你学习。"一九九八年六月，马永顺荣获联合国环保奖，出席了在莫斯科召开的全球五百佳颁奖大会。

四

马永顺这面旗帜，受到全国人民的瞩目。新千年前夕，从首都北京传来消息，二月下旬，首都将举行“马永顺事迹报告会”，要马永顺登台讲话。铁力林业局派熟悉马永顺事迹的老同志曹锋帮助他整理讲话稿。

老曹说明了来意，马永顺连摇头带摆手道：“我干的那点事大伙儿都知道，没啥可讲的，说几句表达一下心情就行了。去年‘五一’，我登上首都大舞台，喊唱的抬木头号子，大伙都很爱听。在这次会上，我想喊唱一首植树造林号子。”

老曹奇怪地问：“造林是个人单独劳动，没有劳动号子，你喊唱什么?”

马永顺嘿嘿一笑说：“这好办，我编几句宣传造林的顺口溜，用抬木头的调门喊唱。”

于是，马永顺眯起眼睛，琢磨起造林顺口溜。他说一句，老曹记一句。稍加改动，便成了这样四句：“行动起来呀，植树造林啊！绿化祖国呀，造福子孙啊!”他用抬木头号子的调门一喊唱，很有气势，也很动听。

为了记在心里，马永顺常常站在地当中，放开喉咙喊唱这四句造林号子。有时他还把儿子、孙子和老伴儿招呼到一起，他领唱一句，家里的人“嘿哟”地呼应一声。

一天晚上，马永顺在睡梦中，忽然喊出一句：“造福子孙啊!”一下子把睡在身边的老伴儿吵醒了。她推了马永顺一把，说：“你睡觉也想着造林，我看你今后和树苗睡在一起吧!”

马永顺不好意思地说：“我刚才做了个梦，梦见咱们在山上栽的那些树苗长高了，也长粗了。一高兴我就喊了起来。”

龙年的大年初一，儿孙们都回家过年，看望老人。马永顺在家宴上笑呵呵地说：“我想利用这次机会，和大家说件事。从前咱们一家人上山，栽的大多是落叶松。今年开春，我想既搞红松育苗，又在山上栽红松。红松是国松，材质好，由于大量砍伐，红松故乡的红松不多了。我想多培育一些红松，让小兴安岭大树常青。你们说行不?”一家人全都赞成。

马永顺满脸乐开了花，放开大嗓门说：“好啊！今天过春节，咱们乐和乐和。我准备去人民大会堂喊唱的造林号子，先喊唱给你们听听。”接着，他边喊边跳，儿孙们纷纷跟着呼应，一家人喜笑颜开。

人们万万没有料到，仅仅过了三天，老英雄竟然病危。病榻上，他对家人说：“开春咱们上山栽红松，我还有一个打算，带着儿孙回河北老家造一片林子。”弥留之际，在呼吸非常困难的情况下，他还吃力地小声喊唱他那首造林号子，可只喊唱了两句，便没有气力了。

马永顺与世长辞那天，帮他整理造林号子的老曹来为老英雄送行。大女儿马春华哭着介绍了父亲临终前没喊完造林号子的事。

老曹伏在马永顺身上痛哭起来，哭了一会儿，悲痛地说：“老英雄啊，你在心脏停止跳动的瞬间，还挂念着造林!”这时，老曹想起马永顺生前嘱托的一件事，便流着眼泪向马永顺的家人讲了起来。

五年前，老曹陪同省里的记者去铁力林业局卫星经营所采访植树造林事迹。中午，从食堂吃完饭出来，马永顺见门前有一根三米长的大青杨木，中间因腐朽有个大空洞。他走过去，前后左右看了一会儿，便爬进空洞里去。

从空洞里出来，他对在场的人说：“这根空筒子杨树劈成烧柴可惜了，给我留着吧。活着造林，死了看山。我离开人世的时候，把我往树筒子里一放，埋在山上，永远当‘护林员’。”

在场的经营所所长连连摆手：“那可不行！您老人家是功臣，到那一天，即使不火葬，领导也不会同意树葬。”

马永顺沉思一会儿，动情地说：“我心里想的，你们还不理解。我不是不同意火葬，我一生爱山爱树，一直没离开林区，死后放进树筒子里，和大山树木融合在一起，不是在小兴安岭上永远扎根了吗！”接着，他对老曹说：“咱们是朋友，到我走的那天，请帮助我实现这一心愿。”

王继荣听完老曹的讲述，流着泪说：“老马把他的想法早就和我说过，今天我已和林业局领导讲了。领导们经过研究，觉得树葬不合适，等遗体火化后，春暖花开时将骨灰葬在‘马永顺林’里，让他和大山永远同在。”

正月初九的早晨，两千多人胸戴白花，为马永顺送行。有来自北京、省城和市里的领导，还有当地群众。大山垂首，松涛哀鸣。昨夜，大路两旁的小树上落了一层雪花，微风吹来，纷纷扬扬飘洒一地，好似树孩子们挥泪为老人最后送行。

从声声哀乐和人们的一片哭声中，我们仿佛听到老英雄临终前没有喊唱完的那首催人奋进的号子。这是生命的号子，响彻林海，响彻雪原，响彻绵绵万里青山。

（原载《光明日报》2000 年 2 月 21 日和 2 月 22 日，分两次刊发）

老　怀

听到我的农民朋友老怀去世的消息，颇为伤感动情。正在为报纸赶写的一篇文章无法再写下去，手中的笔亦不听命于我了。站起身来，倒了一杯水，往事如同杯中的茶叶，迅速翻飞，眼前浮现出一个熟悉的身影来。

老怀叫什么名字，似乎很少有人知道，从打我认识他起，人们都直呼他“老怀”。他没念过几年书，用他女儿的话说，“十五六岁当了农民伯伯”。他家住在城边子，在蔬菜生产队种菜，亦即菜农。

二十世纪七十年代，我从省城哈尔滨调到辽西一家疗养院工作。那时生活太苦，饭桌上无肉无油无荤腥，城里饭馆清一色粗粮，还要全国通用粮票。当地人过年包豆包，皮是苞米面，馅是高粱米饭。我们夫妻俩每月工资七八十元钱，上有老下有小，只能勉强维持生计。记得我从邮局取出三元钱稿费，买了一只烧鸡，全家如同过大年一般。每当妻子说没有什么饭可做时，上幼儿园的小女儿就说：“买只烧鸡吃算了!”孩子哪里知道度日之艰难。

穷则思变。我家靠近小河边，一合计，养了十只鸭子、两只大鹅。饲料是苞米糠掺白菜，接续不上，就弄些苞米叶子或青草。于是，冬天我四处捡白菜帮白菜叶，夏天捋野菜。

春夏之交的一个中午，我拎着筐去地边沟沿儿捋野菜。举目一片碧绿，小雨飘飘洒洒，似一首抒情小诗。忽见一个淘粪人赶着毛驴车迎面走来，或许许久没有这种好心情了，我和他聊了起来。交谈中得知，我们是同龄人。他姓怀，四口之家，一儿一女，都在蔬菜生产队干活儿，只是工分太低，一个劳力每天只挣几角钱。就这样我们相识了。分手时，他帮我捋了满满一大筐野菜，把我送到道口，然后赶着毛驴车去淘粪。第二天早晨上班，我发现院里有一麻丝袋子野菜，打开一看，同昨天的野菜一样。我明白了，这是老怀从我家院墙外边扔进来的。

从此，每天都有一袋子野菜扔进院子里，只是不见人影。

一个星期之后，我见到了老怀，让他到家里坐一坐，他犹豫再三，才把毛驴粪车拴在地头的石头桩上，同我一起来到家。进门前，他脱掉鞋子，光着脚板踏在水泥地面上，我让他穿上鞋，他执意不肯。妻子做了几个小菜，我们边吃边聊，他只喝酒，几乎不吃菜。可以看得出，他是典型的那种依附土地的农民。他对我这个官有几分敬畏，尽管我只是个出了院墙说啥也不好使的科长。他的善良纯朴打动了我，我们成为朋友。此后的日子里，逢年过节，我都给老怀家送一点儿吃的或用的，老怀感动得直抹眼泪。

我去过他家几次，每一次回来，好些天都沉浸在酸楚之中。一间半破房子住了几十年，家徒四壁，一铺小土炕糊着牛皮纸，几袋子粮食堆放在炕前。他爱人患慢性气管炎，齁喽气喘，正在灶前做饭，烟熏火燎，咳嗽不止。我送去的一些药品，她舍不得用，说等病重了再吃。我打算多少资助他一点钱，老怀断然拒绝。从相识到成为朋友，几十年过去，他从来没有给我添过任何麻烦，从来没有求我办过一件事。

从小城调回省城之后，常常念及老怀。听说他因门前的园田地与邻居发生纠纷，仨瓜俩枣把房子卖了，在南大河那边自家的地里又盖了一个房子。一次公出途经这个小城，我特意下车去看望他。老怀家住的地方很偏僻，远离国道，既不通车也没有路，我租了一台三轮摩托车，走田塍过河滩，一路颠簸，来到一个孤单单的简易泥土房前。时值初冬，我冻得浑身发抖，但见老怀和他的妻子穿着破旧的单衣，灰头土脸，挥着耙子在田里劳作。进屋一看，外甥打灯笼——照舅（旧），家境依然如故。夫妻俩一年到头干个不停，种的蔬菜卖不上价钱。进了冬天，大白菜刷得干干净净堆在那里，每斤五分钱都没人问津。令我震惊的是，结婚不到一年，身强力壮的姑爷子因医院误诊故去。说到此，老怀号啕大哭。男儿有泪不轻弹，只因未到伤心处，悲痛之极使然。略微平静下来，老怀换上多年前我见过的那件涤卡中山装，要带我去城里饭馆吃饭。这饭如何吃得？我说有要紧的事往回返，以后我再来。偷偷在炕被下放一点钱，便起身告辞。老怀在三轮摩托后面踉踉跄跄地奔跑着送我。不承想这竟然是我们的永别。

老怀家里从来没装过电话，或许一生都没打过电话。他的一位好友老张在电话中对我说，老怀临终前将女儿叫到跟前，从枕头下面拿出一个欠账单，欠谁的钱都写得清清楚楚。他嘱咐女儿："这钱要还上，要好好报答人家……"说出这番话的人，他的名字叫农民，一个生活在最底层的人。

（原载 2005 年 2 月 20 日《羊城晚报》）

□附

良师益友如是说

我喜欢这样的诗

——写给《海滨抒情》的作者和读者

严家炎[①]

很久没有读到吴宝三的诗，最近从《北方文学》一九八二年十月号上读了他的《海滨抒情》组诗，我是颇有点兴奋的。

宝三很早就写诗，在我的印象中，他早年那些好的诗，常常充溢着林业劳动者的自豪感，显示着热情、朴素、粗放的本色。但有些诗也过于平实，有点散文分行押韵的味道。近几年，他的诗在艺术上却获得迅速发展，可以说，开始实现了飞跃，其标志是：诗味浓郁了，表达含蓄了，感受深切了，尤其注意了诗歌意象美的追求。《海滨抒情》正是一例。

《海滨抒情》是大海的恋歌，也是新生活的赞歌。即使在对海滨自然景物的歌唱中，时代气息也迎面扑来。作者赋予诗中形象的美好的情操："大海定然有长虹般的情感，对别离也深深眷恋"（《海恋》）；"忠诚地守卫着大海"的望海岩，纵使经受台风袭击，也"依然坚定不移地望着大海，编织着美好的理想"（《望海岩》）。在

① 作者系原北京大学中文系主任，鲁迅文学奖、茅盾文学奖评委。

作者笔下，海滨的一切是这样春意盎然，生机勃勃：“渔船在码头集结，构思丰收的诗稿；渔网的五线谱上，梭子在划着强音符号。风和日丽的春天，这里的一切静悄悄，唯有孩子的琅琅书声，一阵阵低，一阵阵高……”（《菊花岛》）。啊，多美好的生活！读着《海滨抒情》，我不禁深深怀念起大海，怀念起海滨的故人来。我说不清，究竟是他受到了大海的陶冶，变得心胸更为开阔；还是他用本来就开阔的襟怀拥抱着大海，写下这美好的诗行。“我吸一口湿漉漉的海风，仿佛把大海融进心田。”是的，读者确实可以从中感受到诗人的心和大海融合到一起了。

诗是采集生活花粉所酿成的蜜。诗歌形象不应该只是用快镜头摄下的生活景象，而应该是诗人用自己的心灵感受过，用自己的感情孕育过，用自己的审美理想熏染过的“意象”。《海滨抒情》中的形象，正是作者全身心地感受过、孕育过的“意象”。请读一读《晨雾》这首诗中的两节：

柳未发芽，杨未吐絮，
晨雾飘过渔村前面的小溪，
亲吻松枝上的银色树挂，
松枝抖落冬眠的记忆。

暖风吹化春雪，
雾气融进渔家房檐的水滴，
滴沥，滴沥，滴沥，
一行删节号般含蓄……

难道我们没有感到这里的晨雾是多少和暖、沉静、温存吗？它融化“银色树挂”，帮助“松枝抖落冬眠的记忆”，“化春雪”为“房檐前的水滴”，这一切都进行得如此静悄悄，仿佛还带着几分羞涩。晨雾的形象在读者的心中唤起一种极美好的感情，一种热爱我们的生活，愿意默默地为它尽自己的微力，使它变得更加饱含春意的感情。文学为社会主义服务，为人民服务，并不需要标语口号，需要的正是这种能打动读者心灵，能滋润、丰富人们的审美感情，有益于人们的道德情操的艺术形象。而为了要创造这样的艺术形象，就不仅要求作者本身对生活有一种积极的主人翁态度，而且需要在生活中做有心人，善于细微地体察生活海洋的涨潮与落潮，“任浪花打湿心头的思念”，随时注意捕捉刹那间涌上心头的感受和意趣，并用诗的想象去补充、丰富，使生活形象经过心灵的融会、发酵，转化成为艺术形象。

别林斯基说得好：“谁要是想做纸面上的诗人，他首先应该在心灵上是一个诗人，并且按照自己的天性，从现实的诗的一面去观察现实。诗不单单在书本上，它在生活的呼吸中。”

这也正是我读吴宝三《海滨抒情》得到的一些启示。

（原载 1983 年第 4 期《北方文学》）

寄语吴宝三文学馆

姜伟新[1]

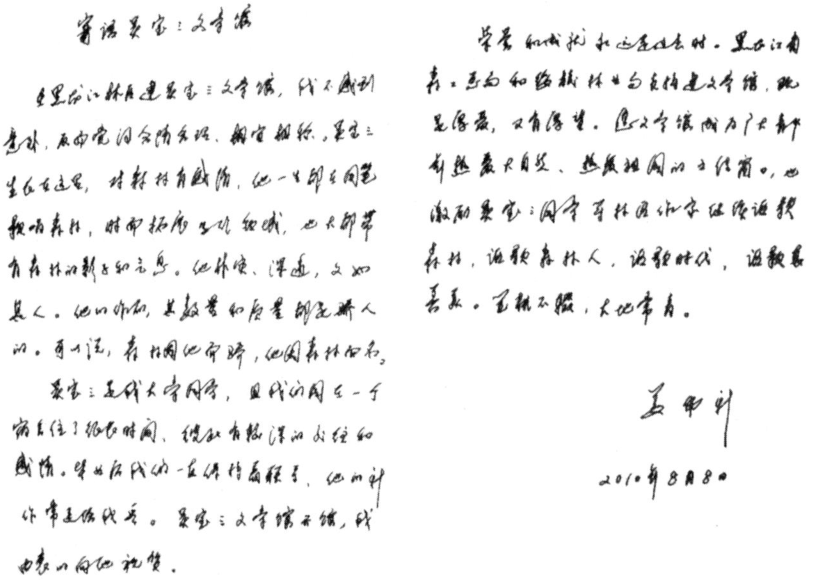

寄语吴宝三文学馆

在黑龙江林区建吴宝三文学馆，我不感到意外，反而觉得合情合理、相宜相称。吴宝三生长在这里，对森林有感情，他一生都在用笔歌唱森林，时而拓展写作领域，也大都带有森林的影子和气息。他朴实、浑厚，文如其人。他的作品，其数量和质量都是骄人的。可以说，森林因他而骄，他因森林而名。

吴宝三是我大学同学，且我们同在一个宿舍住了很长时间，彼此有很深的友谊和感情。毕业后我们一直保持着联系，他的创作常送给我看。吴宝三文学馆开馆，我由衷地向他祝贺。

荣誉和成就永远是过去时。黑龙江省森工总局和绥棱林业局支持建文学馆，既是厚爱，又有厚望。愿文学馆成为广大干部群众热爱大自然、热爱祖国的文化殿堂。也激励吴宝三同学等林区作家继续讴歌森林，讴歌森林人，讴歌时代，讴歌真善美。笔耕不辍，大地常青。

姜伟新

2010年8月8日

在黑龙江林区建吴宝三文学馆，我不感到意外，反而觉得合情合理，相宜相称。吴宝三生长在这里，对森林有感情，他一生都在用笔歌唱森林，时而拓展写作领域，也大都带有森林的影子和气息，

---

① 作者系原住房和城乡建设部部长，吴宝三的北大中文系同学。

他朴实、深透，文如其人。他的作品，其数量和质量都是骄人的。可以说，森林因他而骄，他因森林而名。

吴宝三是我大学同学，且我们同在一个宿舍住了很长时间，彼此有较深的交往和感情。毕业后我们一直保持着联系，他的新作常送给我看。吴宝三文学馆开馆，我由衷地向他祝贺。

荣誉和成就永远是过去时，黑龙江省森工总局和绥棱林业局支持建文学馆，既是厚爱，又有厚望。愿文学馆成为广大青少年热爱大自然、热爱祖国的宣传窗口，也激励吴宝三同学等林区作家继续讴歌森林，讴歌森林人，讴歌时代，讴歌真善美，笔耕不辍，大地常青。

2010 年 8 月 8 日

（原载华龄出版社 2015 年 3 月版《吴宝三散文选》）

朴素的力量

罗振亚①

在我的当代文学阅读史上，散文的比重轻而又轻。这种疏离固然源于本人功利、现实目的造成的对于研究“专业”外视阈的有意拒绝；但更主要的恐怕还是那些发嗲倒胃的抒情散文和累死人的文化散文，严重滋养了人们的小视与挑剔情绪。可是，记不清是从哪天起，我的目光被一束清醇朴素的艺术光辉所攫取，而且渐行渐紧。那束光辉便来自龙江白山黑水间的作家吴宝三的散文创作。

吴宝三是兴趣广泛的多面手，最先以诗名世，而后转攻散文，同时兼搞小说与评论创作；但主打项目和翘楚文坛的主要是散文。吴宝三散文的视野阔达，广涉人生、自然和世事，不论是“大森林中的小溪”，还是“兴城小站”的往事，不论是“中国女排”辉煌的岁月，还是“未名湖畔”恩师们的身影，国家之大，蝼蚁之微，幽幽苍天，渺渺心河，自然的、历史的、现实的、心灵的，统统被他纳入艺术世界，饮誉于同行的散文集《叶述年华》《未名湖岁月》等可视为明证。但分量较重、最见光彩的华章当属那些和故乡、土

① 作者系南开大学中文系教授，鲁迅文学奖评委。

地、人生相关的篇什，《远行带着故乡》即是它们的集束性力量展示。

黑龙江兰西的榆林镇是有福分的。当年呼兰河因萧红走向了世界，如今榆林镇及附近的乡土世界在吴宝三的散文中得到了充沛而别致的敞开。具有良好文化修养的吴宝三深知，散文与小说的虚拟空间、诗歌的情绪世界迥异，它更应关注日常语境中人与人、人与环境的关系；所以他的散文很少瞩目虚无缥缈的未知存在，而常常执着于此岸追求，关怀与接纳世俗人生。《远行带着故乡》就是他从都市喧闹中抽身后，和乡土、普通灵魂精神对话的结晶，是他心灵深处“过去时”记忆的诗意闪回。打开集子你将发现，家乡于他不是抽象冰冷的词汇概念，而是土地、亲人和一切温馨纯洁的事象和细节碎片，一幅幅返璞归真的北方风景、风情、风俗画，将会携着鲜活的意象、纯朴的情调与十足的地方风味徐徐展开，使山光水色、人情习惯、五行八作的林林总总被人们尽收眼底。如《过年》从家家户户的办置年货写起，到小年的灶王爷上天、二十四的贴对联、二十五的扫尘土，再到紧接着的蒸干粮，年午夜的放鞭炮、吃饺子，正月里的拜新年、要钱、闹元宵、扭秧歌，二月二的龙抬头等等，整个就是东北春节风俗文化的简史。《西市场》是作者童年时代生活小城里一条街的记忆恢复，它从西市场的自然风景、街道两旁的陈设、摩肩接踵的人群，到市场上所出售的飞禽走兽、山珍野味，尤其是鱼的种类、价钱、特点一一道来，如数家珍。《又闻鸟鸣》乃小学时代捕鸟情景的回忆，文章把红马料、黄豆瓣、三道门、苏雀、麻雀等鸟的名称，夹子夹、粘网粘、滚笼滚、筛子扣等捕鸟方式，以及同学掏鸟窝遭蛇咬的逸事，交代得细致入微，有声有色。吴宝三在书后记里写道：“不论故乡的茅屋草舍，还是寻常巷陌，在我看来，都是无与伦比的人间天堂。”应该说作家对家乡外在风俗与自然之美的描绘本身，就具有重要的民俗学价值，显示了作家对故乡挚爱的深度。试想，一个乡情淡漠的作家，在时间流转五十余年后，对有关故土的一切怎会像熟悉自己的汗毛那样一清二楚，记得那般真切与细致？

吴宝三的散文如若仅仅以捕捉北方的风景、风情、风俗为快事，魅力将大打折扣。它的可贵之处在于常常能超越民俗性层面，以乡土中人的气质、思维方式的观照和喜怒哀乐、苦辣酸甜情感旋律的切入，对地域人文环境做深度的历史理解和挖掘，从而走进了人的生命意识和灵魂深处，在更高层次上逼近了乡土文化的实质。《讨账》再现了小镇的淳朴乡风。小镇闭塞偏远，时常有野狼出没，但小镇的人们诚恳热情，重义轻利，在“我”去讨账期间“无一家不真诚地挽留我吃饭”，“家家一遍遍嘱咐，让我带回对母亲的问候”，虽然账没讨回多点，但村民浓烈的人间真情却令“我”十分感动。《冬日山里运柱石》和《六十年代第一秋》也发掘了乡间未加雕琢的善良朴素的人性美，运柱石时“大家互不认识，却默默地互相帮着装，半路上谁的爬犁翻了，都主动停下来，互相帮着往上抬，没有一个人说‘谢谢’之类的客套话”；“谁没带午饭，都争着抢着分给他一点；谁带了差样的咸菜，相互尝一尝”；勤工俭学的搬砖劳动中，“年纪稍大一点的男同学，常常悄悄地从我身后走过，拿走两块砖，替我减负”。作者六十年代生活过的乡间虽然寒冷、贫困、落后，但也少受现代文明的侵袭。那里的人们无不勤劳善良，淳朴热诚，亲和坚忍，相互帮扶，心与心之间温馨和谐毫无芥蒂，更没有钩心斗角与尔虞我诈，那里类乎于不知有汉、无论魏晋的桃花源。《冬季》则通过特有的细节和语言，塑造了一个深明大义、正直泼辣、疾恶如仇、刚烈威严、敢爱敢恨的母亲形象。她能够抬钱为“我”的堂兄娶妻，急出一头白发，也可以因堂兄不回来参加叔父葬礼却在挨饿时来讨“口粮”而怒不可遏，当众对其斥责；她能够在长兄参加抗美援朝临行前异常平静坚强地说“你去吧”，却也在儿子每次离家后默默地站在路灯下，手拄树枝目送；弥留之际还惦着让儿子用她攒下的钱请发送她的大家吃顿饭……她的形象已融进北方的魂魄、气质和风骨。

正是基于乡土自然、人文景观的高度理想化，都市“浪子”吴宝三在文中才触及了一个永恒的语汇——乡愁，为他的散文增添了一串解不开的“家园情结”。由于对故乡的情感过于深厚，他虽然身居繁华的都市，但是有关故乡的种种影像却总是在记忆与梦境中闪回、撞击心房，使之产生一种返归冲动，在对故乡的缅怀与寻找中体会着家园的安宁与快乐。虽然家就是“衰老的爹娘、低矮破旧的碱土平房”“花轱辘车和拉车的那匹枣红马”，和一些打闹的小伙伴，但在客居他乡的游子看来却是美好的乐园和天堂。外面的世界很精彩，都市充满灯红酒绿的诱惑，可它怎么也挡不住少时吴宝三《想家》归家的冲动和脚步。这种返归的情结年纪越大越加浓郁固执，“每天早上，左邻右舍的相互问候声似小河流水，不绝于耳。黄瓜、柿子、香瓜开园了，或是呼兰河的鲜鱼上市了，乡音似流淌的音符流进老屋的土炕，我常常期盼睡梦中被这动听的音乐吵醒”（《梦回老家》）。童年记忆的亲切抚摸，和触物生情引发的对故土苦痛而无奈的思念，交织了浪漫情怀与茫然无依的淡淡忧伤，把乡愁表现得千回百转，苦涩而现代。吴宝三这个“乡下人”正是以乡土的怀恋和沉迷来慰藉心灵，对抗着异化的喧嚣紧张的都市文化。这与从乡土外超功利观照乡土的审美视角遇合，促使他虽然对故乡文化还能够保持一种必要的清醒，如《梦回老家》中“临街的两间简陋碱土平房竟还健在，颇似一位驼背的老者，在马路边倚杖叹息”的书写，和对《西大河》嬉戏清亮的回眸后当下“两岸一片光秃秃，那片树林子没有了，柳条通亦荡然无存”的描绘，以及《树殇》呼唤保护自然环境的怅然思考，都在对故乡的精神认同中蛰伏着彻骨的忧患意识。但是有时就无意中诗化、美化、理想化了乡土，甚至忽略宽宥了乡土固有的愚昧、落后、丑陋等因子。

故乡是每个人的生命之根、存在的血脉与归宿形式。对乡土的观照一直是人类最美好的情感与骚人墨客们最钟情的文学母题，决定作品能否经受时间的考验的，首先是对童年所抱的态度和对乡土的感情。在现代文明空前发达而民间原始的至纯至善至美因素日渐遗失、人情冷漠的今天，吴宝三这片乡土永恒的诗意空间建构，无疑对前者的现实构成了一种明智的弥补、对抗和反拨，为那些饱受现代文明困扰的文人干枯的精神世界提供了一种慰安，延展了他们心理上的乡村记忆。并且他的榆林自然风情系列，在和马丽华笔下的西藏、贾平凹的黄土高原、周涛的新疆西北风情，达成地域性的文学追求呼应的同时，又和“独语东北”的素素散文拉开了审美上的距离。

既然散文是一种对话，一种人与自然、社会的对话，一种主观与客观的对话，那么对生活和感情做照相机一样的叙述与转手恐怕就是一条危途。吴宝三散文巧妙的地方就是不将生活和感情和盘托出，而是将其置于心灵中进行滤洗、浸泡和整合，然后再展示出来，所以他的散文每每都有一定的情感冲击力。或者说他常用个人化的笔调去记人、写景、叙事、议论，每一篇都有鲜活的“我”在，“我”是他所有散文的切入点和思想内核。这样就使他的散文既折射着现实、时代的投影，又极其富有自传色彩。尽管每一篇往往只写一个历史瞬间、细节片段或一件往事，但组连起来却成了作家典型的精神成长史。只要粗略地翻翻他如下一些散文，如《心家在故土》《搬家》《打房草》《我经历过的那个春天》《风雪伴我上中学》《暑假历险》《初学写作的日子》《记忆苦涩亦芬芳》《文学的阳光》等，作家的生命历程就和大树的岁月年轮一样清晰——降生在榆林，迁徙去铁力，庆安读中学，工厂当工人，走上文学路，北京念大学，再读读《王力老师》《楷模》《陆伟然先生》《良师益友》《云中谁寄锦书来》这些忆念小学老师王力，大学老师严家炎，文学道路上的恩师陆伟然、满锐以及航鹰、徐刚、马振方、范曾等给过他滋养的文艺前辈的篇章，又会看见他走上文学道路的一路风尘，触摸到他知遇领路人的感恩情怀。《远行带着故乡》不但纵向地凸显了吴宝三曲折而顽韧的人生跋涉轨迹，而且以横断面的方式书写了他性格的内在特质。在《土豆风波》里，“我”面对“斜楞眼”的刁难，仗义执言，据理力争，巧妙设计，最后将他逼得哑口无言，灰溜溜地“逃”走，事件的书写让人领略到了少年吴宝三的顽皮、仗义与机智；《报答》通过“我”和“宋大夫”之间过去发生的几件事情的追忆，和现在不远几百里对他的专程探望，体现了抒情主人公知恩必报、善良诚挚的心灵世界；《文学的阳光》里读者分明可以感受到吴宝三对曾给予他“自信与乐观”的文学的钟情和执着，那种锲而不舍的精神，那种一丝不苟的态度，那种视文学为宗教的虔诚心理，那种真挚的感激情怀，对如今喧嚣的文坛和世风都能构成一次清凉的提醒，一次严肃的淘洗。人生经历的回眸和性情心理的描摹，使抒情主人公形象在一篇篇散文的拼贴中由形到质、完完整整地矗立起来了。

吴宝三的散文之所以能够俘获读者，既源于真情实感的敲击，又和艺术形式讲究的支撑分不开。他最清楚，散文形式是抒情主体学识、才情和人格的外化与存在方式，它的最基本要求就是简单和朴素。“风格即人”，吴宝三淳厚朴实、真诚正直的人格本色，和“最好的散文随笔，让人听起来就像是面对面拉家常”的文字追求，投影在文本中就使他不过分追求精巧婉约与象征隐喻等高难技巧，而以浑然天成的无技巧之境为目标，形成了朴素自然、明朗清新的品格。这种品格具体表现在以下几个方面。

一是选材常常走非政治化的个人化路线，不去追逐时代风雷和阔达人生的宏大主题，而与时代保持出入俱佳的必要距离，不避俗事俗物，有时专门拾拣那些不为人注意的事物提炼诗意。蝈蝈在乡间也是再普通不过的东西，但作家却以它作抒情契机，借助典型的细节在《蝈蝈》一文中传递出对故乡忆念的陶醉。“烈日当头，一时间，蝈蝈们叫得惊天动地，我们高兴得手舞足蹈。蝈蝈亮起歌喉，像歌手大奖赛一样，你方唱罢我登场，个个全身心投入。不管我们吆喝和吆喝，喝彩和喝彩，它们全不在乎，情绪依然，不像时下有的歌星用假唱蒙骗听众。”正是蝈蝈们的歌唱铸成了乡间一道美妙的风景，和作家心中快乐的记忆，所以作家才对之倍加怀念，即便身处繁华的都市仍然以乡下人自居，“每年一进夏天便从早市买回一两只蝈蝈饲养”，那显然是对都市文化的一种隐性逃离。二是注重细节的功力。作家从不对情感做裸露的表演，而总是善于在娓娓动听的故事描述或一系列事象、细节的渲染中使之流泻出来，常常寥寥数笔的简单勾勒，却“笔墨很活，人物音容笑貌跃然纸上”（严家炎语），给人留下深刻的印象，有一定的画意美。如《家兄》本是想写家兄这位纪检干部的忠于职守、廉洁奉公和先人后己的精神，可是它没直接将这一主旨和盘托出，而是通过他管辖蔬菜大队家人却无菜吃、挂鱼后和小白调换装鱼的袋子等细节，让读者去品味去评判。《思念老屋》也是将怀乡情结化作了“具象化的乡愁”，借助“和小伙伴在树下嬉戏打闹”“向刘大叔家借滚苏雀的鸟笼”“白胡子老爷爷教字”等事象表现的。这种写法使他的乡愁也变得具体质感，仿佛有了形状和分量，可以衡量和触摸了。三是朴素而有诗意的语言态度。吴宝三虽是名牌大学毕业，但在文章中却从无苦心孤诣的粉饰雕琢，不炫耀知识，不卖弄文采；无意关注冷僻暴戾的字眼，而钟情那些乡土色彩浓郁的物象语汇，语言常常“直指人心”，直接洗练，让人感到亲切，而由它们衔接组合的事象、画面等更如出水芙蓉，透着洗尽铅华的明朗与清新。这样就使他的散文如风行水上，似白云出岫，明白如话，朴素如泥，显示出一种无技巧化的力量。如“早晨，小外孙醒来的第一句话是：姥爷，我要喝春牛奶！这小子把纯牛奶唤作春牛奶，听来颇好笑”（《奶香飘出的记忆》），可以说这是最不端架子的语言，夹着方言的口语式叙述随意自然，不故作高深之语，更无洋化谗媚之嫌，词汇语象都稔熟平凡；但它那种平静得出奇的语言，却轻轻地道出了作者对外孙的疼爱和喜欢，清新天然，朴实活泼。这种语言态度，本色、简洁而率真、天然，达成了与乡土情结精神的契合；它也使吴宝三的散文结构大部分少大幅度的跳跃，有种从容不迫、舒缓有致的质朴气度。当然作者在各种体裁领域的游弋，又使他在创作中常打破散文和小说、诗歌的界限，将抒情、叙事、议论于一炉，浪漫中有写实，温柔里有惆怅，平朴而奇崛。如“春风来了，吹化了屋顶的积雪，也吹落了乡下人过年的帷幕”（《过年》），“不管我们吆喝和吆喝，喝彩和喝彩，它们全不在乎，情绪依然，不像时下有的歌星用假唱蒙骗听众”（《蝈蝈》)，这样诗化或反讽语言的时常点缀，和“大雪”“鸟鸣”“家”“阳光”等高频率出现象征意象的运用，都加强了吴宝三散文的繁复色调和韵味，和乡土的斑斓内涵实现了形质同构。四是记忆与现实交错的叙述视角。吴宝三身居都市，长期沉于乡土的情结中。咀嚼往日的心理积淀，联翩的思绪迫使他自然从心中流出许多关于乡土的文章，这是一种有距离的审美观照。它常常将记忆与现实结合、梦与真交错。如《遥远的歌声》就是这种记忆与现实混生交错的典型之作。回到故乡，触景生情，不由得想起记忆中的一支支歌，和关于那一支支歌演唱时的情形，它们和“现在时”的思绪、场面叠合，使作者心中难以平静，竟至感慨落泪。它特定的视点把诗人的乡思表现得曲折婉转，煞是朦胧，又凸出了诗人归乡的激动与兴奋强度。《思念老屋》《不尽冰雪入梦来》也都运用这种叙述视角。诗人这种将记忆与现实结合、梦与真交错的写法，这种以回想式叙述观照逝去记忆的写法，常将散文推向亦真亦幻的境地，亲近而邈远，超然又清晰；常使散文五味俱全，味似橄榄，却也清新。

毋庸讳言，《远行带着故乡》是不无缺憾的。它向乡土的极力拓进，难免限制了散文现代化的正值生长；它地方性色彩的强化，某种程度上减少了哲学意识的烛照，多宣情而少言理，对乡土本质——人之存在探究不足；它对故土的过分迷恋，也影响了对现代乡土古朴而悲凉灵魂内核的揭示力度。但我还是要袒露我的感觉：《远行带着故乡》的意义不在于仅仅为文坛提供了一本散文集，它的最大价值是在目下散文迷踪于都市和时尚的流行语码，为琐屑的物质表象、卖弄的干枯知识和无病呻吟的忸怩作态包裹时，给低靡的散文界输送了一股清新的艺术之风。它的入世精神一定程度上折射出了乡土与现实的风雨潮汐，开拓了乡土散文的新内涵；它从乡土透视把握民族性格与心理的角度，昭示了一种超前的先锋文化走向（乡土是中国自然和人文状况的整体背景）；它从选材到情感再到语言所表现出的朴素态度和力量，为散文在未来空间的发展提供了一种悠长的启迪。

（原载 2006 年 7 月 15 日《文艺报》）

我所认识的大森林作家吴宝三

任　蒙[1]

大约十年前，我在山东文登与吴宝三老师初次相识，那是《杂文月刊》召集的一次杂文研讨会，与会人员大部分是来自全国各地的杂文作家，也有杂文界崭露头角的新人，一共几十人。这种会议本来就是一种“见面会”，大家见见老朋友，认识新朋友，至于研讨能够给自己留下多少收获，倒是不太在意。

我参加那次会议的一个重要收获，就是认识了吴老师。他出版过长篇小说和多部诗集、散文集，在文坛具有广泛的影响，还在省作协担任过领导职务。虽然他比我年长十岁，从开始就对我以“老弟”相称，但从情感的角度看，我们一见面就很投缘，这才是我们这些年来保持密切交往最重要的前提。

那次活动中发生的一点儿不愉快，或许也给他留下过记忆。有个老兄在会上两次说到“我们不欢迎官员”，这种幼稚的挑衅使我很快产生了一种警觉，虽然人大岗位算不了什么，但内心里不得不

---

[1] 作者系湖北作家，武汉市散文创作委员会主任。其作品曾获首届全国孙犁散文奖唯一大奖。

“对号入座”了。因为我和《杂文月刊》打了几十年交道，记得主编还问过我这个区人大副主任是不是副厅级，当然这是私下闲聊的话题。大家来开会，谁也不会把所谓的身份带到朋友中来，但那个老兄却把他的“杂文性子”使到了会上。那几年他的杂文创作颇有些势头，文笔也的确不错，那次他还穿了身唐装出席会议，说起话来比较“冲”，包括他很不得体的恭维《杂文月刊》负责人的发言，我相信大家心里都有数。听说后来有人告诉他，任蒙写杂文几十年了，或许这才让他明白了“官员”并不是借机会前来附庸风雅、游山玩水的。

吴老师那时已经退休，他在职时担任过《北方文学》主编，凭着这些，他出现在哪种文学场合都不会遭到这样的“挑衅”。不过，第二天晚餐我们对坐饮酒时，才知道他是正儿八经的省管副厅级干部。他做人好像没有脾气，说话总是那么心平气和。他说文学圈子里什么个性的人都有，劝我不要计较，还端起酒杯调侃道：咱们“官员”干一杯。

那次晚餐是在大海边的露天开席的，吃的是烧烤，几排卡座式的桌椅，自由组合，酒水各取所需。吴老师和他老伴坐一面，我独坐一面，可他好像没有喝多少白酒，后来一直喝红酒。因为谈得投机，我们一直到最后才撤离，一瓶高度白酒所剩无几了。

次日大家都在谈论返程订票，我向会务人员索要我的车票，吴老师关心朋友很细心，说在你口袋里啊。我掏出一看，果然没错，这时我才意识到自己真的“喝高”了。

意趣相投并不需要多少次相聚。

自从在文登相识之后，我们一直保持着比较频繁的联系。记不清楚是哪年，他和老伴来武汉了，这是我们之间的约定。我们再次握手自然十分高兴，由于他们曾经到过武汉，那次我主要陪他们去黄州看了东坡赤壁和林氏兄弟的故居。

不巧的是，在我们去黄州的路上被堵了很久，本来一个小时的路程却费了四五个小时。天气也很热，到达目的地“摸着黑”找的旅馆，我颇有些过意不去，但老两口始终愉快地和我聊些话题。

吴老师后来在电话里多次说，要找机会让我再去哈尔滨看看，我只当作是客套话。没想到那年他突然一个电话邀请我去东北，前提是要完成一次采访任务，具体是让我去为黑龙江省绥棱林业局写一篇他们停伐之后工作转型的纪实作品。

他还如实告诉我，林区本来准备邀请一位他们了解的报告文学高手来写，由于他从中力荐，确定邀请我去。我明白，这也是他为了兑现自己的一句诺言，使我很有些感动。不过，他在推荐我时反复强调的那句“武汉任蒙不在那个高手之下”，却给我增加了几分压力。

吴老师曾经长期在林业战线工作，几十年前，我在《人民文学》《当代》和《人民日报》读过他的森林诗，留下很深的印象。后来得知，他从中央人民广播电台记者干起，在辽西工作多年，期间为开发建设兴城这个旅游城市鼓与呼，他先后请来全国诸多著名作家、艺术家，艾青、乔羽、峻青、王酩、范曾、晓光……请来中国女排来这里集训，中国歌剧舞剧院来这里演出。工作调回到哈尔滨后，他主编过文学期刊，当过省森工总局宣传部的领导，干过多种岗位，即使他担任省森工下属单位主要领导期间，也从来没有停下手中的文学之笔。他的代表作《大森林，我深深眷恋的土地》，是在兴城写就的。他总是不忘写林业工人，写林区生活，紧紧围绕保护生态、保护环境、保护我们赖以生存的家园这个主题，以酣畅的笔墨，倾诉了对家园对大自然的渴望与赞美。特别是他以前瞻性的目光，在推介林业英雄马永顺这个全国性典型人物的宣传中发挥了重要作用。他与人合著的二十三万字的长篇纪实文学《马永顺传》，影响颇大，反响强烈，《工人日报》《光明日报》《中国绿色时报》《黑龙江日报》等全国多家报刊转载或选载，省广播电台在长篇联播节目中全文播发，为林业战线的文学繁荣做出了重大贡献。当年朱镕基总理视察松花江，呈送总理的五千余字的马永顺事迹材料就是吴宝三撰写的。黑龙江林区的干部群众以这位从自己身边走出的著名作家为荣。来到绥棱林业局，我更加切身感受到他在林业职工中享有很高声誉，他回到林区就像回家一样，很多工人都前来跟他打招呼，亲热有加。几百平方米的吴宝三文学馆落户在小兴安岭，街头文化墙上还刻有他的漫画雕像，为大森林的文学爱好者树立了一面旗帜。

我几次说，这次写作任务应该由吴老师来承担，实在用不着搬请什么“远方神圣”，他却谦逊地说他写林业题材太多，请你们外来的作家，观察的角度肯定不一样。

那个林区在哈尔滨以北两百多公里的小兴安岭南麓，管辖着两千多平方公里的林区面积。在国家让他们由伐木改为造林之后，他们抓住这一重大机遇，积极实现工作转型，大力推进林区城镇化，改善林业工人的工作和生活条件，将其局址所在的小镇建成了国家4A级旅游景区。

那天，吴老师和林业局的宣传部长一起，到哈尔滨机场把我接上，自始至终陪同我进行采访，也给了我许多指点和帮助。因为他全程参与，林区更加重视这次活动，可以说全力配合，让我在短短两三天时间里基本了解了林区在工作转型后的发展状况。我回汉后比较顺利写出了六千字的散文化纪实作品，省委机关刊物《奋斗》

刊发后，《人民日报》海外版也节录发表了部分章节。

那次林区之行，使我更深地认识了吴宝三这位深深眷恋大森林、谦和质朴、颇受人敬重的老作家，也加深了我们之间的情谊。

（原载 2019 年第 1 期《生态文化》）

吴宝三和他的未名湖情结

范震威[①]

著名作家吴宝三是我的老朋友，可他的人生经历我知道得并不多。现在，他坐在我的对面，听他娓娓地谈说。他讲述的，不仅是他自己的经历，也是他这一代人共同的人生和思索。

话题是从故乡呼兰河开始的。二十世纪三十年代，杰出的女作家萧红把她的《呼兰河传》捧给了世界，从此这条河也和文学结了缘。几十年后，不知是上苍所赐，还是因为喝同一条河水的缘故，从这条河的岸边又走来了好几位诗人和作家，而吴宝三就是其中的一位佼佼者。他现在担任黑龙江省森工总局物资局党委书记，并兼任省森工作协主席、《大森林文学》主编，社会兼职为黑龙江省作家协会主席团委员、省散文创作委员会副会长。他已出版了诗集、长篇小说、报告文学和文学传记等多部作品，最近他的新作散文集《未名湖岁月》，将由他母校的北京大学出版社出版。

一九四五年七月，当中国人民被奴役的岁月行将结束的时候，吴宝三降生在呼兰河中游西岸，兰西县榆林镇的一个贫困之家。由

① 作者系中国作家协会会员，学者，一级作家。

于贫困，十三岁时，他的父母带领全家，沿着呼兰河向上游的林区铁力县迁移。次年，他的父亲病故。从此吴宝三的学生时代就和家务劳动结下了不解之缘。困厄和磨难，使他和文学贴近。一九六三年夏天，当他高中毕业准备考大学时，第一次萌发了他的文学梦：他要报考北大中文系，他要在未名湖这个作家的摇篮里，塑造自己的人生。

然而，命运仿佛有意要和他开一次玩笑：那一年，他没有考取。于是，他选择了另一条路，去念高尔基念过的“人生大学”。这样，他进了工厂，在铁力干馏厂精馏车间当学徒。或许又是命运使然，他对每月十八元的学徒生涯并无多大兴趣。下了工，他唯一的消遣是在宿舍的二层铺上自制的小煤油灯下看书和写稿，他要一步步地实现自己的文学梦、作家梦。然而，谈何容易！经过一年的投稿，那些稿子都如泥牛入海，杳如黄鹤。一年之后，随着投稿的屡屡不中，他亦被调到工厂的建筑工程队去当工人了。没想到，此举正合他的心愿，至少月薪由十八元调为三十多元，除了伙食费之外，余下的也可以贴补养家。最重要的是，他看书写稿再没人打小报告了。那段时间，他和建筑队的那些没有文化乃至目不识丁的工友结下了深厚友谊，有一位工友曾送给他一条旧线毯，至今他仍完好地保存。吴宝三几次写信给这位工友，念念不忘往日的情谊，总想为这位患难之交做点什么，回报当年的滴水之恩。

这年深秋，吴宝三接到东北林业报社副刊编辑、著名诗人满锐的一封长信，言及寄去的诗歌《上工》即将刊登，并写了许多肯定和鼓励的话。信中说：“近几年来，东北林区涌现出一些引人注目的诗歌作者，你就是其中的一位。从来稿可以看出，你是有才能的，相信经过不懈的努力，一定会到达你所追寻的彼岸……”从此，吴宝三的大学梦渐渐淡去，未名湖变得更加遥远，而他的文学梦却真的点亮了……

二十世纪六十年代初，登稿还要搞“外调”，《东北林业报》得知吴宝三是个小青年，原定用一个版的篇幅推出的他的作品专号的计划被束之高阁，据说是为了“有利于青年成长”。然而，接踵而来的却是报刊纷纷向他约稿，信函似雪片般飞来。厂党委这才发现此人确是人才，于是将他调到政治部当干事。正当他要崭露头角，为工厂的文化新闻工作大出其力，并雄心勃勃地欲为编织梦中的美景大显身手之时，“文化大革命”的暴风骤雨摧毁了他的文化梦。

天赐良机，一九七〇年，北京大学“文革”中第一次开始招生，偌大的伊春地区只有两个名额。经几番考核，吴宝三被推荐入围。离家上学，家里没有经济收入，他犹豫了。这时，他的母亲斩钉截铁地说：“宝三，这大学无论怎样也得念！”母亲的鼓励，未婚妻的支持，使吴宝三义无反顾地跨进梦寐以求的北京大学的校门，来到未名湖畔。——从他高中毕业，到他进北大读书，这条路让他走了七年！七年，他识得了许多人生的甜酸苦辣，感受到了人情冷暖和世态炎凉；七年，他和文学也靠得越来越近了，用他的话说：“文学给了我乐趣，给了我温暖，也给了我力量！”

在北大中文系，授业之师多是当今中国的一流教授、一流学者。可在二十世纪七十年代初期，吴宝三和他的同学们，在受业中由于特殊的年代和特殊的环境，与老师间的关系亦甚特殊。宝三对老先生们十分敬重，这位“五分加绵羊”的高才生，曾因几近成为“资产阶级教授的俘虏”而被点名批评。然而，他此心不悔。二十多年后，我们从吴宝三在《黑龙江日报》连续发表的以回忆恩师为内容的系列散文里，可以看到其字里行间依然无不渗透着这样的情感。

那饱含着师生间赤诚交谊的真情的描述，读来十分感人。尤其是那些心中怀着未名湖情结，曾经和未名湖结缘或未曾和未名湖结缘的人，读后都很感奋。笔者亦是其中之一。

吴宝三的前半生经历，可以概括为“两海一湖”。两海者，林海（绿海）、大海（蓝海）也；一湖者，当然是未名湖了。是海，给了他博大的胸怀，给了他豁达和坦荡。凡是和宝三有过交往的人，都有个共同的感觉：他虚怀若谷，为人谦和持重，工作起来，既雷厉风行，又缜密干练，在这些方面都有口皆碑。宝三给人印象更深的是，他讲亲情，重友谊，从不忘故旧。这正如他笔下的林海中的小溪，不论怎样奔跑，最后都纳入大海的怀抱。他胸中更藏着那个未名湖，因为他和未名湖厮守了四年，在那里经受了北大传统和北大精神的洗礼；在那里入了党，是未名湖给了他的思想以清澈和明晰，给了他对真善美的一往情深……这两海一湖，也反映在他的作品中。他用诗文来讴歌林海，唱着大森林和绿色的生命之歌；他用诗文来讴歌渤海湾的石岸秀木，用海一样的辽阔迎来天南地北的宾朋，对老友从不忘怀，对新友更加关心备至；他用诗文来讴歌未名湖畔的师生友谊，湖一样的浓情使每一件细小的往事都闪耀着不寻常的光亮……于是，他有了香酽的浓茶一般的《友情依依》，有了甘醇清冽的美酒一样的《师风浩浩》《乡情悠悠》，在人生的盛宴上，奉献给读者许多美的享受。

北国的大森林养育了宝三，因而宝三的文学之树生命常绿；渤海湾的海风巨浪洗濯了也锤炼了宝三，因而宝三的诗文也带着大海的浩瀚和激情；未名湖美化了也铸成了宝三的文学之梦，于是他用激情和梦幻不断绘制他的文学宏图。他先是在春风文艺出版社出版了他的第一本诗集《大海中的月亮》，接着又在中国林业出版社出版了他的第二本诗集《伐木者和花》，随后又是他的第三本书——报告文学集《绿魂》在经济日报出版社出版，然后在北方文艺出版社出版了长篇小说《两岸情魂》，在香港工商出版社出版了《吴宝三诗选》……一九九一年，吴宝三加入了中国作协，成了名副其实的中国作家。后来，他主编《大森林文学》，又和曹锋先生合写了传记文学《马永顺传》以及同名的电视连续剧脚本，此外，还主编主审了十多部各类丛书。

笔者在一九九八年的春节期间采访了他，和他谈了两天文学和人生，他念念不忘的是他的这部散文新作《未名湖岁月》。我说他心怀未名湖情结，他说是。不论是担任党委书记，还是主编《大森林文学》，抑或是夜晚于家中，在娇凤和苏雀的唧啾声中写作时，他都不会忘记未名湖，因为他的文学之梦，严格地说，是从未名湖起步的。

怀揣着未名湖情结，吴宝三走在文学的漫长之路上，如今，他感到分外踏实……

（原载 1998 年第 4 期《北方人》）

师者吴宝三

柳邦坤[①]

我的一本新书今天姗姗而来，黑龙江名作家吴宝三老师作序。因为写森林的缘故，序言就自然想到了从小兴安岭大森林走上文坛的吴老师，就冒昧地打了电话，约请他作序。他没有婉拒，而是让我把稿子寄给他，说先看看稿子再说。没想到，没过多久，就接到了吴老师打来的电话，称已把序言写好，让我告诉他我的邮箱地址。这让我好生感动，毕竟我和吴老师没有深度交往，再说给人写序，是件很辛苦的事。从这件不大不小的事儿看，吴老师的奖掖后学、热情待人的精神让我对他由衷地敬佩。

其实前些年，我和吴老师有过一次一面之缘的。那时他还在《北方文学》当主编，我专程去拜访他，虽匆匆一晤，但他的谦和、慈善、热忱及温文尔雅，给我留下了很深刻的印象。他结识的文朋诗友太多，我那次又没给吴老师带作品，因此也就不会记得。但吴老师还记得我参加省作协举办的一次征文，还记得我的征文题目及获得的奖项，这颇令我感动。征文评奖时，吴老师已经调任省作协

① 作者系江苏作家，淮阴师范学院传媒学院教授。

担任领导工作。

最初看到吴宝三的名字，是读他的森林诗，在报刊上认识他的。也许是因为我是大森林里长大的，对写森林的诗文以及森林作家、诗人特别留意和关注。大概是二十世纪八十年代，《人民日报》“大地”副刊上会经常见到吴宝三的名字，那时《人民日报》副刊发表作品在署名前，要加上作者单位，遂知晓他是黑龙江森工总局兴城疗养院的，以为他是从加格达奇走出来的，后来认识吴老师后，才知晓他来自小兴安岭。他在辽西工作多年，是在兴城加入辽宁作协和中国作协的，并跻身辽宁知名诗人的行列，对兴城满怀感激之情，称其为第二故乡。

近几年，陆续收到吴老师寄赠的作品集，对他的经历以及人品、文品有了更多的了解。

吴老师可以说是阅历丰富，人生旅程也可以说饱受艰辛。他年少时代，赶上三年困难时期，家境窘迫，随着开杂货铺的父母颠沛流离。以筋饼驰名的兰西县榆林镇是他的故乡，他还在庆安县城居住过，后来辗转到铁力林区。作为一个小镇青年，因父亲过世，他过早地承受生活的重负。课余去卖过菜，给泥瓦匠当小工，还在初中毕业后搞过长途贩运，按照现在的说法是“下海”，可谓是最早的下海少年。高中毕业后，他来到当时亚洲第一的铁力木材干馏厂当学徒工，就是在那里，他开始写诗，得到著名诗人满锐、陆伟然等的书信指导。他的第一首诗刊登在了《东北林业报》（《黑龙江林业报》前身）上，和郭小川发在同一版面，可谓出手不凡。之后《黑龙江日报》多次发表他的诗作。他在林区工作生活，和林业结下不解之缘，成为继满锐、傅仇之后的又一位在全国有影响的森林诗人。

经历“文革”的磨难，他没有放弃自学，幸运地进入北京大学中文系读书，这是他青少年时代的梦想。这里可谓大家云集，他成为王力、吴组缃、林庚、川岛、王瑶、朱德熙、吴小如、陈贻焮、严家炎等大家的弟子，他也和后来成为全国著名生态文学作家的徐刚成为同窗。他在上大学期间继续写诗，他发表在《北京日报》的诗歌《我到北京上大学》，我所在的黑河地区文联主席、诗人索久林多次提及此诗。一位获鲁奖的著名诗人说，当年她曾把这首诗抄录在笔记本上。北大教授严家炎曾撰写诗评，黄益庸先生在他主编的《北方文学》转发了此文，可见作品影响之大。北大毕业后，他回到伊春林区工作两年，调入中央人民广播电台黑龙江记者站当记者。在辽西工作期间，为宣传开发建设第二个北戴河——兴城，他邀请了一批批文化名人、体育明星、演艺界明星来到这里。他挥动手中之笔，写出一首首激情满怀的诗篇，我也正是由此知道了这位诗人。

他奉调回到哈尔滨，创办了《大森林文学》期刊，以此为阵地，培养了一大批森林作家。这期间，与人合作创作了《马永顺传》，在全国引起极大反响。是年，《光明日报》先后用两个版面，刊发了他撰写的纪实散文《生命的号子》。也是因为吴老师的文学造诣，他被调到省作协，接手黑龙江文学第一刊《北方文学》。他在主编的任上，我去省农垦总局参加全省广播电视新闻奖评奖，会议间隙去《北方文学》编辑部，第一次拜见了他。吴老师任秘书长期间，他和省作协的同人一道开展了许多活动，为繁荣黑龙江文学创作尽心竭力。我的一篇征文获得二等奖，我由衷钦佩吴老师记忆力惊人，在他为我的作品集写的序言里提到了这个细节。没承想一个作者的一篇小文，吴老师却记忆犹新，这不能不让我心存暖意。

我调入江苏一所大学任教，距离吴老师远了，因为我的一本小册子约他作序的机缘，又把我和他的距离拉近了。每有新作出版，吴老师都寄给我，他退休后创办了一本杂志，多次向我约稿。他近些年寄给我的著作有《瓜园远去的背影》《此情未被风吹去》《心家在乡土》《吴宝三散文选》等，我经常翻读他的这些散发黑土地芳香和洋溢大森林气息的散文，给我颇多的启迪与教益。获悉黑龙江省森工总局为其建立了文学馆，实至名归。

这几年，我经常和吴老师通电话，为吴老师提供了我工作的城市举办以母爱为主题的散文大赛信息，他的作品获了奖，受邀来参加颁奖会，这是我第二次见到他。前两年，他曾策划了一个省内外作家鸡冠山采风活动，吴老师邀我参加，而且还照顾我后面的一个师范同学聚会，特意把时间定在了这之前，我颇有些过意不去。吴老师心细，安排了接站，活动结束时，虽然身体不适，仍周到地给我安排好了省城的宾馆，吃饭住宿吴老师都大包大揽下来。正是吴老师的精心安排，让我重返黑土地，亲近大森林，只是我没有与他一道去小兴安岭参观他的文学馆，留下些许遗憾。

师者吴宝三，他诗文的魅力影响了我几十年。说起他今年发表在《光明日报》和《北京文学》的散文，《作家文摘》选发了三篇，他淡淡地称其为“小打小闹而已”。谦恭低调，从不张扬，他似一株成熟的稻谷，其人格的魅力，更是让我铭刻在心，难以忘怀。

（原载 2018 年第 5 期《宁远文学》）

走进吴宝三文学馆

孙朝成　涂雯雯①

早就听说过绥棱，这个地处黑龙江小兴安岭南麓的知名小城（绥棱林业局所在地），因此地自然与人文风光广为人知，并走进全国精神文明建设先进单位的行列。一些出过国又参观过绥棱的著名作家评价它从环境与文化氛围方面“与欧洲的那些知名小城相比都毫不逊色”。

最近又听说绥林的文化建设也非常引人注目，且不说局长邓士军本人就是作家（中国作家协会会员）、诗人、摄影家，他写的诗、歌词（已谱曲）、散文刊登在全国性报刊上，让全国都知道了绥林，而且这里有一座著名作家吴宝三的文学馆，引来了各地的参观者。一些本来就是吴宝三先生作品的读者和粉丝们，更是想通过参观详细了解吴宝三那艰难而又精彩的文学创作道路。

对绥棱林业局，我们夫妻是陌生的，急切地想探索它的自然与文化基因；对于吴宝三先生，我们是熟悉的，他是从大森林里走出来的家乡作家，在一九九九年庆祝新中国成立五十周年由谢冕主编

① 作者系中国作家协会会员，自由撰稿人。

的《中国当代文学作品精选》（诗歌卷）中，他以一首《一棵阔叶树的自述》入选其中（黑龙江省只选了他一个本土诗人的作品），后又被全国多家报纸杂志选载。从那以后，人们知道了黑龙江有个为大森林歌唱的诗人吴宝三。

出于急切想了解绥林、了解吴宝三的愿望，二〇一〇年七月二十一日，我们由《绿色时报》记者吴殿峰陪同，从哈尔滨驱车来到绥棱林业局，在其整洁、素雅的环境中，在参观过文化园、植物园、鼎盛园、文化活动室以后，便直奔吴宝三文学馆。文学馆在一栋楼的底层，由著名作家峻青题写馆名，门口一幅放大的题有“山之骄子”的吴宝三的大幅照片，照片上清瘦、谦和的吴宝三用一种让人感到温暖的目光迎接着前来探寻、追梦的每一位参观者。文学馆有三百多平方米的面积，陈列着记录吴宝三的童年、青年、成年以及创作成就的一幅幅照片、一幅幅连环画、一本本著作、一份份手稿、一封封书信、一个个故事，讲述着一个学子、青工、大学生、宣传干部、作家的成长历程，生动而又感人。从工作人员充满激情的讲述与图片和文字资料中，我们得知这座文学馆是由黑龙江省森工总局于二〇一〇年六月建立的，这是全国林业作家第一个安家于林区的文学馆。文学馆展出吴宝三半个世纪的文学成就以及与其有关联的十位林区重要作家的创作成果，国内外九百多位作家题签赠予吴宝三的一千多册图书、书信手迹和书画作品，还有吴宝三的部分创作手稿。可以毫不夸张地说，这座文学馆简直等同于一座小型的艺术博物馆，弥足珍贵。其中当代著名作家王蒙、中国作家协会主席铁凝、黑龙江省作协主席迟子建、当代著名作家峻青等重量级人物，都在第一时间或题词，或发来贺信，或寄来新作表示祝贺。吴宝三的北大同学、现任国家住建部部长姜伟新写来《寄语吴宝三文学馆》

的信，信中说：“在黑龙江林区建立吴宝三文学馆，我不感到意外，反而觉得合情合理，相宜相称。吴宝三出生在这里，对大森林有感情，他一生都在用笔歌唱大森林，时而拓展写作领域，也都带有大森林的影子与气息……”作为吴宝三的北大同学，他对吴宝三相知之深，我们读了也有同感。

吴宝三一九四五年七月生于呼兰河中游西岸的兰西县榆林镇的一个贫困之家，少年时从兰西迁移至铁力林业局。他毕业于北京大学，曾任《中国林业文学》《大森林文学》《北方文学》的主编，黑龙江省作协副主席、秘书长，现任黑龙江省作协报告文学创作委员会主任，《北方名家》主编，是中国作家协会会员，国家一级作家，中国作协第六、七、九次全国代表大会代表。半个世纪以来，吴宝三在《人民日报》《工人日报》《人民文学》《当代》等全国性报刊发表文学作品六百余万字，著有《两岸情魂》《未名湖岁月》《伐木者和花》《马永顺传》《此情未被风吹去》《心家在乡土》等二十三部诗歌散文作品集，作品多次被《作家文摘》《报刊文摘》等国内名家选刊选载，有的作品被译成英、法、日等多国文字，并曾获《人民文学》优秀报告文学奖，入围中宣部“五个一”工程奖，先后获黑龙江省一、二、四、五、六届文艺奖。几十年来他都是“青山常在，永续利用”这首绿色生态文化大合唱的领唱者，是林业生态文学的领军人。

吴宝三的文学创作起步于诗歌，并因诗而成名。中年以后的创作重点转向散文，并取得卓越成果。他的诗直抒胸臆，豪迈奔放。他的散文在中国散文作家群体中以写人物，尤其是写生活中的芸芸众生而独树一帜。著名作家、《杂文选刊》主编吴营洲评论说：“读吴宝三的散文，读出了人生况味，是一种享受。”老作家王浴海评论说："宝三的散文写得别具一格，淳朴中蕴含着深厚的情感，看了《又到冬天》这篇散文，看得老泪难禁，非常立体。"作家高度堂在一次讲演中，竟能将吴宝三发表在《当代》杂志上的《神女峰》这首诗一字不差地背诵下来……

从吴宝三文学馆中的图片、作品、手稿中读到的这些小故事，让人在领略了绥棱小城清丽的自然风光与风情之后，又沐浴在浓浓的文学气氛之中。在今天的参观者中，我们注意到那些稚气未除的"红领巾"们的神情尤为专注，孩子们那认真而又虔诚的表情，让我们似乎看到了中国文学园地的希望。看来吴宝三这位从大森林里走出来的作家，晚年又以作品重新回到了大森林中。他作品中这些娓娓道来的大森林的故事，会因为文学馆的存在而永远流传下去，让大森林在壮丽之外又添神奇，在热烈背后又增深沉，在浓郁之中又含痴迷，成为绥棱这座小城的一个文化窗口。来绥棱必去文学馆，已成为参观者的一致看法。

从工作人员口中我们了解到，文学馆虽然才建立一个多月，但已成了绥棱旅游的一个热点，仅仅一个多月的时间，就接待了三千多位参观者。川流不息的游客从这里感受绥棱，感受文学，感受大森林风情。

一个多小时的参观让我们受益匪浅，临走时被闻讯赶来的宣传部几位领导拦住，在馆里特备的画案上铺上宣纸，我们写下了四首诗："山铸奇志山作根，作家本是山里人。山林山风壮肝胆，一生写来是山魂。""林涛泼墨天然画，山溪入韵畅快诗。大山之子山为梦，一馆图文写情痴。""云蒸霞蔚花簇拥，世纪诗履是壮行。点检收获当欣慰，笔下青山郁葱葱。""千里驱车看新馆，青史裁功笔作刀。诗文酿出千杯酒，醉山醉水醉林涛。"写完这四首诗，余兴未尽，又为吴宝三文学馆撰写了一副对联“馆藏三宝诗书画，文学一脉精气神”，将“宝三文学馆”五字嵌入联语中。四首诗与一副对联一气呵成，引起在场人一片喝彩，我们想这喝彩其实是对吴宝三这位从大森林走出来的作家的人生与作品的强烈认同吧。

二〇一〇年七月，一次绥棱之行，我们认识了中国北方这座自然与文化小城，认识了吴宝三以大森林为魂为根创作的精彩人生，认识了自然与文化融合而形成的绥棱风采。无论是从感觉还是感悟上来说，就是两个字：值了！

（原载 2013 年 11 月 14 日《黑龙江日报》）

黑龙江的吴宝三

铁　栗①

文学是分地域的，一部作品所呈现出来的意味，大都与作家生活着的土地有关。黑龙江的土地肥沃，不仅能长出满山遍野的大豆高粱，还能长出个性十足的作家。像语言生动的阿成、细致入微的迟子建、感情深邃的吴宝三，这些人都是我心目中的神。我说他们是神，是因为他们与我隔着距离，如果能走近了将他们看个仔细，或许他们就都不是神了。

黑龙江的作家闪着光芒，他们当中的很多人我是无法走近了，我熟知的那位叫吴宝三。宝三先生早年写诗歌，十几岁时崭露了才情，二十几岁就写出了大成就。从一九六四年开始，他在《人民日报》《光明日报》《人民文学》《当代》等发表了大量诗作。我印象最深的是《一棵阔叶树的自述》，该诗入选了中国作协主编的《中国当代文学作品精选》（诗歌卷），代表了他的诗歌水准。

包括《一棵阔叶树的自述》在内，宝三先生的作品关注着生命的处境，涌荡着那片土地的气息。我读他的诗歌，常常是眼前一片

① 作者系云南作家，自由撰稿人。

朦胧，而内心却在呼呼地燃烧。大片的阳光投射到他的文字里，在那种落英缤纷之中，一个乡野世界就明亮起来。宝三先生的诗歌是这样，散文也是这样。眼前的色彩就是天地的浓墨，爱恋着就不改变了，因此，他文字里总像铺了旧时的月色。

夏日的野花浓烈艳丽，到了宝三先生的笔下就淡淡的了，倒是多了些被雨水浇过的痕迹；冬天的村屯辽远隐约，四周白茫茫的，而那晶莹的冷艳中却体现着人心的温度。其实宝三先生的故乡亦是我的故乡，只是我少年时期就离开了那片土地，到如今它已变成了一种情结。或许正是因为如此，我从宝三先生的文字里看到了蓝色的涌动，浩浩荡荡，彰显着世间的复杂情感。

在宝三先生的文字里游走，我的心灵如沐慈悲，思维竟跟着进入了从前。都是平常的人平常的事，经他那么一写，一个季节的流彩，一个人物的精神，便以艺术的名目展现开来。宝三先生在朴实之中寻求脱俗，在古老之中彰显新颖，这当是他的散文风格。应该说我对宝三先生的这种认识，并不是产生于现在，而是产生于三十年前的一次笔会上。当时我早已听说了他的名字，却从没见过，直到有了这次笔会，我才得以将他看了个仔细。

此后我就回到云南，由于心里印着他的人文风采，便时常对文友提到他的名字。这个时候他的创作势头就更旺了，所以当我提到他的名字时，文友们立刻就说：噢，晓得晓得，是黑龙江的吴宝三。文友们知道吴宝三这很正常，他潜心散文的时间久矣，其作品早已发遍了大江南北。让我弄不明白的是，圈里人在说到他时，为什么要在他的名字前面加上地名？

没有别的解释，这只能说明他的名气不大，因为说到莫言就不用说是山东的莫言。然而我觉得不是这样。宝三先生是在黑龙江的沃土上成长起来的作家，他写的散文带着浓郁的地域色彩，众多人物都是黑龙江的表情。除了那些学者和作家，他写到的普通人都在做着普通的事，像谁谁谁在地里摘豆角啦，谁谁谁每日都得三顿小酒啦……这些场景都是黑龙江特有的，要把这热乎乎的生活奉献给读者，不和那片土地联系得紧密些肯定是不行的。

再者，宝三先生深爱着黑龙江，自然也就属于黑龙江，说他是黑龙江的吴宝三是极有道理的。圈子里有“文如其人”之说，这话极对，宝三先生的文就太像他的人。前些年他担任着《北方文学》的主编，那期间的《北方文学》大气磅礴，许多小说都被《小说选刊》选去转载。像这样的刊物自然会有吸引力，再加上有这样的老友在当主编，我便把一篇小说寄给了他。看过之后他觉得还过得去，但负责小说的编辑却认为并没达到发表水准，于是就“毙”了。

没想到四年之后宝三先生还想着那件事，他在电话里说我的那篇小说有什么不足，又让我再写一篇好点儿的寄给他。通完电话的几天内，我一直处在那缕情义之光的照射之中，温暖的感觉直到今天还没散去。都已经过去四年了，宝三先生仍在牵挂着那件小事，可见他对待友人的态度。

人的情和人的义，如果不是被一些事件经常地引发，多数时间都会处在沉睡状态。可宝三先生的情和义却时时醒着，那种“醒”是对自然、社会和人生的映照，所以他的内心总有那么多的感动。现在说那已是多年以前的事了，宝三先生和夫人黄铁丽来到云南，住在一个部队的招待所里。我知道他们夫妇来一趟不容易，不管怎样也得把他们请到家来，畅快地喝上两杯。可他却不愿这样，说要是真想喝两杯，那就到我住的这个招待所吧。

在那个招待所里，我们喝着，聊着，话题始终也没离开黑龙江。

在他的讲述当中，我的眼前呈现出苍莽无边的森林，呈现出洒满阳光的村屯，呈现出意气风发的人群……听他讲述着那片丰腴的土地，我想起他新出的散文集——《此情未被风吹去》。这本书也是人物散文，我说“也是”，是因为它的前面已经有了《未名湖岁月》。人物散文向来都只关注政坛精英、著名学者，人物越大越好。可是这部《此情未被风吹去》却多多地写了小人物，即使其中也有全国知名的作家和英模，他的笔触也并没离开日常生活的简单和纯正。宝三先生关注民众，没有了故作深沉的城府，文章反倒引人思索。他写到的林业英雄马永顺是人们所熟知的，在任何人的眼里，他都是林业工人的丰碑。只是无论这座丰碑多么巍峨，那也是一砖一石垒起来的，也没离开过日常的一点一滴。

就在这天晚上，宝三先生和我谈了很多，谈完之后他就回黑龙江去了。我把他们夫妇送上了火车，回到家时已是深夜。妻子问我去哪里了，我说，去见吴宝三了，是黑龙江的吴宝三。

（原载 2018 年第 12 期《北方文学》）

心系大森林中的小溪

王世俊[①]

著名诗人、作家吴宝三有句名言："心系大森林中的小溪，无论为人作文。"这句名言被收入世纪箴言录《中国作家3000言》中，而且被镌刻在中国现代文学馆的巨型瓷瓶上。森林中的小溪遍布高山大岭的巅川沟壑，一股股银珠跳跃的碧水叮咚弹唱，日夜不停地向前奔流。无数条小溪汇成小河，条条小河汇成大河，大河流水千回百转，奔腾呼啸地汇入大海。林则徐曾赞叹："海纳百川，有容乃大。"浩瀚无垠的海洋，即使水再深再阔，水的每一分子都来自小溪，没有了小溪便没有了大海。我们每个人如同小溪中的一分子，汇成了茫茫大千世界的人海。吴宝三先生既是小溪中的一分子，他的心又像大海一样宽阔、柔情。他深爱小溪旁的一草一木，他创作的作品无处不洋溢着绿色的底蕴，让人类赖以生存的大自然永远草木菁菁、鸟唱虫鸣、绿色盎然，是他毕生追求。

二十世纪九十年代就耳闻吴宝三在文学界很有名气。那时我在大兴安岭地区《中国林业报》（后来改名为《中国绿色时报》）记者

① 作者系河北作家，中国作家协会会员。

站当新闻记者，每日采访、写稿，把很多时间都扔在汽车、火车和餐桌上，真可谓忙得不亦乐乎。我在基层某林业局采访时，听人说，吴宝三到大兴安岭来了，正在加格达奇。我在年轻时对文学创作心驰神往，也曾写过几篇小说、散文在省、地报刊上发表，在大兴安岭地区算是小有名气。那时我真想和吴宝三先生会会面，取取经。可是，待我采访完回到加格达奇，宝三先生已经返回省城哈尔滨。转眼之间过去十多年，也没有见到宝三先生。

一九九八年，我退休后回到第二故乡山海关居住。身上没有公务担子，有时间回顾、咀嚼、反思过去所走过的人生历程。二〇〇六年秋，我开始执笔创作长篇小说《脚步的歌声》（以下简称《歌声》），历时三载，北京作家出版社决定出版此书。宝三先生听说偏远的大兴安岭地区竟有八十万字的长篇问世，感到惊讶，当听说作者是“王世俊”，他眼睛一亮，啊！这个名字并不陌生，以前看过他写的小说，他有能力驾驭这部长篇巨制。《歌声》尚未付梓问世，他便从电脑中第一个阅读此作，对大森林中产生的作品情有独钟，厚爱有加。他一气读完了八十万字的《歌声》，要消耗多么大的精力。当《歌声》从北京飞扬到社会，他为此作撰写的评论文章《心灵的鸣奏，生命的歌咏》也唱响到社会上。要知道宝三先生当时身兼《北方名家》《文史纵横》《学子》等杂志主编或副主编，何其忙也。他的那篇评论，也是在从北京到哈尔滨的火车上，在车轮铿锵、车身颤动、小车桌灯光摇曳下写就。他对《歌声》给予高度评价，写道：“书中主人公王师阳颇具代表性，是我们这一代千千万万同龄人的一个缩影，作为文学作品，典型人物放在典型环境中去刻画，写出了一个活生生的人，一个有血有肉的人，写出了独具个性的‘这一个’。”“捧读这本书，我为主人公的行为深深吸引与感染，我的思绪与作家一起飞翔。如果给小说定位的话，我以为这是一部具有正面精神价值的准实录小说，亦是一部塑造奋进者在漫漫征途跋涉的传统文本，感情积蓄极致，倾诉欲望强烈，文字如大河奔涌。”“有读古代白话小说的效果，显得好看耐读，令读者阅读欲望陡升。写就这样一部作品，作家不只是用脑用手来写，更是用心灵。”宝三先生这篇文章相继发表在《黑龙江日报》和中国作家中心网站上。宝三先生是领衔推荐者、褒扬者。这之后，他心系我这条大森林中的小溪，经常与我通电话、通信，给我邮《北方名家》《文史纵横》等杂志和他的著作。去年，筹建吴宝三文学馆时，他将黑龙江省森工总局领导批准的复印件邮给我看，我遥祝文学馆早日建成，这是促进林区文化繁荣发展的大喜事！当他得知我曾出版过小说散文集《雪国绿云》，再加上这部长篇小说《歌声》，就积极支持和帮助我去圆“成为中国作家协会会员”这个梦。他的心如沸水滚烫滚烫，真是“无论为人作文”都是如此。我珍阅了吴宝三先生写的书，字里行间都沸腾着滚烫滚烫的热血。他与人合著的《马永顺传》，满腔热情地歌颂马永顺老人咬定青山不放松，带领全家儿孙们上山去还采伐欠账，把一座座光秃秃的山岭重新栽上幼树，再现郁郁葱葱的大森林。他对芸芸众生的平民百姓也如作文一样热情洋溢，二〇〇八年汶川地震，黑龙江省文艺家们发起“情系巴蜀，爱心助老”的义卖义拍活动，吴宝三义献文学著作，现场签名售书两千余元，全部捐给灾区。

宝三先生始终挂念着我这条“小溪”。今年“十一”前夕，宝三先生来电话告知，他要来山海关看我。我欣喜若狂，做好准备迎接他到寒舍。可是十多天过去了，不见他光临。当时我想，宝三身兼数职，公务繁忙，再加上搞文学创作，哪有时间出来串门闲逛呢？可能是说说而已，来不了。但是他在十月十一日来电话，说十月十三日偕夫人到山海关。我坐汽车到高速公路出口去迎接。我们虽然是第一次见面，但却像老熟人老朋友那样一见如故，并没有感到陌生。以前互相看过照片，见文如见人，好像早已熟识，我们见面后无拘无束地侃谈起来。他同夫人到我家做客，所唠的嗑大都是文学创作的范畴。他夫人告诉我，她看了我的《歌声》好感动。我所居住的社区，有几位老大妈看了我的《歌声》，禁不住哭了，落泪了……我想，宝三夫人看了《歌声》，心里的滋味也是五味杂陈，苦辣酸甜都有。宝三先生说，这部小说很有代表性，很有典型意义，应该申报文学奖项。我说，黑龙江省作协正在着手搞“萧红文学奖”，开始征集文学作品，大兴安岭地区作协已把《歌声》推荐上去了，但我不敢奢望获奖。

宝三先生听说《歌声》于去年九月出版后，大兴安岭地委宣传部、行署文化局、广播电视局、日报社和地区文联、作协，《北极光》杂志社等单位领导和同人三十多人参加了《歌声》研讨会，他要看看现场录像。宝三看着电视屏幕上研讨会现场的情景，不时地点头称赞。但我觉得《歌声》研讨会在宝三先生面前微不足道，我提议说，咱们到“天下第一关”去游览，不看这录像了。宝三说，不去游览“天下第一关”了，看这录像多有意思……宝三先生，心系大森林中的小溪。

午后两点多钟，宝三夫妇登上火车去北京，他说，在北京待个三天五日，就得返回哈尔滨。看来，他虽然退休了，但身兼数职，肩上的担子还很繁重，这是老有所为，老有所乐。更重要的是，他“心系大森林中的小溪”，也是绿色文字中的条条小溪，那小溪是他和每位作者的心血在涓涓奔流……小溪之琼浆玉液滋润着山川大地的万物，必然崛起霞蔚壮观、永远充满绿色的大草原、大森林！

（原载 2011 年第 3 期《鸭绿江》）

不辞长做山里人

邓士君[①]

我和吴宝三先生可谓忘年交。许多人未必知道，这位著名诗人、作家，是从大森林走上文坛的。

一九四五年七月，当中国人民被奴役的岁月行将结束的时候，吴宝三降生在呼兰河中游西岸一个贫困之家。由于贫困，他的父母带领全家迁移铁力林区。次年父亲病故。困厄和磨难，使其和文学贴近。他毕业于北大中文系，曾任《中国林业文学》《大森林文学》《北方文学》《黑龙江作家》等杂志主编，省作协副厅级巡视员兼秘书长。现任黑龙江省报告文学创作委员会主任、《北方名家》主编。国家一级作家。中国作协第六、第七次全国代表大会代表，黑龙江省第九次党代会代表，第九届省政协委员。

半个世纪以来，吴宝三在《人民日报》《光明日报》《人民文学》《当代》等全国百余家报刊，发表文学作品六百余万字，出书二十六部，作品屡被《作家文摘》《报刊文摘》等国内报刊转载，有的作品被译成英、法、日文。曾获《人民文学》优秀报告文学奖，

① 作者系绥棱林业局党委书记，中国作家协会会员。

入围中宣部“五个一”工程奖；先后荣获黑龙江省第一、二、四、五、六届文艺精品工程奖。

黑龙江省森工总局建立吴宝三文学馆，总局党委书记高金芳亲自批示。此举社会反响强烈，省作协主席、茅盾文学奖得主迟子建，第一时间发来信息表示祝贺。原总局党委书记余弘达十分高兴地说，这是一件大好事，我赞成。文学馆址选在大力推进文化强局建设的绥棱林业局。绥棱局，位于小兴安岭西南麓，与吴宝三的故乡兰西县同属一个地区。这个局党政主要领导对建馆十分重视，一致表示，这么大森工系统，总局能将文学馆放在绥棱局，这是我们求之不得的，对绥棱局提升文化品位，促进文化建设，将产生不可估量的作用。我们以此为契机，下功夫打造好大森林这个文化窗口，将其办成对广大职工和青少年进行思想文化教育的阵地。

吴宝三出版了十八部文学著作，其中九部是写林业的，我们不能不肃然起敬，作家对林业怀有何等深厚之感情啊！二十世纪八十年代，他出版三部诗集，大多是讴歌大森林的。

一九九五年，时任《大森林文学》主编的吴宝三，以整本的篇幅刊出《马永顺传》，之后由黑龙江人民出版社出版，先后再版三次，累计印数达两万余册。黑龙江省委组织部发出通知，要求各市、县（区）基层党委组织学习。吴宝三从基层调任总局宣传部副部长，此间，开展了一系列“治危兴林的基本思路与战略措施”的宣传活动，并在诸多报刊上发表大量保护森林家园的文学作品，引起社会普遍关注。

一九九八年八月，时任国务院总理朱镕基视察松花江，吴宝三以省森工总局的名义，为总理撰写了五千余字的马永顺事迹材料。朱镕基总理接见马永顺时感慨地说：“你这一辈子干了两件好事：当国家建设需要木材的时候，你是砍树劳模；当国家需要保护生态的时候，你是栽树英雄。我们都要向你学习。”是年，北京出版社总编室打电话给吴宝三，商谈再版《马永顺传》，申报中宣部“五个一”工程奖。与此同时，责编隋力军、刘胜旗将编辑处理后的《马永顺传》样书寄来。尽管黑龙江人民出版社再版的稿酬远远低于北京社，但吴宝三咬定青山不放松，决定由黑龙江人民出版社再版。

是年，作为签约作家的吴宝三，调入省作协担任领导工作。熟悉吴宝三的人都知道，他有很重的简直不能释怀的家乡情结。无论故乡的茅屋草舍，还是寻常巷陌，在他看来，那是无与伦比的人间天堂。他常携家人回到故乡，去寻觅孩提时代的足迹，感受天堂的气息。榆林镇中心小学是吴宝三的母校，在时任省长宋法棠的亲自过问下，推倒危房，盖起楼房，但图书室却空空荡荡，竟没有一本图书。这年九月，吴宝三从哈尔滨驱车百里，捐书一千余册；十月，又向母校捐赠二十多套桌椅。绥化市教委和兰西县领导颇受感动，赶往小学校迎接，并举行了隆重的仪式。能为家乡尽一点微薄之力，吴宝三感到莫大的欣慰。

二〇〇八年，汶川发生强烈地震，吴宝三拟去震区采访，鉴于年龄和身体状况，未能成行，但他两次通过省作协向灾区捐款。五月，黑龙江省著名艺术家发起“情系巴蜀，爱心助老”抗震救灾义拍义卖活动，吴宝三义献文学著作，现场签名售书两千余元，捐给灾区。省老龄委等五单位向其颁发了捐赠证书。此间，他写下了感人至深的诗篇，向灾区人民传递爱心。

这位与大森林结下不解之缘并有善良之心的诗人、作家，激情创作，低调做人。北京诗人孙朝成评价吴宝三“真诚谦和，温文尔雅”，并写了一首五言律诗：“文生黑土地，诗起大森林。一德恩情义，三宝精气神。真诚醇似酒，谦和暖如春。所交皆豪俊，文坛统三军。”吴宝三看到这首诗诚惶诚恐，打电话给孙朝成，建议将“文坛统三军”改为“拳拳赤子心”。朝成感慨道，宝三者，确是“大森林中一条小溪，无论为人作文”。

大森林的襟怀和品格，造就了这位颇具影响力的平民作家。苏东坡有诗云，“日啖荔枝三百颗，不辞长做岭南人”，而吴宝三是树高千尺离不开根，不辞长做山里人。

（原载2010年第6期《北方文学》）

不忘初心如灯盏，穿行青山林莽间

王宏波①

“习总书记在作代会上的讲话对文学工作者提出了奋斗的方向，这是对我们的希望和嘱托，也是我们的责任和使命……”

二〇一六年十一月三十日中午，参加中国文联十大、中国作协九大开幕式的黑龙江省作家代表团代表吴宝三，刚刚走出人民大会堂，便在第一时间，急不可耐地给远在哈尔滨的我打来电话。

我听着他兴奋的话语，仿佛看到电话的那一端，他正站在人民大会堂的台阶上，全身涂满北京初冬暖阳的金色，灰白的头发在清风中拂动着，清癯的脸上溢满着粲然的笑容，目光里闪耀着激动，我更看到在他的内心深处怀揣着一腔似火的豪情。

吴宝三，从六十年代踏上文学之路，由青春勃发到硕果满枝头，已走过半个多世纪的创作征途。

现在，他虽已年逾古稀，但激情仍在涌动，栉风沐雨，笔耕不辍。一篇篇作品、一本本文集在向读者述说着不尽的乡情，描绘着火热的生活，传递着时代的声音，曾先后获得《人民文学》报告文

① 作者系黑龙江林业报社社长、总编辑，中国作家协会会员。

学奖、孙犁散文奖和黑龙江省第一、二、四、五、六届文艺精品工程奖，并参加了第六、七、九次全国作协代表大会。

那天晚上，我回到家，从书柜里翻出他送我的作品集。从那些饱含深情的篇什里，品味着寻找着吴宝三的人生和文学轨迹，清晰地看到了他那些已经消失在岁月里的过去和正在讴歌未来的现在。

《远行带着故乡》，这是吴宝三的一本乡情散文集。

这是一部作者心灵深处“过去时”记忆的诗意闪回，你会看到在呼兰河蜿蜒流过的兰西县榆林镇那里的土地、人们和风俗。

而我要说的是吴宝三高中毕业，就带着“故乡的云”走入了小兴安岭深处，这里便成了他的一生都难以忘记的故乡，也孕育了他对森林、对生态、对自然的挚爱情怀。

这里正在波兰的帮助下，“高鼻子蓝眼睛的波兰专家和黄皮肤黑头发的中国技术人员混在一起”（见北方文艺出版社二〇一一年出版铁栗著《吴宝三评传》），在这一片荒无人烟的森林里建设号称亚洲最大的铁力木材干馏厂。虽然建设环境艰苦，但“那种热火朝天的干劲儿让他相信，一座现代化的工厂指日可待”（同上）。

那时“三年困难时期”刚刚结束，国民经济还处在调整时期。粮食供应不上，生活困乏，但人们精神昂扬，积极奋进，为了祖国林产工业的快速发展忘我地劳动，使铁力这座小城有了灵魂。只是这个灵魂隐蔽在小城的深处，要想触摸它还需要一种心灵的靠近。

吴宝三和工友们在基建工地挑砖运沙什么都干，体会着劳累、饥饿和自由、快乐。这些使他的内心深处常常涌动起一种激情，要为这火热生活、劳作的人们深情地唱一曲美好的赞歌。

从此，工地上发生的事情都在他的笔下如火如荼，一些场景和一些人物活脱起来，他感到这是一种精神的召唤。常常是在夜深人静的时候，他自制的煤油灯依然亮着，如豆的灯光下，他在纸上放牧着诗的云朵。在小兴安岭的静静夜晚，他仿佛听得见自己的诗句溪水般淙淙地流淌……一九六四年初冬，他创作的短诗《上工》发表在《东北林业报》（《黑龙江林业报》的前身）上："脚步震落满天星／大路起歌声／早霜衬出蓝工装／走来一队架子工。""练得筋骨硬／练得双脚轻／曙色中，地平线上闪刀影／红日出，脚手架上飞雄鹰……"他的诗抒写了林区建设者的青春和热情，以及他们对林区新生活的歌唱。接着，《东北林业报》用半个版发表了他的组诗《春潮曲》。他的诗歌带着大森林的清新气息，渗透着对自然、人生、品格和精神的理解。

他的诗作引起了诗坛的注意。

一九六五年的初春，他接到《黑龙江日报》副刊部的来信："……想请您写一首抒发工人阶级情怀的诗作。"从什么角度来抒发林业工人的情怀？他的眼前浮现出千里兴安万里林海和那些不怕艰苦甘于奉献的林业工人，特别是把一条条公路开拓进大山腹地林海深处的林业筑路工人。这些不正是代表林业工人阶级的高尚情怀吗？

他激动，他欣喜。

夜睡了，诗却醒着。

他不顾一天的劳累，趴在大通铺上，伴着工友们香甜的睡梦，在昏暗的煤油灯下，写出了一句句一行行赞美林业筑路工人的诗章。

不久，《黑龙江日报》副刊"百花园"发表了吴宝三的组诗《筑路短笛》。他在诗中写道："工地醒来早，晨风编战歌。""打钎声，震山壑；号子声，飘四野。林区节令虽早春，人心却比火炭热……"

这些豪情的诗句，描绘了林业工人的情怀，也表达了他对林业这个故乡的情怀。

吴宝三，走进北大中文系读书，走进中央人民广播电台做记者；再到地处辽西的兴城，又回到哈尔滨。从二十世纪的六十年代，到二十一世纪的今天，他怀揣着林业这个故乡，书写着对于这个故乡的真情。《大海中的月亮》这本窄窄薄薄的诗集是大海的恋歌，也是新时代的赞歌。看："大海笑得那么醉人，多情的阳光啊，流露着妩媚而热烈的眼神，啊！天女散花，散尽冬日凝结的沉闷，性急的游泳者跳进海中，采撷着碧绿的浪花，采撷着五月的芳芬……"（《五月，走进海滨》）这些诗句是那样的情真意切，纯朴清新，仿佛把人们带到大海的边上，在海涛的低吟浅唱中感受大海的深情，大海的广阔。在这里我们还会看到另一个大海——大森林，那是绿色的大海。"朝霞里，一片绿云绿得清澈啊，给世界调上生命的绿色。""蓦然，它游进茫茫的人工林海。哦，绿云竟是大森林的折射……"（《绿云》）"杨柳抽芽，一片嫩绿；江河解冻，一片绿波；春苗返青，一片绿浪；春风得意，绿向大野。"（《绿之歌》）这是他的大森林的情怀。他就是身在海滨的明代古城，心中也难以割舍对故乡大森林的思恋。

他在《诗潮》上发表了依恋自然的长诗《我深深眷恋的土地》；在《丑小鸭》上发表了诗歌《一棵阔叶树的自述》；他写作的一系列林业人物散文，为林业人的业绩树下了丰碑；他创办了《大森林文学》，为讴歌林业培养了一批批的歌者……

林业、森林，绿色、生态，是他文学创作不竭的动力和源泉。

他书写着人对于自然的膜拜。

《此情未被风吹去》，这是吴宝三的又一本散文集。

情，是一种心理状态。

而他的情是一种对生活的热爱，对历史的回忆，对美好未来的渴盼。

吴宝三在他的诗歌、散文等文学作品中，始终以一种脉脉的深情注视唱诵着自然、社会、人生。

青春做伴，携着激情，他是以诗歌创作踏入文学大门的。在迎来思想解放的破冰期，他以焕发出的情感在《诗刊》《当代》《十月》《人民文学》等刊物发表了大量的诗作。那些诗写得清丽、奔放。特别是他创作的歌词《我爱你，勒勒车》："我爱你勒勒车，唱着一支古老的歌，从绿色的草原走来，好像行进的骆驼，向往梦中的温泉，载着神话载着传说。"那古朴的感情，那辽阔的意境，在给人苍凉之感的同时，也感受到一个新的时代的幸福。这首诗被著名作曲家王酩谱曲，在国内外广为传唱。

近十数年，吴宝三开始由诗歌创作转向散文创作，并在很短的时间进入了高产期，陆续出版了《未名湖畔岁月》《马永顺传》《马永顺传奇》《瓜园远去的背影》《叶述年华》等。有的作品还屡被《作家文摘》《报刊文摘》等转发，还有的被译成英、法、日文在国外发表。

吴宝三是一个幽默风趣的人，文如其人。他的散文常有每读都会令人捧腹大笑的趣闻，令人想起一九四二年老舍发表在《新民报》晚刊上那组以幽默的笔触为吴组缃、姚蓬子等文化人速描的小传。散文《怪才诗人鲍雨冰》就有老舍的遗风："一位诗友冒雨去看他，炒菜没有干烧柴，他竟把炕沿劈了，炒了两个菜喝酒。"更富有戏剧性的是鲍雨冰在兴城林业疗养院感谢林业部副部长张世军的故事。"他煞有介事道：'我向您汇报一个事，说完就走。'张部长有些不悦地说：'你说吧！'鲍雨冰郑重其事地说：'我代表大兴安岭一百三十万人民，强烈呼吁您出任林业部长。七十岁可以当部长，您才六十多岁呀！'弄得张部长哭笑不得，只好道：'不要瞎说。'接着指了指沙发，'你坐下吧，我们聊聊。'就是在这样的场合，鲍雨冰仍没有忘记喝酒：'张部长，我不喝茶，咱们俩喝点酒咋样？'从此，张部长才真正知道了大兴安岭有个诗人怪杰鲍雨冰，啥诗都能背，喝酒斤八不醉。"他短短的几笔就勾勒出鲍雨冰鲜明的个性，并在读者的心中刻下深深的烙印。

他在散文创作中通过对童年乡间的回忆，表现了对自然和生灵的热爱之情。散文《蝈蝈》一文借助回忆抒发感情："烈日当头，一时间，蝈蝈们叫得惊天动地，我们高兴得手舞足蹈。蝈蝈亮起歌喉，像歌手大奖赛一样，你方唱罢我登场，个个全身心投入。"在《树的怀念》中，作者回忆小学校院里的树："春天青黄不接，我曾赤脚爬上大榆树，撸榆树钱或榆树叶，掺上玉米面度饥荒；也曾折几支开花的山丁子树杈，插进盛满清水的墨水瓶。""上高小后的一个星期天，我们几个淘气鬼儿不再满足在校园的两圈树趟子里玩耍嬉戏，而跑到学校东边五公里的呼兰河边茂密的丛林里'战斗'。"他在回忆中流露出的尽是对自然的热爱。但也有对于自然生态遭到毁坏的痛惜和谴责，以短小的散文发挥了"文以载道"的作用。在《梦对青》中，作者怀着寻找儿时记忆中那个"对青山"而去。他在路上想："对青山，多美的名字。山，因对青而得名；对青，因山而驰名。除老家的地名之外，我最熟稔的地名，怕就是离家乡四十五里路的这个对青山了。它的名字像一把钥匙，无论我走到哪里，总是挂在我记忆的深巷。"可是，他们经过艰难的跋涉，以朝圣般的心情来到对青山时，看到的却是"现在只有一座山了，另一座被夷为平地，变成了砖厂"。"听罢，我笑不出来。""我是从大森林中走出来的作家，对青山之行，我似乎做了一个苦涩的梦。”也有向读者展示生态整体变化的，“当汽车缓缓地驶入哈黑公路的速生丰产林带，遮住视线的绿叶摇荡出唰唰的声响，似乎在快乐地歌唱”，让读者畅想到光明和绿色。

他在散文创作中不是将生活和感情直白地和盘托出，而是经常将情置于心灵的滤洗、浸泡和整合后再展示出来。这样仿佛是经过淬火的钢更加有力度，增强了情在文中的冲击力。散文《生活最底层的人》就是这样的一篇作品。他在这里平缓地讲述了一位辽西农民生活的窘迫、真诚、痛苦等等。“问到老怀的生活状况，老怀说现在的菜更难卖了，挺好的大白菜收回来堆在那里，五分钱一斤也没人要。”“老怀的女儿结婚还不到一年，一个身强力壮的姑爷子，竟因医院误诊而故去了。说到此，老怀号啕大哭。”作者在这看似平淡的文字中已经滤去了繁杂的情感，只有对老怀“家庭酸甜苦辣”寄予的同情，在平淡中塑造了一个辽西农民的形象，同时读者在这里感受了作者人文关怀的温暖。

北京大学教授严家炎评价吴宝三的散文：“笔墨很活，人物音容笑貌跃然纸上。”

他的散文中据不完全统计，人物林林总总大约百余人，而每个人物由于作者注重运用细节来刻画，都有鲜活的个性，都有自己的形象，给人留下深刻的印象，有一定的写意美。在散文集《未名湖畔岁月》中，北大那些享誉中外、学富五车的教授学者，在他的笔下形象各异，性格不同。其中川岛的形象，他的敲钟，他的送信，他的高胖的身体，他的红晕的脸膛，等等，都给读者留下了深深的印象。而写普通人的散文，那些善良的人，那些一时走火入魔的人，也都是栩栩如生地立在读者的面前。《王老科长》中，王老科长的智慧和临危不乱的气度在我的心中刻下了记忆。而《那年，那月》中“文革”时期的“造反派”付大下巴，那些经典的语言让人听后啼笑皆非：他曾得过肺结核，为了治病，“就在自家房后种了两垄菠菜，每天蹲在地里吃菠菜叶，吃了一春天，肺结核居然吃好了，肚子里吃出了虫子，再吃打虫药。他总结经验说：‘这就叫抓住主要矛盾！’”“‘什么是宣传呢？宣传就是造谣。’在场的人瞠目结舌。”

在他的笔下，这样的人物都是如此鲜活灵动。

这里，无不凝结着吴宝三的情——热爱的，谴责的，痛惜的，感慨的。

《大森林，我深深眷恋的土地》，这是在二〇一六年十一月十六日，吴宝三发表在《黑龙江林业报》“园林春”副刊上的一组短诗。

《远行带着故乡》《此情未被风吹去》，吴宝三的故乡、吴宝三的此情，都因了黑龙江大森林而“终于和大山树木融合在一起，在绵延的兴安岭落户生根”（见《大森林，我深深眷恋的土地·山峦》）。

一九九一年，吴宝三从兴城调回黑龙江省森林工业总局，担任党委宣传部副部长，主编《大森林文学》。

当时，全省森工系统正处于森林资源危机、企业经济危困的境况（以下简称“两危”），为了振奋职工群众精神，坚定信心治危兴林，总局党委在恢复了停刊二十几年的《黑龙江林业报》后，准备创办《大森林文学》。办与不办，在党委会上展开了争论。时任党委书记余弘达说：治理“两危”需要舆论引导，也需要文学的照耀和陶冶。那天下午，我作为工作人员列席会议，并做了会议记录，后来形成了会议纪要。

不久，吴宝三的家搬到哈尔滨，却居无定所，经常是领着妻女，挎着包裹四处租房。但他是乐观的，在斗室的狭小空间，在昏暗的灯光下，精心编辑刊物。他在办刊中突出体现生态文化的前卫性，倡导“只有民族的才是世界的”的创作方向，在刊物上发表了一批反映林业、林区的极具大森林风格的文学作品，培养了一大批林区的文学作者，展示了黑龙江国有林区在新时期的群体形象。

在这段时间，他“为家园弹奏一支歌吧，清风徐来，拨动小兴安岭这把巨大的竖琴”。“唤醒伐木者放下手中的板斧，弹奏林区人的无私奉献，青山常在，永续利用，献了青春献子孙。”他把精力投放在生态保护这个主题上，主编了《美丽富饶的黑龙江》和十卷本的《大森林文丛》，讴歌并咏叹自然界多样性的美丽与缺憾，赞美林区人民治危兴林、自立自强的奋发精神。

马永顺是闻名全国的劳动模范，是新中国林业工人的骄傲和楷模，曾多次受到毛泽东、周恩来等老一辈党和国家领导人的接见。一九八二年，他离休后不忘周恩来的嘱托“青山常在，永续利用”，主动要为大山“还债”，要在有生之年为小兴安岭栽下三万六千棵树，还下他一生采伐掉的三万六千棵树。

吴宝三感受到马永顺精神的光芒，这不正是国家所需要的吗？他和曹锋开始了《马永顺传》的创作。

曹锋从二十世纪五十年代开始跟踪报道马永顺，掌握了大量生动的先进事迹，并有一部纪实文学作品《马永顺的故事》已经出版发行。吴宝三和曹锋一拍即合，讨论写作提纲，筛选素材。

在那些时日，吴宝三怀着“大森林的情结”，不舍昼夜，挑灯夜战。在写作中突出鲜明的地域性和东北林区的自然风物特色，更是突出了鲜明的时代特色和其前瞻性、导向性。汗水浇灌，春华秋实，终在一九九六年完成这部普通林业工人的传记，在全国各大报刊连载，有的还配发了编者按或评论员文章，黑龙江广播电台播发了全书。《人民日报》、中央人民广播电台派记者再次采访报道马永顺的事迹。

一九九八年，时任国务院总理的朱镕基在视察黑龙江抗洪时，吴宝三以森工总局的名义，撰写了关于马永顺五千余字的事迹材料。朱镕基总理在接见马永顺时说："你这一辈子干了两件好事。当国家建设需要木材时，你是砍树的劳模；当国家需要保护生态环境时，你是栽树的英雄。我们都要向你学习。"这部书获《人民文学》报告文学奖，再版后入围中宣部"五个一"工程奖，获得黑龙江省文艺奖。

他到森工总局物资局任党委书记，以及调任黑龙江省作家协会任秘书长，兼任《北方文学》主编，他的目光始终关注着林业和生态。

二〇〇〇年春节正月初五，马永顺因病去世。吴宝三闻讯悲痛万分，写下了悼念这位林业老英雄的散文《生命的"号子"》。他在文中写道："听到消息，平静的心一下子被搅乱了，泪水止不住地流了下来。他走了，不！他没有离去——大山的皱褶里藏着老人家半个世纪爱林、育林、护林的故事，他那生命的'号子'，在大森林上空永远回荡，生生不息。"

这充分表达了他对于林业的深情，对这位以大山和森林为生命的老人的敬仰。

不管吴宝三在何地，他总是和林业与林业人血脉相连。

他在散文《归去来兮，远去的森林》中痛心疾首地写道："一面是超量采伐，一面是靠山吃山和愈演愈烈的乱砍滥伐，人们虽然想到了不堪设想的后果，但是依然是伐木声声。终于，可怕的'狼来了'！"他的散文代表作《放下你的板斧》中写道："想起远去的森林和触目惊心的盗砍盗伐，大片大片的林地变成荒漠，植被被破坏，泥沙淤积，行洪不畅，尽管造成洪水泛滥的原因种种，有谁可以否定，没有树木是一个重要原因。我，一个大森林人，对此有切肤之痛，不要过分陶醉于我们人类对自然的胜利。对于每一次这样的胜利，自然界都对我们进行报复。人们有一万条理由大声疾呼：伐木者，放下你的板斧！"

这些散文至今还发着殷殷的警示。

时光荏苒，在不知不觉中他的脸上刻上了深深的皱纹，在不知不觉中他茂密的华发中生出了白发。

可是，他诗情仍在；可是，他的激情仍在！

这几年，他仿佛要回归诗人的本色，重又挥起手中的笔，饱蘸森林的绿色，面对群山林海放声歌唱。他在散文诗代表作《我的家园，大森林》中以澎湃的激情写道："我的家园，神奇的东北亚大森林。"

"山涛奔涌，林海滚滚。'突噜噜'，三三两两斑驳的飞龙鸟和怔怔的獐狍嬉戏；笑眯眯，三五成群优雅的梅花鹿温柔地望着游人。千万缕阳光在林间筛下淡蓝色的细雨，似一首首抒情诗，又似一幅幅水墨丹青画，多么静谧，多么和谐而温馨。"

诗人的想象为读者营造了大自然美妙的意境。

今天，他在同一命题的诗中，仍高声唱道："我的家园，神奇的大森林。层层起伏的山峦，宛若变幻的调色板，红如霞黄如金青如黛绿如茵，从夏到秋，从冬到春。"（见二〇一六年第十期《奋斗》组诗《走进马永顺林·我的家园大森林》）

大森林是他一生的眷恋。

吴宝三，走入林区，深入生活，为在二〇一四年四月一日国有林区停止商业性采伐“走出森林”的人们歌唱：“我要继续开拓，用握过油锯的手，扛过板斧的手，驾驶过运材车的手，去开拓一条新路——把对大山的爱恋，缀满未来的绿荫。”他和“造林队伍进山去了”“春风，蘸着太阳的颜色，在大地的宣纸上，绘一幅水墨丹青画。冰凌花探出头，扬着稚气的笑脸张望，在料峭春寒里，追着没有尽头的足迹，为的是，配一首关于希冀的诗……”（以上均引自二〇一六年十一月十六日《黑龙江林业报》副刊“园林春”）

……

《不辞长做山里人》，这是吴宝三在去北京参加全国第九次作家代表大会前夕，在黑龙江省委宣传部举行的座谈会上的发言稿的题目。

他写道：“二〇一四年十月十五日，习近平总书记在文艺座谈会上发表重要讲话，吹响了推动文艺创作繁荣发展的集结号。我这个老兵，几次与知名作家一起，重走林区路，深入局、场、所采风，创作发表了一批反映林区生活的文学作品。”他“回到大森林，如鱼得水，进入创作状态，游刃有余”，他要“扎根黑土地，心系大森林，不辞长做山里人”。

新的征程，新的使命，他将奋力前行。

他在近日发表的《京华来去——全国第九次作家代表大会散记》中，回忆了习近平总书记发表重要讲话的情景，作家代表的欣喜，最后他满怀信心地写道：“我们有理由相信，神州大地必将迎来百花绽放的满园春色。”

他说：“习总书记在讲话中指出：‘中国不乏生动的故事，关键要有讲好故事的能力；中国不乏史诗般的实践，关键要有创作史诗的雄心。’这为我们每一位文学工作者提出了任务和目标，我虽已是古稀之年，但我有一腔的热情和热血，要创作出无愧于时代的文学作品。”

吴宝三，不忘初心，在文学的征途上继续跋涉，向着文学的高峰前进。

（原载2017年第8期《奋斗》）

风中，那片真情好温暖

王建国[①]

无论是诗人还是小说家，在他们完成了“主业”之余，一般都会兼顾着写些散文。散文的优美体现着人心的优美，使用这样的文体进行叙述，生命的品相几乎无法遮掩。因此我固执地认为，散文其实就是作家的心灵密码，要想真正了解一个作家，最好的办法就是去读他们的散文。

有许多文学作品都是带有温度的，感受着那份热量我便知道，作家的内心有种漫无际涯的激荡。可是，近年来有许多作家的内心都不再“激荡”了，有人主动放弃了自己的艺术标准，只注重趣味而忽略了意味，这就使得原有的文学精神开始滑落。不能不承认，现在的许多作品都完成得过于匆促，对于生命的处境，对于生存的理由，基本上来不及思考。造成这种创作态度的原因不难找到，那便是我们的作家有些浮躁了，他们提供给读者的，往往都是没有经过酿酵和悟化的东西。

然而就在这个时刻，我以茫然的心态环顾四周，蓦地感到了一

① 作者系云南作家。

丝久违的温暖。给予我这份温暖的，是黑龙江作家吴宝三的一部散文集，书名叫《此情未被风吹去》。此书以创作者的深刻洞察与写作技巧，真实地表现了近百名人物的人生片断，同时也掺进了作家本人的深情和感悟。在那些素常的文字里，我感到了作家的心脉律动，感到了他温暖的人文情怀。作为以散文形式表现出来的人物，他们是经过了作家的思索和刻画的，因此他们的风貌给了读者哲学上的引导和文学上的美感。

凡是具备了美感的事物，一般都不会具有明确的标准，因为美感向来都是观赏者的主观认定。文学的美就更是多种多样，阴柔是一种，粗犷是一种，悲怆也是一种。在吴宝三的笔下，近百个人物穿行于过去的岁月，精神上的那份昂扬与挺立着实地让人感动。写人物就必然要触及人物的命运，尽管文章中的人物都有着各自的生存背景，但我仍在文字以外听到了他们的心音。从榆林小镇到广阔森林，从海滨兴城到北京大学，吴宝三呈献给读者的是在他脑海里往复着的记忆。或许是由于这些记忆时时地在他脑海里翻涌，他的散文忽而是霜冷长河，忽而是白云飞渡。

阅读吴宝三的散文，我并没找到多么新潮的文字，但我却常常被他富有张力的语言所打动。由此可见，所谓传统风格和新潮思维，其实并没形成真正意义上的取代。换句话说，无论当今的散文怎样地花样翻新，都不过是思考方式的不同而已。吴宝三注重了中华文字的纯洁，以朴实的文风抵挡着那种毫无道理的变异和花哨，真诚地探寻着天道人命的途径。他的散文拒绝了平庸的洋洋洒洒，没有了通常所见到的所谓尖锐，许多的思辨和许多的质疑，反倒渗透了当今社会的内核。看来这位作家已经“入境”了，他强调的是理性的精神和意境的清远，寻求的是人文的关怀和情意的弥漫。

文章之道其实无道，高深的理论落不到纸上，唯有“删繁就简”自古盛行。吴宝三在“无道”之中遵从“简道”，一方面是对散文魅力的尽情展示，另一方面又在文字之外进行了丰富的余留。北大教授川岛、森林诗人鲍雨冰，还有那个生活在社会底层的老怀，每一篇都只用了寥寥两千来字，其人物的生命却无比地鲜活。这些人生前都有着对于生计和理想的憧憬，但他们的故去却不像是对于自然法则的无奈顺从，倒像是在历史进程中遭遇了某种事件。更加让人思索的是，他们生前一直都在拼命地奔跑，他们没有机会停下来加入某个群体，因此就只能永远地身陷孤独。我分明看到他们眼里蓄满了泪光，但他们却是那么洒脱地和我交谈着，那种含泪的微笑真是令人动容啊！

在整部散文的众多人物中，老怀是社会最底层的人，他的朴素有如他脚下的土地。其实老怀如土的样子也是作家描述出来的，吴宝三在写到这个人物的时候，仿佛在触摸一个隐秘的角落。我分不清这是社会的角落还是时代的角落，只觉得这种描述展现了熟悉的陌生，一行行文字将人心划出了阵阵痛感。小人物处在世界的小角落，这近似于被设定在幸福与不幸之间，要想把握自己的得到与失去是不容易的。吴宝三向人们展示了老怀的徘徊与挣扎，对于角落里的人生进行了探索，这也当是作家的生命要义。

角落人生可以是一项内容，却不可以是生活的全部，否则这个世界就少了色彩。一个事件的发生也是这样，如果只用冷落的眼光去测量，得到的结论就完全是数据化的。然而文学不讲求数据，所以在吴宝三面对老怀悲苦命运的时候，他的眼前竟是那么迷乱。因为门前的一块园田地，老怀与人发生了纠纷，他不得不搬到南大河的边上。尽管失去了一个旧家又得到了一个新家，但这毕竟是一个意外，为此他心中总是一片虚空。应该说心里空了就会装下更多的事，却因为整个世界都是虚空的，所以他的虚空就有了无限性。

人是无法避免与同类合作的，待在一起的时间一长就会产生共同的关注，文学的根本任务就是关注这些共同的关注。吴宝三散文的精妙之处，就在于他省却了文章的复杂构架，只以素常的文字表达了他炽热的情怀。凡是能够散发出温度的人，他必然会是一个闪耀着光芒的人，也必然会是一个能够温暖他人的人。如果这个人恰好是个作家，他写出的作品往往会尽量地少些精心的雕琢，尽量地多些内心的率真，否则他就无法得到那种“连自己都燃烧在里面”的心灵体验。一部《此情未被风吹去》给了我许多回味，读过之后我仔细想想，吴宝三的散文其实是从古老之中焕发出的新颖。

当然，《此情未被风吹去》也并不是完美无瑕，比如个别篇什中少了些跌宕和迂回，这能不能算作一种不足呢？但不管怎样，吴宝三笔下流溢出的那种思辨质疑，那种形而上的深度思考，都当是他的人生态度。由此我便可以肯定，在吴宝三的心里，官也好，帝也罢，归根到底，恐怕还是唯民是亲。

（原载2005年5月27日《文艺报》）

矗立在大山中的文化丰碑

——吴宝三文学馆侧记

孙景辉　赵向往[①]

吴宝三文学馆坐落于小兴安岭西南麓的绥棱林业局，这也是全国林业作家首个安家于林区的文学馆。近日，《中国绿色时报》记者对曾获《人民文学》优秀报告文学奖、入围中宣部“五个一”工程奖、首届梁希文学艺术奖的作家吴宝三进行电话采访了解到，这个文学馆不仅是展览文学作品的地方，更是绥棱林业局为了更好地保护大森林、保护生态而建的生态教育基地。

文学馆的筹建得到了黑龙江省森工总局的大力支持，展馆历经半年左右时间终于落成。自七月一日对外开放以来，五次重要的林业会议在绥棱林业局召开，陆陆续续接待八百多人次参观文学馆，其中不乏远道而来的朋友，北京的一位诗人偕妻子专程前往绥棱林业局参观此馆。未能亲临现场的也纷纷打电话表示祝贺，当代著名作家迟子建以短信方式向绥棱林业局表示祝贺，并对吴宝三致以敬

① 孙景辉，黑龙江作家，省戏剧家协会副主席。赵向往，《中国绿色时报》副刊编辑。

意。这位从大森林走向文坛的作家吴宝三，以其层出不穷的优秀生态作品、低调为人的作风影响了一大批人，为促进林区文化的发展产生了深远的影响。

绿色的人文创造

展馆展出的大部分作品都是吴宝三的心血成果，出版和发表的作品，国内外采风交流、工作学习时的照片等等，还有其他十六位林区重要作家的作品。建筑面积二百平方米、规模不大的文学馆，内容却很充实，处处散发出绿色的气息。前去参观的一名当地公安干警看完以后感慨道："建这个文学馆很有意义，不仅起到宣传保护生态的作用，对传承森林生态文化有着不可估量的意义和作用，也是对林区职工和青少年的一种教育。"

原林业部副部长、著名书法家刘广运参观后有感而发，当即挥毫泼墨，一句"文化显神威，新型林业城"彰显出了文学馆的特色。

吴宝三多年来致力于创作生态主题的作品，文学馆展出的二十几部文学著作中，有近一半是与林业题材相关的，其中与曹锋先生合著的长篇纪实文学作品《马永顺传》，首次详尽讲述了伐木模范、栽树英雄马永顺既平凡又非凡的人生经历。作品出版后引起很大反响，并获《人民文学》优秀报告文学奖。

此外，他的多首诗歌、散文诗，都表达出了他对大森林的热爱，如《一棵阔叶树的自述》《我思念白桦树》《大森林，我的家园》等。参观建在大森林中的吴宝三文学馆，解读吴宝三生态文学作品，给人最大的启发是：绿色，这大自然的底色，不仅需要自然的生长，更需要人文的创造。

创作激情来源于大森林

对于大量的生态文学作品，吴宝三表示：“没有大森林这片沃土就没有我的成长，是大森林给予了我创作的激情。”他时刻不忘自己是大森林人，因此作品也多和森林、树木相关。吴宝三感慨道：“大森林是我取之不尽、用之不竭的文学宝库，是我创作的源泉。”

在林区工作的三十五个春秋，吴宝三同大森林结下不解之缘。虽然一九九八年以签约作家身份调入省作家协会，但心中念念不忘的依然是大森林——这片他深深眷恋的土地。他的诗歌《大森林中的小溪》《新生林》等处处透露出大森林的气息。“树高千尺离不开根，不辞长做山里人”，是他感怀大森林的真实心路，吴宝三时刻以“心系大森林中的小溪，无论为人作文”提醒自己，这句话后来被镌刻在中国现代文学馆的巨型瓷瓶上。

吴宝三一直以来为人低调，不张扬。文学馆建成后，前去参观的朋友、同事很惊讶，他们没想到吴宝三创作过这么多作品。

大森林的襟怀和品格，造就了这位生在农村、长在林区、颇具影响力的平民作家。然而文学馆的建成使他在高兴之余，更多了一份压力。吴宝三时刻提醒自己要清醒，“虽然自己的成果得到了大家的认可，但是不能自满，要时刻鞭策自己创作出更有分量的东西”。

生态文化是凝聚林业发展的助推器

文学馆在展现吴宝三及其他重要林区作家风采的同时，也彰显了黑龙江森工总局重视生态文化的精神作用。黑龙江省森工总局是全国最大的国有林区，拥有丰富的森林资源，但是一直以来林业文学创作却处于贫瘠状态。有句话说得好，“小型企业靠义气，中型企业靠制度，大型企业靠文化”，林业也不例外。对于一个有着百万庞大职工队伍的森工林区来说，搞好企业文化刻不容缓，黑龙江森工总局党委深深意识到文化的重要性：要想激发广大林区职工保护赖以生存的家园的积极性，还得用文化来增强凝聚力。因此建立文学馆就显得异常重要。

“文学馆的建设需要有合适的地点、热心人的支持以及良好的生态环境氛围，而绥棱林业局正好为文学馆的落成创造了有利条件。”黑龙江省森工总局党委书记高金芳如是说，“建文学馆，有助于促进我们森工林区文化建设，意义不仅在于当代，更有益于繁荣和继承森林文化、培养新的林区文学人才，推动生态文化事业的发展。”

吴宝三说：“文学馆不仅是我及重要林区作家展出作品的地方，更是一个生态文化创造园地。文学馆是森林文化成熟的一种标志，同时也是对青少年进行生态教育的基地。”

让人担心的是，短短几个月建立起来的文学馆能长久发展吗？这个答案是毋庸置疑的。绥棱林业局党委书记邓士君说：“文学馆是全省森工作家创作成果的展示馆，绥棱局有专门的管理人员，配备了解说员，会常年对外开放，亦是一个可持续发展的生态馆。而且省森工总局有筹建林业博物馆的打算，将来会把文学馆作为林业博物馆的一部分，长远来看更有利于促进生态文化建设的推进。”

文学馆的建成，不啻在黑龙江那片大山中矗立起了一座文化丰碑，不仅让大家看到了一个默默耕耘的大森林作家在这个喧嚣的时代，始终以一个作家的良知坚持生态创作的可贵品质，也为社会关注大森林和森林文化提供了一个重要的窗口。

（原载 2010 年 8 月 16 日《中国绿色时报》）

大森林讴歌者吴宝三：希冀林海永远奔腾

吴殿峰①

管辖全国最大国有林区的黑龙江森工总局，近日在推进文化强局建设的绥棱林业局建立了吴宝三文学馆。在大森林中建馆，国内尚属首家，此举社会反响强烈，全国许多作家纷纷打电话或发短信，对森工领导表达深深的敬意。中国作协主席铁凝委托秘书打电话问候，并寄来新著《从梦想出发》；黑龙江省作协主席、著名作家迟子建发来短信说："省森工总局建立吴宝三文学馆，可喜可贺！"曾任总局党委书记的余弘达高兴地说，这是传承生态文明，促进森工企业文化建设的大好事。绥棱局党政主要领导一致表示，以此为契机，下功夫打造好大森林这个文化窗口，将其办成对广大职工和青少年进行思想文化教育的基地。

半个世纪以来，吴宝三在《人民日报》《光明日报》《人民文学》《当代》等全国一百三十多家报刊，发表文学作品六百余万字，出书二十六部。作品屡被《作家文摘》《报刊文摘》《杂文选刊》等报刊转载，有的作品被译成英、法、日文。他讴歌大森林的代表作

① 作者系黑龙江作家，黑龙江省报告文学创作委员会副主任。

《一棵阔叶树的自述》，被选入《中国当代文学作品精选》（诗歌卷），是黑龙江省本土作家唯一入选的作品。他的作品曾荣获《人民文学》优秀报告文学奖，入围中宣部“五个一”工程奖；他先后荣获黑龙江省第一、二、四、五、六届文艺精品工程奖。

上海作协副主席、曾与巴金共事多年的老作家峻青题写了馆名，王蒙、高洪波等著名作家为文学馆题词。

一、面对森林资源日益危机，他从心底发出了“林海和大海相接”的呐喊。

二十世纪七十年代，由于身体的原因，吴宝三从小兴安岭的伊春，调到远离深山的兴城海滨，在林业疗养院任职。其间，发表了大量讴歌大森林的诗歌作品。他的诗歌代表作，不仅仅是《一棵阔叶树的自述》《我思念白桦树》《大森林中的小溪》《山场黎明》《春天的向往》，还有许多优美的诗篇令人击节。他发表在《人民日报》的森林组诗，作者名字的前面冠以黑龙江省森工总局，在林区引起强烈反响，不仅提高了总局的知名度，而且大大地激发了广大林区作者的创作积极性。当时的总局党委宣传部主要负责人，千里之遥打电话，向作者表示祝贺和感谢。有一首《海，我期冀会合》的诗歌，林区读者不陌生，许多人仍记忆犹新：“从森林到海洋/我是一条奔跑的小河/在林海和大海之间/我跋涉着迢遥的寂寞/林海里/松涛层叠/年复一年/因为思念大海/总有纷纷的落叶/大海上/那各样的船只/本是林海派出的使者/航行了千百年/竟没有驶出沙滩的疆界/我渴望/哪年哪月/林海和大海团聚/山海相接/大海的每一朵浪花/跃上林海的每一个树冠/大海涌起的潮头/化作林海的万顷碧波/那时/我还是我/一条小河/把我的歌声/我的笑靥/全部融进奔腾的绿色。”这是吴宝三老师一九七八年创作的，此时虽然一列列满载原木的火车源源不断驶出大山，但诗人已经看到森林资源日益危机，以前瞻性的目光，发自心底的呐喊，期冀林海像大海一样无边无际，奔腾不息。吴宝三以高度的政治敏锐性和历史责任感、使命感，呼吁社会各界共同参与保护生态，努力提高社会公众的环境意识，与大自然和谐相处，而不是破坏与对抗。他身体力行，在家中引导女儿放飞笼中的小鸟，回归山林，在其影响下，在北京读大学的女儿，假日里去紫竹院公园守护斑头雁。一九八四年，他发现工作所在地清亮的温泉河日益浑浊，触动了敏感的神经，他一面规劝人们不要往河里倾倒垃圾杂物，一面向有关部门建议治理。无果，他又写了一篇《温泉河亟待治理》的稿件投给报社，引起当地政府的高度重视。终于，这条流经全市的河流由浑变清。吴宝三欣喜中写下反映治理这条河流的散文《桥头花园》，发表在《人民日报》上，荣获全国环保征文二等奖。

一九八四年的春天，诗人从兴城重返小兴安岭，看到一片片茁壮成长的人工林，激动不已，触景生情，写下了《新生林》这首诗："新生林哟/我向你祝福/黄花松啊/棵棵碗口般粗/你扎根的故土并不贫瘠/却艰难地度过风雨洗劫的寒暑/七彩的阳光编织着甜梦/把昨天的落叶埋进山谷/抽出的片片新绿是你的语言/想说什么/为谁欢呼/啊/定是珍惜今日之时光/向上/为的是高瞻远瞩/你获得大风雪后的新生/兴安岭站起一个兴旺的家族!"此诗在《人民文学》发表后，引起社会广泛关注，国内许多报刊纷纷向其约稿。之后，他最有影响的诗歌代表作《一棵阔叶树的自述》，作为特约稿件在北京《丑小鸭》庆祝建国三十五周年专号刊出。其诗中的佳句广为流传："发芽为了进取/落叶为了积蓄/母爱的乳汁/流进我的每一条根须/我并不孤独/抚育的力量/使我的枝条迸发出青春的朝气。"

鉴于吴宝三的社会影响，当地组织部门先后拟调他任锦州市文联、葫芦岛市文联、兴城县委宣传部等单位主要负责人，吴宝三都推辞了。他在辽宁一家报刊上，发表了情真意切的《我思念白桦树》，以言其志："我思念兴安岭的白桦树/一个久别故乡的儿子/思念远方的慈母/梦中/听见你的轻声呼唤/醒来/泪水山溪般涌出/那一年出山离开你的身边/你用衣裙编成小船/将我摆渡/记不清接到多少家书/读不尽你那深情嘱咐/洁白洁白的信封/点缀着斑斓/哦/那是你滴下的思念儿子的/颗颗泪珠/童年啊/你用乳汁/把我和我的同伴喂养/也曾用乳汁/把深山迷路人的饥渴解除/想起你身上的条条刀痕/我懂得了/你为谁含辛茹苦/啊/一场熊熊大火/烧光了山林的繁茂/唯有你没有沉沦不甘屈辱/第一个在废墟上站起来/织出树冠的绿网/打捞出森林的希望/滤走荒芜/于是/红松子孙代代繁衍/有谁能够相信/你拯救出一个兴旺的家族/啊/白桦树——英雄的树/我可敬可爱的慈母/怎能说你是纤弱的女子/你是森林中的强者/且有大将风度!"近百行诗，直抒胸臆，字里行间饱含对家乡思念的依依深情，同时，对大兴安岭那场举世瞩目的"5·6"森林大火，表达了对大森林家园的日夜牵挂。

二、在一片伐木声中，他疾呼伐木者"放下手中的板斧"。

吴宝三的作品，无论是诗歌、散文还是报告文学，他以各种体裁和各种表现方式，紧紧围绕保护生态、保护环境、保护我们赖以生存的家园这个主题，从狭义生态到广义生态，自然环境到社会环境，人文心理到大众文化，讴歌并咏叹了自然界多样性的美丽与缺憾，赞颂了林区人民治危兴林、自强自立的奋发精神。作家同林区情相系、心相连，从上世纪八十年代始，他在多家报刊发表报告文学和散文作品，主编了《美丽富饶的黑龙江》和十卷本的《大森林文丛》。在他担任省森工总局宣传部副部长期间，大张旗鼓地开展了一系列的“治危兴林的基本思路与战略措施”的宣传活动。吴宝三是写乡情散文的高手。读一读这篇散文，我们会和作家一同走进童年的美好，强烈地感受到作家对家乡环境的忧虑。“东沟子，是呼兰河奔向松花江途经兰西县榆林镇分流成的一个小河汊，距镇中心只有一华里。提起东沟子，榆林镇老辈人无不想起人与树、人与鸟、人与鱼和谐相处的这块乐园。

“初春，草色遥看近却无，而东沟子的向阳坡上已是绿草如茵，苣荬菜、婆婆丁、小根蒜俯首皆是，我就是从那时认识这些山野菜的。这里有片树林子，春风的剪刀裁出一片片细叶，先是柳树，次第是杨树、榆树、山丁子树、李子树、糖槭树、椴树、橡子树……花开时节，到处一片雪白，熏风扑面，花香袭人，成群结队的蜜蜂飞来绕去，在花间嗡嘤。没有人攀折花树，更没有人盗砍滥伐。

“河汊的水清澈极了，清得发绿，微风徐来，树枝轻拂水面，泛起层层涟漪。有水就有鱼。大旱之年，人们在河汊里提水洗菜、浇地，时有小鲫鱼、葫芦籽在水桶里游动。清晨或傍晚，我经常和几个小伙伴，效仿大人的样子，折根柳条当鱼竿，拴上一根细麻绳，用大头针折成鱼钩，蚯蚓当鱼饵，甩进水中。不一会儿，竟能钓上半盆柳根鱼、川丁子鱼，个个活蹦乱跳。我们一条条再将它们放进河里，看着鱼儿自由自在地游去，心里畅快之极。

“春日，我回到阔别半个世纪的东沟子。一幢幢崭新的砖瓦房连成一片，酒旗饭幌分外耀眼，风沙扑面而来，看不见一点绿色。东沟子确乎无影无踪，当年的河汊干涸了，好大的一片树林子消失了。然而，潺潺流水、花香鸟鸣却走不出我的梦境，那是一道永远的风景。”（散文《东沟子》）

而他发表在《黑龙江经济报》的散文《归来兮，远去的森林》，读后禁不住令人扼腕叹息："一面是超量采伐，一面是靠山吃山和愈演愈烈的乱砍滥伐，人们虽然想到了不堪设想的后果，但是依然伐木声声。终于，可怕的'狼来了'！进入二十世纪八十年代，森林可采资源岌岌可危，'摘山帽儿、剃老毛儿'，以至挥斧砍杀'红领巾'。越穷越砍，越砍越穷，我家有兄妹五人在林业局上班，每人每月几百元的工资，还不能按时发放。全林区陷入资源危机、经济危困的境地。有识之士提出治危兴林的基本思路与战略措施，可惜因种种原因而搁浅。初夏时节，我乘汽车参加'环保万里行'采风活动，见到公路两侧的树木参天，郁郁葱葱，绿浪奔涌。行驶一段路程，忽然间路旁的树木越来越稀少，渐渐地一棵树也见不到了，司机告知曰，树没有了，就快到林业局所在地了。真叫人啼笑皆非。

"亡羊补牢，未为迟也。国家实施天然林保护工程，伐木者醒来了，放下了手中的板斧。是一九九八年那场特大洪水，为我们敲响了长鸣的警钟。"他发表在《黑龙江日报》的散文《又闻鸟鸣》把我们的记忆又唤回到那个年代："北方头场大雪过后，苏雀从贝加尔湖飞来了，成群结队，落在冬天的树林里，像落在一只只梅花鹿的犄角上。聆听苏雀悦耳清脆的鸣叫，心头不禁为之一震，久违了，鸟儿，我虽然不能破译你们用语言相互传递的信息，但却唤起我倍感歉疚的那段回忆……

"昨日如梦，又闻鸟鸣。叽叽，叽叽，叽叽哒，凭着多年打鸟的经验，笼养或窗格子里喂养的鸟儿，往往会发出不开心的叽叽声。这些精灵，只有回归大自然的家庭，它们才会有叽叽哒的愉悦歌唱。"作家笔锋一转，写道，"面对人们的过失，不知鸟儿今日有什么话要说。它们一会儿如珠玑散落在田野的玉盘，一会儿又一起飞向明净的蓝天。”多么情意绵绵，意味深长！

他发表在《北方文学》的散文《放下你的板斧》是他的散文代表作之一。“想起远去的森林和触目惊心的盗砍盗伐，大片大片的林地变成荒漠，植被破坏，泥沙淤积，行洪不畅，尽管造成洪水泛滥的原因种种，有谁可以否定，没有树木是一个重要原因。我，一个大森林人，对此有切肤之痛，不要过分陶醉于我们人类对自然界的胜利。对于每一次这样的胜利，自然界都对我们进行报复。人们有一万条理由大声疾呼：伐木者，放下你的板斧！”

吴宝三是黑龙江省发行量最大的报纸《生活报》的专栏作家，他发表的《还鸟一片天》《树的怀想》《又闻鸟鸣》《东沟子》《西大河》《树殇》等散文，无一不是发自心底的呼唤，保护生态的宣言。即或是他的亲情散文，往往亦令人联想到环境。读者可在《母亲》这篇散文中略见一斑。作者到山上去给母亲上坟：“我清清楚楚地记得，母亲和父亲合葬的坟头，曾有几棵茶杯粗细的小榆树，不知何时不见了，想到此，我的心不免隐隐作痛。作为生于斯长于斯、同大森林有不解之缘的我，怎能不大声疾呼：无论为了生者的生存，还是为了逝者的安宁，毁林开荒者，请住手！”

三、大森林到了“最危险的时候”，他和曹锋第一个高唱“马永顺之歌”。

吴宝三强烈呼吁社会保护森林的超前意识，在与老朋友曹锋先生合著的《马永顺传》中得以充分体现。一九九五年，两人共同创作的长篇纪实文学《马永顺传》由黑龙江人民出版社出版，先后再版三次，累计印数达两万余册。

一个双休日，吴宝三同友人来到他第一次认识火车的地方——对青山，寻觅童年的记忆，见到了一九一七年建造的那幢俄氏洋房、火车站的老式水塔，以及那排依然健在的老榆树。然而他却闷闷不乐：名为对青山，一座山却让人们拉土烧砖铲平了。回到省城，吴宝三写了一篇《对青山，一座山没了》的散文，发表在天津的《今晚报》，《杂文选刊》全文转载。“对青山之行，我似乎做了一个梦。当汽车缓缓地驶入哈黑公路的速生林带，遮住视线的绿叶摇荡出唰唰的声响，似在快乐地歌唱，而我还没有从一个苦涩的梦中醒来。”环境，已经成为吴宝三心中放不下的牵挂。

吴宝三曾连续两届出席中国作协全国代表大会。中国作协和海外著名作家一起联袂创作，精选辑成世纪箴言录《中国作家3000言》，其“心系大森林的小溪，无论为人作文”，被镌刻在中国现代文学馆的巨型瓷瓶上，许多人交口称赞。而他的散文诗代表作《我的家园，大森林》，在《中国建材报》发表后，荣获中华人民共和国成立六十周年最佳文学作品奖，国内多家报刊或收入或转载，著名书法家将其刻成竹简，作为黑龙江省赠送贵宾的礼品。这篇散文诗激情澎湃，震撼人心，堪称生态文学美文。

“我的家园，神奇的东北亚大森林。

“层层起伏的山峦，宛若变幻的调色板，红如霞，黄如金，青如黛，绿如茵，从夏到秋，从冬到春。针叶、落叶、阔叶树遮天蔽日；原始林、天然林、人工林浩浩荡荡。肩并肩手挽手，那么遥远，这么亲近。

“山涛奔涌，林浪滚滚。‘突噜噜’，三三两两斑驳的飞龙鸟和怔怔的獐狍嬉戏；笑眯眯，三五成群优雅的梅花鹿温柔地望着游人。千万缕阳光在林间筛下淡蓝色的细雨，似一首首抒情诗，又似一幅幅水墨丹青画，多么静谧，多么和谐温馨。

“蓦然间，我想起当代愚公马永顺，不能再普通的名字，一位可敬可爱的老人。他要还清对大自然的亏欠，花甲之年，放下手中的斧锯，率领‘马家军’祖孙三代造林植树，植树造林，终于为后代留住了一片郁郁葱葱的青山，留住了远去的森林。生前，梦里曾一回回呼喊‘绿化’，那是老人家心中的夙愿，震天撼地的生命的号子；身后，和大山树木融合在一起，护林看山，在浩瀚的兴安岭落户扎根。啊！白云是蓝天垂下的怀念挽联，满目青山高唱绿色的忠魂。

“为家园弹奏一支歌吧，清风徐来，拨动‘马永顺林’这把巨大的竖琴。弹奏‘天保工程’带来的福祉，唤醒伐木者放下手中的板斧；弹奏林区人的无私奉献，青山常在，永续利用，献了青春献子孙；弹奏黑龙江——一只美丽的天鹅腾飞的鸣唱；弹奏世界上最美妙的音乐，滔滔林海茫茫雪原的天籁之音……”

参观大森林中的吴宝三文学馆，解读吴宝三生态文学作品，给我们最大的启发是：绿色，这大自然的底色，不只需要自然的生长，更需要人文的创造。

（原载2010年9月8日《中国环境报》）

从大森林走上文坛的作家吴宝三

谢中飞[①]

结识吴宝三先生，方知这位著名诗人、作家，是从大森林走上文坛的。

今年七月，省森工总局在绥棱林业局建立了吴宝三文学馆。此举社会反响强烈，新华社以及《文艺报》《文学报》《中国绿色时报》《中国环境报》《黑龙江日报》等多家新闻媒体做了报道。原文化部部长、当代著名作家王蒙挥毫题词。住房和城乡建设部部长姜伟新亲笔写来一封饱含深情的书信："在黑龙江林区建吴宝三文学馆，我不感到意外，反而觉得合情合理，相宜相称。吴宝三生长在这里，对森林有感情，他一生都在用笔歌唱森林，时而拓展写作领域，也大都带有森林的影子和气息。他朴实、深透，文如其人。他的作品，其数量和质量都是骄人的。可以说，森林因他而骄，他因森林而名。"省作协主席，茅盾文学奖、鲁迅文学奖得主迟子建，第一时间发来信息表示祝贺。

绥棱局，位于小兴安岭西南麓，与吴宝三的故乡兰西县同属一

① 作者系黑龙江作家，《文史纵横》副总编。

个地区。这个局党政主要领导对建馆十分重视，一致表示，下功夫打造好大森林这个文化窗口，将其办成对广大职工和青少年进行思想文化教育的基地。

我和宝三从相识到相知。此前，把他想象成披发跣足、高歌痛饮的样子，怕巴人雅士难以相处。及至见面，才知道我的担心全是多余的，原来他是个极真诚、极朴实又极随和的一个人。

我对他很快便无话不说了，他有一种叫你敞开胸臆向他倾诉的魅力。我有时不按规矩出牌，说些不带包装的话，他也不站在“立场”上来批驳我，但他自己却是中规中矩、谨言慎行的，这大概得益于他多年来在官场中的修行。

宝三长得精瘦，两鬓白霜，脸上沟壑也已经很深了。他之所以总是被人认为不足六十岁，是因为他有着一双没被岁月偷换的、活力四射的、被我戏称为“美丽动人”的眼睛。从他的眼里我很容易能读出，他是个心里充满了爱的人。

二〇〇八年，汶川地震，吴宝三两次通过省作协向灾区捐款，并在抗震救灾义拍义卖活动中义献文学著作，现场签名售书两千余元，捐给灾区。

吴宝三有着浓重的家乡情结。榆林镇中心小学是吴宝三的母校，新校舍建好后，吴宝三捐赠了一千余册图书和二十多套桌椅。绥化市政府副秘书长张铭钊和兰西县委书记王景顺颇受感动，赶往小学校迎接，并举行了隆重的仪式。能为家乡尽一点爱心，吴宝三十分欣慰。

爱，会产生一种凝聚的力量。在文人这个圈子里，吴宝三可谓是个核心人物。他朋友多，电话多，来访的多。来的大都是名家耆老、骚人墨客或是明星新锐，都是一些个性很强的人。他们爱好单纯专一，不善交际，不喜奉承，说话直率，在一般人看来是很难相处的人。但他们都愿意来和吴宝三说说话，把快乐传递，把苦恼诉说。宝三敞开胸怀接纳他们，给他们出主意，帮他们排忧解难。作家老屯，写了长篇小说《荒》之后，又写了一部长篇《潮》，他一下子给宝三邮来一百多本书，又开了个大名单，叫宝三帮着赠送。宝三已退休，没有专车了，他雇了辆出租车，南岗香坊，道里道外，大街小巷，楼上楼下，按地址找人。一天下来，他累得精疲力竭，但他收获了快乐，收到了感激和祝福。

如今，这位森林之子头发已经斑白了，他要用最真挚的爱回报大森林的养育之恩。由赞美“砍树模范”到歌颂“栽树英雄”，是“青山常在，永续利用”这首大合唱的领唱者，并当之无愧地成为林业生态文学的领军人。

吴宝三的作品，我读得虽然不多，但有种找到老朋友的感觉。他有种本事，他平静，却能撩拨得读者激动起来。他干净利落的笔锋，传达着睿智的思想，好像你想说的话，被他先说了出来。他的诗很少用“啊，啊！”来提精神，但那神韵就在字里行间。他的散文，很少有超过三千字的，但篇篇都有“味”。林语堂说：“最好的读物，是那种能够带我们到那种沉思的心境里去的读物，而不是那种仅在报告事情的始末的读物。”宝三把情感、经历、感慨皆糅进字里行间。从未谋面的《杂文月刊》主编吴营洲收到吴宝三的稿件，从网上回复道：“尊作已收到。读你的文字，真的是一种享受！美，且有一种人生况味。有新作问世，还望随时寄我。”《作文成功之路》主编、老作家王浴海从北京写来一封信，信中说：“宝三的散文写得别具一格，淳朴中蕴含着深厚的情感。《又到冬天》这篇文章，看得我老泪难禁，非常立体。”山西省长治市国企老总、作家高度堂在一次演讲中，竟能将吴宝三八十年代初在《当代》发表的《神女峰》这首诗一字不差地背诵下来……

当我写这篇短文时，吴宝三和他爱人又回林区了。不是吗，大森林家园需要他，他离不开大森林家园。

（原载2017年版《名人名家看绥林》）

思念“欧洲小镇”的文学馆

张文仲①

我说的“欧洲小镇”，是指小兴安岭林区国家4A级景区的绥棱林业局，吴宝三文学馆就坐落在这里。

我和吴宝三先生是少年时代的近邻，又是一个林产化工厂的同事，对文学的追求，使我俩成为非常要好的朋友。

当年的他喜欢写诗，年仅十九岁就在《东北林业报》上发表了处女作诗歌《上工》。同年，他的组诗《春潮曲》在该报占据了半个版面，而且与著名诗人郭小川的作品排在一起。次年，应《黑龙江日报》副刊编辑陆伟然先生特约，他的组诗《筑路短笛》发表在《黑龙江日报》庆“五一”副刊上，此后便一发不可收了。他写的每一首诗，我都是第一个读者。

宝三先生一九七四年毕业于北大中文系。历任新闻记者、《北方文学》主编，一九九一年加入中国作家协会。半个世纪以来，他在《人民日报》《人民文学》《当代》等全国一百三十余家报刊发表了六百余万字的文学作品，出书二十余部，作品屡被《作家文摘》

---

① 作者系辽宁作家。

《报刊文摘》转载，成为从大森林走上文坛的山之骄子。省森工总局为其建立了吴宝三文学馆，可谓屹立于大山中的一座文化丰碑。

尽管他早已声名远播，明星大腕胜友如云，却“结识新朋友，不忘老朋友”，对于我这个青少年时代的平民朋友仍然记忆犹新，关怀备至。他给我寄书籍、杂志，鼓励我坚持写作，并推荐我加入了辽宁省作家协会，圆了我的作家梦。

我通过书籍、杂志、网络等各种渠道，对吴宝三文学馆了如指掌。人道是“日有所思，夜有所梦”，终于有一天，在我夜间酣睡之际，似乎真真切切地游历了美丽的绥林和这座文学馆。

亦真亦幻中我恍惚看到，浑然天成的生态文化旅游小镇，城林相依，绿意朗润，人文景观和自然景观融为一体。我在鼎盛园广场、文化园、城市街心环岛流连，摩天轮般高大的木制水车徐徐转动；文化园内百米砂岩浮雕墙气势磅礴；鼎盛园各种雕塑琳琅满目，办公楼前九牛爬坡的主题雕塑，把林区人不屈不挠的拼搏与进取精神展现得淋漓尽致；街道两旁大量栽植的红玫瑰和萱草花，还有森林旅游小火车，以及广场上笑逐颜开的人群。当我走近金钥匙文化观光塔，吴宝三文学馆的匾额赫然在目。

文学馆门楣上的牌匾，是我国当代著名作家，曾任上海市作协党组书记、副主席的峻青老先生亲笔所题，字迹飘逸，秀美高雅，豪放大气。

进得馆内，第一眼就看到题有“山之骄子”的吴宝三先生大幅彩色照片。他身着深灰色西装，凝神深思的表情，从容而庄重。整个展馆整洁明亮，纤尘不染。不远处见一位美女讲解员正在为一群游客解说。

我在馆内转着、看着，只见布展的大量玻璃展柜中，陈列着各种文学著作，样刊、样报，获奖奖牌、奖杯、证书，作者创作手迹，作者与国内著名作家、画家、书法家的往来信札，墙上挂着多位著名书画家的作品。

那本获得《人民文学》优秀报告文学奖和黑龙江省首届文艺精品工程奖的《马永顺传》以及《未名湖岁月》《叶述年华》《远行带着故乡》《此情未被风吹去》，特别是封面翠绿色、印有背靠五花山作者半身照的《从浅绿到金黄——吴宝三评传》和《吴宝三散文选》历历在目。宝三先生与全国文联主席、全国作协主席铁凝的合照，与诺贝尔文学奖得主莫言的合照也都真真切切。

当我驻足展柜前，见到印有《上工》、作者吴宝三的《东北林业报》，和纸质有些发黄的《上工》手稿时，那潇洒、熟悉的字迹，立刻把我的记忆拉回到五十多年前的青春时光。

当我看到陈列省级以上获奖证书的展柜之中，有一本宝三作词李玉鸣谱曲而获奖的大红证书时，立刻让我想起宝三先生悼念李玉鸣的那篇散文。他对这位朋友的感情实在是至深至厚，令我感叹不已……

我是如此思念坐落在“欧洲小镇”的吴宝三文学馆，她，几回回走进我的梦境。

（原载 2018 年 12 月 8 日《中国建材报》）

大森林怀抱里的文学馆

杨中宇①

吴宝三文学馆，位于国家4A级景区的绥棱林业局，不夸张地说，这是我国大森林怀抱里圣洁的文学殿堂。

我和吴宝三老师是兰西同乡，跟随他学习文学创作的弟子，对恩师文学馆的建立无比欢欣。

吴宝三文学馆门楣上方的牌匾，是我国当代著名作家峻青老先生亲笔题写，字迹苍劲、秀美。峻青，曾任上海作协党组书记、副主席，和巴金老先生在一起共事多年。中学课本选入峻青的《黎明的河边》《秋色赋》等作品，给我们这一代人留下极为深刻的印象。

我对吴老师的崇敬之情，是从他的诗歌开始的。记得七十年代，他写大学生活的一首百多行长诗，《黑龙江日报》副刊以通栏标题头条半个版面发表，产生极大反响。著名诗人李琦当年曾将吴宝三的诗歌抄录在笔记本上。吴老师转道散文创作，其作品被多家报刊转载，《我的母亲》获第四届母爱主题全球华文大赛散文奖，《吴宝三散文选》获第二十四届全国孙犁散文奖。著名作家吴营洲评论道：

---

① 作者系黑龙江省报告文学创作委员会副秘书长，兰西县作家协会主席。

“读吴宝三的散文，读出了人生况味，是一种享受。”我对吴老师的仰慕，是因为他广为认可的人格魅力，他的品格光辉超越了他文学作品的影响。许多读者都是因为他的优秀品质而更深入地阅读和研究他的诸多作品，感受他字里行间的激情，和他倾诉的一个个动人的故事。

“众里寻他千百度，蓦然回首，那人却在，灯火阑珊处。”我与吴老师相识于二〇〇一年的绥化市文代会，这是我今生的最大幸运。我早就耳闻吴宝三在省内外的鼎鼎大名，没少阅读他的散文、诗歌、报告文学等文学作品，今日一见，印证了久已深刻的美好印象，一见如故，相见恨晚。我与吴老师双手紧紧握在一起，万分激动，特别自豪。我求知若渴，庆幸自己终于有了文学创作的导师。老师对我语重心长，特别热情，从此开启了近二十年的师生情谊。让我最为感动的，不仅是他的一篇篇脍炙人口的作品，更是他伫立于纷繁社会环境之中，善良而豁达的为人与做事。他是我文学之路上的一个标杆，不断地给我以强大动力和向上的力量。吴宝三，以他在文化圈众多文人墨客中的威望，以及广大读者心目中的卓越人品，深受读者和朋友们敬重。“心系大森林的小溪，无论为人作文。”这无疑是他自身的写照和躬身践行的座右铭。正如作家铁栗撰写的长篇纪实文学《从淡绿到金黄——吴宝三评传》中，对吴宝三的人品进行的翔实而生动的展现。吴宝三的文学作品令人赞赏，重情重义讲诚信的为人更令人赞赏。吴老师是家乡兰西黑土地走出的名家，亦是质朴无华的大山骄子。

吴宝三老师，我人生路上最敬重的导师。他总是耐心指点我：“细节决定成败，不要粗枝大叶，要学习为人处事，学会与有个性的文学朋友和谐相处。”他的每一个微笑和严肃的表情，都给我留下深刻的烙印。工作最困顿的时候，是他向我伸出了可贵的援助之手，热心地引领我一步步走出了痛苦的沼泽。

多年来，吴宝三老师让我结识了许多名家学者，这是我平时在小县城里极难见到和接触到的，给我以精神力量。他告诉我如何与领导、艺术家及朋友们相处，以诚待人。还叮嘱我不要太随意，要尊重他们的辛勤劳动，少说话多做事，当然也不要自卑自怜，自惭形秽。

吴宝三老师给予我丰富的文学知识，更重要的是他教导了我在这条路上，如何脚踏实地一步一个脚印走下去，怎么样为自己的作品注入真情。“书本上的学问可能容易学到手，而人生路程中的许多学问，并不是轻而易举就学会的呀！”

吴宝三老师给我最深的印象，就是他的仁爱、善良、诚恳和认真。他说，做事先学会做人，不会做人的文人，就是作品再好也不会让人真心信服。我出版了一本写家乡民间传说的散文集《悠然见南山》，得到吴老师的亲切指导和无私帮助，他为我这本书撰写了序言，并逐篇逐句修改。

创办家乡的文学期刊《呼兰河文艺》，吴老师每一期都一字字一句句细心审阅修改。老师对我的言传身教，已经渗透到了我的灵魂深处。

为了保证《呼兰河文艺》少出或不出纰漏，每一次刊物上版印刷前，都请他仔细看上几遍。从刊物的栏目、大小标题、插图尾花到封面封底的安排，把关甚严，使这本刊物在质量上达到了一定的水平，受到了广大读者的欢迎和喜爱。我亲身感受到他严谨和高度负责的精神，从内心对老师的为人做事肃然起敬。

我每次去吴老师家里请他看书稿或刊物大样，他总是微笑着问寒问暖，更忘不了问问家乡情况，想知道兰西县都发生了哪些变化，有时也会问及一些他所熟悉的作者和老邻旧居。我深知，他的骨子里有牵挂家乡这方土地的情结。当我向他讲述兰西文联和作协都组织了哪些活动，还有家乡有哪些作家又有新书面世，发现了哪些文学新人，他听得相当认真，喜形于色。

前几年，省作家协会举办第三届“和谐家庭建设”主题征文活动，在吴宝三老师的亲切指导下，我创作的报告文学《农家女，双肩擎起一方天》，几经修改，荣获二等奖。我内心充满了对恩师的感激之情。

吴宝三老师退休后，曾几次回到兰西榆林镇，向母校捐赠图书、桌椅和办公用品，表达了少小离家的游子对这片故土的深深眷恋。他的散文集《心家在乡土》，皆是写这个百年小镇的，是奉献给故乡的一份厚礼。吴宝三抱病现场签名赠书，诚恳谦和地把一本本书递到学生和老师手中，令人动容，给我的教益和感染是今生难忘的。

古人曰，知恩图报，善莫大焉。我用什么来回报恩师的栽培和引领呢？他对我说，最要紧的就是，好好写你的作品，努力提升自己。

我祝福，大森林怀抱里的吴宝三文学馆，真、善、美的文学精神代代相传。

（原载2016年第3期《大平原》）

众里寻他千百度

苗会田[①]

昨天，与吴宝三先生通电话，他说最近要出本散文集，并详细地介绍了书的内容，我为其在花甲之年还是那么忘情地投入写作而折服。

近几年，我经常看他的作品，我能感觉到他是在用心、用浓浓的感情去写他的亲人、他的家乡、他的师友，以及使他心灵受到强烈冲击的人和事。语言平实无华，清醇朴素，寓意深刻，令人感动。在他的指导和鼓励下，我也在学习写作散文，这种冲动，主要是来自于他对我的影响和言传身教。我虽不成器，但对我而言，在七十岁学习写作，这本身也需要有一点精神，也是一种进步。

往事并不如烟。记得八十年代初，兴城人惊奇地发现，在《人民日报》《人民文学》等报刊上，经常能看到刊发有关兴城的文学作品，大家左顾右盼，都在打听作者吴宝三是谁，在哪个单位工作。当时，他成了人们议论的中心，大家都想知道他是何许人也，竟有这样好的文笔，能在中国顶级的报刊上发表文章。这在当年，不仅

① 作者系辽宁省兴城市副市长，辽宁作家。

给他带来了荣誉，也给兴城人民增添了光彩，好多人是通过他的文章，才知道了兴城。在兴城的历史上，还没有一个人能在《人民日报》上发表作品。虽然他生活在兴城，工作单位也在兴城，但由于他做人低调，从不张扬，人们根本不知道，他是兴城六十三个县团级驻在单位中的黑龙江省森工总局兴城林业疗养院的职工。我用一句古诗来形容当时的情景："众里寻他千百度，蓦然回首，那人却在，灯火阑珊处。"只是疗养院相对自成体系，与地方相互联系较少，知道他的人，除了单位的同事外，寥寥无几。更不知道，那时他已出版了诗集、散文集和长篇小说，虽算不上是名家，但在文坛有相当之影响。

我有幸认识他是在一九七七年。他陪同黑龙江省林业总局有关领导，到兴城县革委会申办筹建林业职工疗养院，我当时是办公室主任，负责接待以及协调落实有关事宜。从此工作来往较多，相互了解并建立了深厚的友谊。

一九八五年，在改革大潮的推动下，兴城人民对家乡的资源有了新的认识，要利用家乡"城、泉、山、海、岛"的资源优势，建设我国北方旅游名胜风景区。当时，我是分管政府旅游开发工作的副县长，是宝三先生建议我，要用"名人效应"造势，用顶级传媒进行宣传。他带我到中央电视台请记者，到中央乐团请音乐家王酩、凯传、张士燮、钟立民、郭成志，到中国歌剧舞剧院请歌词泰斗乔羽，到国家体委请中国女排等等。我清楚地记得，他带我到乔老爷家拜访，格格老夫人忙前忙后为我们沏茶，说实在的，真有点于心不忍。我是来求援的，怎好意思让老人家给我们倒水，我要帮忙，乔老爷不让，说宝三小老乡带来的都是客人，怎么能让客人沏茶倒水。当时就定下来，在七月份海会期间，由乔老爷亲率中国歌剧舞剧院艺术家到兴城演出，为兴城的开发建设宣传造势。

王酩的家住在和平里，我们去时，他在家正忙着为一部电影谱曲。看得出来，宝三先生和王酩的关系非同一般，他提出请王酩帮助为兴城创作歌曲，王酩不假思索欣然应允，当即与凯传、张士燮、钟立民、郭成志等几位名家约定一同前往，并诚恳挽留在他家吃饭。等他把一段音乐写完，亲自上灶为我们做几道菜。我最初以为，王酩是大师级的音乐家，一定会有架子，不好接触，没想到却是一个极和蔼可亲、极随和的人。待他进入创作意境，似乎旁若无人，毫无杂念，一边抚琴，一边哼唱，身子还不停地晃动，根本不记得我们还在他的身边。一支曲子作完，高喊一声："完成任务，开始造厨。"王酩不仅是作曲大家，而且厨艺也相当好，当时做的几个菜有的已不记得了，但有一道菜直到今天我还记得非常清楚——清水炖甲鱼，色、香、味、形样样俱全，看到就有食欲。我当过办公室主任，懂些美食厨艺，这道菜一般厨师都做不好，可王酩做得非常地道，汤鲜、肉嫩、味香，与我们机关食堂的兴城两位最高级的厨师相比不相上下。可惜的是宝三先生不会喝酒，我也就二两量，我们陪不了他，王酩当即把凯传、郭成志请来，拿出最好的茅台酒，大家在一起喝了个痛快，虽然都有点高，但都觉得非常尽兴。

中国女排来兴城训练的消息像风一样吹遍了周边地区。当年她们打遍世界无敌手，声望之高无人能及。在当时能把中国女排请来，那也是轰动一时的大事件。林业疗养院把高干疗区让出来给女排住，全院上下的优质服务，赢得了女排姑娘的赞誉。外地的游客专门到驻地和训练场去参观，一睹女排姑娘的风采。中央电视台专题部派出了以副主任左向东为首的摄制组，来拍摄兴城旅游风光片，在中央电视台第四频道播放一个小时，反响强烈，引来了大批的游客。

他们大多来自天津、北京、哈尔滨、长春等地。有的踏上菊花岛，有的登上古城，有的爬上了首山，有的去拥抱大海，洗温泉澡，参观炸伤努尔哈赤的红夷大炮，玩得开心，游得畅快，都说真的不虚此行。

王酩、凯传、张士燮、钟立民、郭成志等，从不同角度为兴城谱写了《在兴城》《首山之春》《我爱你，勒勒车》《歌声留在菊花岛》《渔歌》《这里有泉水》等十五首歌颂兴城的歌曲。接着，中国歌剧舞剧院的歌唱家们在歌词泰斗乔羽团长的率领下也来到了兴城，把我国最高水平的歌舞艺术带给了兴城人民，大家得以面对面地聆听他们演唱歌颂兴城大好风光的歌曲，歌颂人们建设家乡的豪情壮志。更令人怀念的是当年的联欢晚会，女排姑娘在运动场上生龙活虎，可到了舞台上却显得羞涩、紧张，但歌声嘹亮、有力，依然能显现出她们的战斗精神。国家顶级歌唱家演唱了各自的成名曲，博得了在场观众的阵阵掌声和热烈喝彩。最让人难忘的是音乐大家王酩的演唱，在场的观众热情达到了高潮。他首先演唱了《妹妹找哥泪花流》，他是含着热泪唱完这首歌的，观众掌声雷动，接着又演唱了《绒花》，曲罢又是泪流满面。虽然他的嗓音不好，但歌曲的优美旋律和他的深情表演再一次地感动了大家，掌声长时间不断，王酩多次谢幕，但人们还是不依。最后，又演唱了一首《渔家姑娘在海边》，还是那样的深情，那样的优美，令人陶醉。人们哪里会想到，十二年之后，大师因病英年早逝，这是王酩留给兴城人民的永久记忆。

著名画家范曾，在中央电视台左向东的陪同下也来到了兴城，并为海滨浴场题写了楹联。上联是：击水沧波，问君谁是钓鲸客；下联是：飞觞天外，与我暂成乘鹤仙；横批是：洪波涌起。镶嵌在汉白玉的牌楼上，显得更加气势雄伟，巍峨壮观。

我们请来了那么多的名家、客人，进行了多项造势活动，把小城闹得红红火火。仅兴城海会期间，一天涌入兴城的游人竟有十几万之多，无论是在海岛、在海滨，还是在首山、在古城、在路上，到处都是人的海洋，人们都沉浸在欢乐幸福之中……

平心而论，在兴城的开发建设中，全市六十三个驻在单位，虽然都做出过努力，但宝三先生付出的最多。人们以为，这都是兴城政府的工作，其实，这里有黑龙江林业疗养院的重大贡献。著名作家吴宝三先生，是大森林的骄傲，亦是兴城的骄傲。

（原载 2014 年 12 月 17 日《黑龙江林业报》）

接地气注真情的大众书写

——读《吴宝三散文选》有感

朝　文①

能把一本书放在枕边阅读，无疑是它对我有一定的吸引力，这样的书不多，特别是散文。可不可以说，当下发嗲倒胃或是阅读让人感到疲劳的散文不在少数，很大程度滋养了人们的小视与挑剔情绪，然而，我读吴宝三的散文却是个例外。

本书收入短散文一百四十余篇。第一辑《良师益友》，作者怀着一颗感恩之心，深情回忆母校北大中文系十一位中外闻名的教授以及当代著名作家、艺术家等，怀念和他们在一起相处的那些日子，真实感人，许多史料鲜为人知。第二辑《心家在乡土》，皆为与呼兰河畔故乡榆林镇相关的篇什，解不开的家园情结。第三辑《风尾丝兰正开时》，描绘了改革开放身边的人与事。第二、三辑，大多围绕保护生态、保护环境、保护我们赖以生存的家园这个主题，从狭义生态到广义生态，自然环境到社会环境，人文心理到大众文化，讴歌并咏叹了自然界多样性的美丽与缺憾，赞颂了人民群众自立自强

① 作者系诗人，中国作家协会会员，自由撰稿人。

的奋发精神。

真人、真事、真情，乐观向上，反映了人民群众对美好中国梦的新期待。如写人物的《王老科长》《李老干部》《活得乐和的人》《乡下人》《老牛倌》，写乡愁的《遥远的歌声》《打房草》《心家在乡土》《兴凯湖畔桃花源》《瓜园远去的背影》，写生态的《小兴安岭的“欧洲小镇”》《走进威虎山》《桥头花园》《还鸟一片天》《我的家园，大森林》等。《桥头花园》曾获《人民日报》生态环境征文二等奖。在这本散文集中，写人物的，“笔墨很活，人物音容笑貌跃然纸上”（严家炎评语）；写故乡的，这是“从都市喧闹中抽身和乡土、普通灵魂精神对话的结晶，是作者心灵深处‘过去时’记忆的诗意闪回。尽管每一篇写得很短，往往只写一个历史瞬间、细节片段或一件小事，但组合起来却是一个作家的精神成长史。集子中的散文，无论写人还是写事，作品不过分追求精巧婉约与象征隐喻等高难技巧，而以浑然天成的无技巧为目标，形成了朴素自然、明朗清新的品格”（罗振亚《朴素的力量》）。

书中每一篇散文皆用第一人称的写法，都有“我”在，我是切入点和思想内核，折射着现实、时代的投影。这些故事听起来那么亲切，令人动情，好似作者与读者面对面拉家常。我以为，这是作家接地气倾注真情的一种大众书写，从选材到情感再到语言所表现的朴素和力量，或许对散文的发展有所启迪。

（原载2018年第4期《宁远文学》）

群山和大海在这里牵手

——吴宝三在兴城

适　之[①]

一九八五年夏季，建设北方旅游名胜风景区兴城刚刚起步，分管政府旅游开发的副县长苗会田，邀请曾任中央人民广播电台记者、时在林业部兴城疗养院工作的吴宝三，大张旗鼓为宣传兴城造势。于是乎，林业疗养院这座深深的庭院，在二十世纪八十年代曾经明星闪耀，辉映古城。

中国女排在赢得国际比赛三连冠后，在邓若曾的率领下从赛场来到这里。郎平、孙晋芳、周晓兰、陈招娣等排球女将们在森林一样的院子里进行集训、总结赛事经验，为新的出征积蓄力量。

著名词作家乔羽真“好像一只蝴蝶飞进我的窗口”一样，他率领中国歌剧舞剧院的演员来慰问这些排球女将。

在今天，一些老同志提起这些女排姑娘，目光里还是充满了敬佩。

我曾在别人的引领下，来到排球女将们曾住过的房间，虽已物

① 作者系中国林业生态作家协会常务副主席，中国作家协会会员。

是人非，但我仍好像看到她们在赛场上拼搏跳跃的身姿、发球疾如流星的手臂，还好像听到她们爽朗的笑声和在赛场上充满青春活力的呐喊……

她们那激励国人的“女排精神”，曾鼓舞了几代中国人为振兴中华而努力拼搏。

因为这里有山的豪迈、海的广阔，引来了文学家、音乐家、画家、书法家。他们也曾在这里休养创作，在林间小路上漫步，在绿色的风里，创作激情在他们的心中荡漾。

著名作家峻青来了，在树木森森的院子里，森林和大海交融的风吹过，使他想起山东老家海阳的大海吗？

那里曾有他参加抗日民族解放战争和人民解放战争的身影。

那些在战斗中可歌可泣的英雄事迹，使他总觉得自己有责任将那令人难忘的斗争生活再现出来。他创作发表了《马石山上》《党员登记表》《黎明的河边》《最后的报告》《交通站的故事》等短篇小说，从正面描绘了革命斗争的艰难、残酷，刻画了在艰苦的环境中解放区人民对革命事业的无比坚贞，以及他们大义凛然的革命英雄主义和崇高的自我献身精神，为读者绘制了一幅幅色彩绚丽、气吞山河的历史画卷。

海风的清爽，森林的翠绿，使他感受到和平的美好，他在这里的两个月，整理了散文集，创作了散文名篇《秋色赋》，并以这篇散文作为这本散文集的名字。同时，这篇散文被教育部选入全国中学语文课本。

他在临别时，深情地说：这里山海相连，灵秀同在。

唱着《大堰河，我的保姆》的著名诗人艾青，刚刚从国外访问归来，不顾旅途的劳顿，在夏日的熏风中，偕夫人高瑛来到这群山和大海牵手的地方，整理出那组著名的长诗《莱茵河流过的地方》。在北京的一次聚会上，时在《人民日报》做编辑的诗人徐刚索稿，艾青便把这组诗交给了他，并开了一句玩笑：“我把一个最漂亮的姑娘嫁给你了。”

不久，这组诗就发表在《人民日报》“大地”文艺副刊上。

这里融着群山和大海的双重性格，使来的人看到山的刚毅，又体会到海的柔情。

严加炎这位享誉海内外的著名文艺理论家，曾怀着一颗朝圣的心，从美国耶鲁大学讲学回国，不出北京机场便转飞沈阳，风尘仆仆来到这里。他以上海人的眼睛看这里的森林绿色，又走向海边看碧波无涯，来到古城观察凝固厮杀硝烟的城墙和鼓楼……他的思绪是否在刮起山风，在掀起海浪。他在疗养院的静静夜晚的小楼里写出了散文《兴城怀古》，发表在《人民日报》的文学副刊上，一时间成了辽西的最热读品。

在雪花飞舞的松花江畔，长椅上坐着一个几乎将要冻僵的“雪人”。这是在二十世纪八十年代的电影《明姑娘》里的画面，向观众讲述了一对青年感人肺腑的爱情故事。它的作者就是闻名全国的天津作家航鹰。

航鹰是电影、电视、小说三栖作家。在八十年代初期，她先后发表的优秀短篇小说《金鹿儿》和《明姑娘》，在读者中有广泛影响，分别获一九八一年、一九八二年全国优秀短篇小说奖。电影《明姑娘》获文化部颁发的优秀影片奖、广播电视部一九八九年度全国电视剧飞天奖。

她创作的多幕话剧《婚礼》上演后，在观众中产生了巨大的反响，北京电影制片厂请她将话剧改为电影剧本。

为了完成这个剧本的创作，她在两位导演的陪同下来到这里。在一个半月的时间里，她完成了电影剧本的创作，投拍上演后，受到国内外的欢迎，获文化部国庆三十周年献礼演出创作奖。

在她离开这座庭院时，深有感触地说：“这里的负氧离子太浓了，就像到了你们东北的大森林里，给了我激情和灵感。”

我第一次来兴城，在海边第一次看到“洪波涌起”这个横联，即被它和我的名字是同音所感动。

我流连驻足仰视这座四柱牌楼，内外两面均有匾额、楹联。朝外一面横额：“洪波涌起。”联曰：“击水沧波，问君谁是钓鲸客；飞觞天外，与我暂成乘鹤仙。”临海一面横额：“古城在望。”联曰：“画角映霞辉，将军意气回山谷；崇坊迷雾影，战马嘶鸣伴浪涛。”

这字写得如同其意，气势浩然，有山的雄壮，有海的壮阔。

这是中国国画大师范曾所题。

那年，范曾来到兴城。白天，他在浏览古城、观赏大海；晚上，他在整理笔记、题词作画。

那天在临别的前夜，范曾为完成这两副楹联的创作，他在长案前屏神静气，饱蘸浓墨，一挥而就。

他说：“你们在这字里感受到了什么？”

他对来取字的兴城地方政府领导问道，未等他们回答，他就说：“那里面的每个字都有山的风骨，还有海的沧浪。”

在二十世纪八十年代，一些列车特别是直快列车在兴城站是不停的。

那年，艾青率领一个由著名作家和诗人徐刚、韩作荣、姜德明与新中国第一代电视人庞啸等组成的采风团，乘上从北京开往佳木斯的列车，因这趟列车兴城站不停，只好把车票买到锦州站。他们一宿颠簸，车经兴城站只是一瞬而过，他们一个多小时后在锦州下车，又坐一个多小时汽车再返回兴城。

当时，疗养院的党委宣传部长、犹如一颗新星在全国诗坛正冉冉升起的吴宝三，看到被一夜旅途折磨得一脸倦色的诗坛宿将艾青，心生痛感并有愤怒之色，他连夜给人民日报社群众工作部写了一封读者来信，反映兴城这个地域在交通上的重要性。不久他接到回复称：已将您的来信转给中华人民共和国铁道部。再不久，一些列车包括直快列车都在此设立了停车站。这件事在当地引起了一番轰动，南来的北往的、北京的鹤岗的再也不用为了上下直快列车去锦州了，为这个地方经济特别是旅游产业的发展提供了重要途径。

鉴于吴宝三为辽西这棵梧桐树引来金凤凰，邀请来诸多名人名家，为兴城开发建设的舆论宣传颇有贡献，县委常委会议做出决定：调吴宝三同志任兴城县委常委、宣传部长。

但是，这位从小兴安岭走出的诗人，谢绝了地方党委的美意，坚持留在这座融群山和大海为一体的疗养院。

他深夜以一种难以遏制的激情，写出了《大森林，我深深眷恋的土地》，充分表达他对大山、对大森林的无限挚爱。

他的根在大山，但他和大海也有着深情厚谊。

他的第一本诗集《大海中的月亮》，就是唱给大海的赞歌：“大海笑得那么醉人，多情的阳光啊，流露着妩媚而热烈的眼神，啊！天女散花，散尽冬日凝结的沉闷，性急的游泳者跳进海中，采撷着碧绿的浪花，采撷着五月的芳芬……”

他在这里呼吸着和家乡呼兰河畔一样的清新，在这里他每天看到和小兴安岭一样的森林，他写出了一首首、一篇篇的文学作品，向读者渲染山的绿色、海的蔚蓝。

他创作的歌词《我爱你，勒勒车》，被著名的作曲家王酩、郭成志谱曲，在中央人民广播电台作为每周一歌播放；他创作的歌词《小岛钓蟹》被王酩谱曲，发表在《北方音乐》杂志上。

他从兴城走上专业文学创作之路，在黑龙江省作家协会退休，但他退而不休，不顾耄耋之年仍奔走于群山和大海之间，为大山放歌，为大海作赋。

（原载 2020 年 3 月 1 日《辽沈晚报》）

图书在版编目(CIP)数据

在北大上学的日子／吴宝三著. — 北京：中国文史出版社，2021.1
（中国专业作家作品典藏文库·吴宝三卷）
ISBN 978－7－5205－2070－6

Ⅰ. ①在… Ⅱ. ①吴… Ⅲ. ①散文集－中国－当代 Ⅳ. ①I267

中国版本图书馆 CIP 数据核字(2020)第 102833 号

责任编辑：牟国煜

出版发行：**中国文史出版社**
社　　址：北京市海淀区西八里庄路 69 号院　邮编：100142
电　　话：010－81136606　81136602　81136603（发行部）
传　　真：010－81136655
印　　装：北京新华印刷有限公司
经　　销：全国新华书店
开　　本：720×1020　1/16
印　　张：19.25　　字数：227 千字
版　　次：2021 年 1 月第 1 版
印　　次：2021 年 1 月第 1 次印刷
定　　价：66.00 元